U0906528

花夜前行

南派三叔 著

山東文藝出版社

图书在版编目（CIP）数据

花夜前行 / 南派三叔著. -- 济南：山东文艺出版社, 2022.10

ISBN 978-7-5329-6723-0

Ⅰ. ①花… Ⅱ. ①南… Ⅲ. ①短篇小说－小说集－中国－当代 Ⅳ. ①I247.7

中国版本图书馆CIP数据核字(2022)第169956号

花夜前行

南派三叔 著

主管单位　山东出版传媒股份有限公司
出版发行　山东文艺出版社
社　　址　山东省济南市英雄山路189号
邮　　编　250002
网　　址　www.sdwypress.com

读者服务　0531-82098776（总编室）
　　　　　0531-82098775（市场营销部）
电子邮箱　sdwy@sdpress.com.cn

印　　刷　湖北新华印务有限公司
开　　本　710毫米×1000毫米　1/16
印　　张　18
字　　数　280千
版　　次　2022年10月第1版
印　　次　2025年7月第8次印刷
书　　号　ISBN 978-7-5329-6723-0
定　　价　55.00元

序言

这本书里收录了两个写作过程让我非常痛苦的故事。

首先是《花夜前行无声落幕》，我是希望写一点发生在国外的故事。事实上，我们现在去国外旅行已经非常方便了，特别是去东南亚国家，但在《盗墓笔记》这个故事体系中，去国外似乎是一件很魔幻的事情。这些人怎么可以去国外呢？我自己也很难想象吴邪在欧洲看古堡，然后用英文帮另外两个人点单买咖啡的情节。这可能和中式探险这种故事载体有关系，我们的故事里多是以民俗为起因的奇怪事件，这些事情如果发生在国外就会显得格格不入、水土不服。当然，也可能是因为我出生在出国很困难的时代，所以比较闭塞，心态有点老了，无法理解现在这个时代，大家对于出国的看法。

但是我却很想写，因为这样可以让故事有更多样的文化背景。文化背景其实是写作这类小说必不可少的资源，我花了很多精力搜罗了大量的资料，中国本土的资料已经是一个巨大的宝藏，世界文明系统则更加庞大，如果能够投身进去写作，估计终身不用担心灵感枯竭。

最终我还是选择了俄罗斯和日本以及东南亚，这些文化体系与中国多少有些相互影响的系统，来创作这个故事。我其实不知道效果如何，但黑眼镜和花儿爷这两个人出现在俄罗斯的街头，我还是可以接受的，毕竟坐火车就可以回国。

第二个挑战是使用了第三人称写作，用第一人称写作和用第三人称写作到底哪一种更难，其实见仁见智。有些人根本无法用第一人称写作，他们代入就困难；有些人用第三人称写作则如坐针毡，因为书写大量的心理活动不如用第一人称写作来得那么顺畅。

创作伊始，我完全是用第三人称写作的，后来因为写了《盗墓笔记》，打开了新世界的大门。第一人称写作是单视角写作，写法更适合悬疑，但《花夜前行无声落幕》本质上不是一个悬疑故事，而是一个猎奇故事，所以它应该用第三人称写。这又转回到最初提到的，对我而言其实非常不适应。

不适应归不适应，写还是能写的，但在写作过程中，经常会出现卡顿，这种卡顿就是自己很想用第一人称叙述这个故事，却不得不用第三人称导致的。很多我擅用的“伎俩”无法使用，时常有一种黔驴技穷、得重新开始学习的感觉。

对于一个写作技巧十分熟练的人来说，这其实有点痛苦，因为要推翻自己重新来过，犹如一种修行。

在这些困难下，我一直觉得这个故事写得没有那么顺畅，但我又十分喜欢这个故事，大概是因为其内容涉及神秘学的部分，实在是我最近狂热的爱好。古神如此特殊，原始宗教中有那么多神奇的东西，我特别想全部写出来。

于是就“恬不知耻”地出版了这个故事。

然后是《千面》，写《千面》对于我来说最大的困难是第一次正面描写女性主角。我在写作《千面》前几章时作了大量的尝试，全部都失败了，最后我花很长时间采访了很多位女性，然后一个场景一个场景模拟，才写出她们能认可的女性角色。但最终呈现出来的情况，我个人认为仍旧是在我的舒适区内的。这时候就要感谢第三人称的写法，让我可以运用留白去塑造角色。

《千面》我也非常喜欢，因为这个故事有一种奇怪的浪漫主义气息，这种气息是我在写作之前没有想象到的。

从故事名字和故事的主题，大家也可以发现，这个故事从写作之初到最终完成，其实发生了很大变化。而我也终于创作了一个善良的怪物，这是我努力为之的结果。

本来我想，如果有机会的话，可以在我状态最好的时候，努力地大范围地修订这两个故事。但后来再看，发现虽然写得磕磕绊绊，但它们还是有亮点的。我不希望现在的自己，覆盖掉当年写作这两个故事时的自己，于是稍作修订之后就出版了。

不管怎么说，花儿爷和黑爷的独立故事总算是启航了，希望未来还有更多的“花夜前行”，以及更多发生在世界各地的故事可以去讲述。我起这个名字的时候，是希望营造出一种在黑夜中穿过华丽街巷的氛围感，希望可以和各位通感。

以上，谢谢支持。

花夜前行
目录
CONTENTS
无声落幕
花夜前行

花夜前行
目录
CONTENTS
千面

花夜前行
无声落幕

六十年前，
有一个人远赴苏联，
将一具中国人的尸体，
偷藏到了圣彼得堡一个教堂的地下室里。

第一章 基辅教堂

俄罗斯的冬天，解雨臣一点都不喜欢。

漫天的大雪里，他站在伊萨基辅大教堂门外，门卫还没有来。俄罗斯人在这种天气，是不出门的。

只有一个老人，似乎是撒盐的工人，正在远处的路灯下看着他。

解雨臣戴着白色黑镶边的大毡帽，穿着大棉风衣，站得笔直。

夜马上就要深了，如果门卫不来开门，他会冻死在回去的路上吧。正想着，教堂的门终于开了，一个俄罗斯牧师探头出来，睡眼惺忪地看着他。

“中国人？”那个牧师用极其流利的中文问道。

解雨臣点头，牧师说道：“你来早了。”说着他注意到了解雨臣身后的人，那是一个高个子，穿着厚重的纯黑色大衣，戴着毛毡帽、墨镜。

“你的邮件里说的是一个人来。”

“这个是自费的。”

牧师看了高个子一眼，确认了一下：“你确定？我们只承担一个人的费用。”

“您放心。”

门这才打开。门开的瞬间，有暖气喷涌而出，这种温暖让解雨臣立即迈腿进去。

后面的高个子并不着急，他缓缓地走了进来，似乎对屋里的暖气有一丝抗拒。

进去之后是一道走廊，墙壁是繁复的俄罗斯东正教风格，上面满是壁画，色调偏灰黑，并不饱和，在暗淡灯光下，像蕴藏着蓬勃的邪恶力量。

这里已是一个热门旅游景点，虽然是老建筑，但此处浊气很淡，因为已经被来往的人气中和得差不多了。

“他们承担的费用是我的，自费的是你，对吧？”脱大衣的时候，高个子和解雨臣确认。解雨臣拍了拍他，似乎在安抚他。两个人脱掉大衣之后都感觉轻便了很多。

那牧师对他们道：“那东西就在教堂中厅的天花板上。”

“其他人都离开了吗？”

“不，他们都准备围观。”

往前走，走廊里出现了更多牧师，都拿着手机，其中还夹杂着几个俄罗斯青年男女，似乎是牧师的朋友，过来看热闹的。

解雨臣叹气，转头看了一眼高个子，后者用唇语道：“都是不怕死的，就这样吧。”

解雨臣对那个会中文的牧师道：“可能会死人。拍照一旦被感知到，会死得更快。”

“人生就是这样起起落落，朋友。”牧师朝他们笑道。

高个子显然很欣赏这句话，他笑了起来，勾住牧师的肩膀，并顺手拍了拍。

三个人继续往走廊的深处走，尽头是一扇玻璃门，后面应该就是这个教堂的主堂了，就是那种几十层挑高的巨大空间，墙壁上满是叙事壁画，穹顶装着极其昂贵的吊灯，下面供人们做礼拜。

围观的人隔着大概三十步的距离跟着他们。

高个子问道：“背景故事是什么？”

“这个教堂的地板下面，有十七具十六世纪的石棺，是从‘二战’时期被德国人毁掉的其他教堂废墟里搬到这儿的，里面葬着各种宗教人物。六十年前，有一个中国人在这里的某具石棺里存了一具尸体。现在，这具尸体出问题了。”

“东正教教堂，为什么可以存中国人的尸体？”

“是未经允许的非法存入。他们不知道尸体是怎么存进去的，因为几乎没人知道石棺存放区域的入口在哪里。”

“现在才发现？”

“朋友，这种教堂的石棺一般是不会打开的，如果不是尸体出了问题，到宇宙的尽头你也不会发现里面多了东西。”牧师说道，“一直到昨天早上，石棺发生了突变，我们才发现。”

说着他们已经来到了玻璃门前，牧师用对讲机说了几句俄语，似乎是通知电机房的人，接着，玻璃门后面的灯全亮了起来。一下子有明亮的白光从玻璃后面射了过来，这道门瞬间犹如天堂的光门一般。

这种照明系统，只有举办重要的活动时才会开启，现在只是为了解雨臣他们两个人，灯全部打开了。

推开玻璃门，三个人走了进去，里面灯火通明。解雨臣抬头，一下就看到了牧师说的东西。

那是一具干尸，飘浮在半空中，在贴近礼拜堂穹顶的位置，离地面非常远。可即使是这个距离，解雨臣也能一眼看出，这干尸穿着一身道袍，道袍基本已经腐烂，但形状还算完整，人死了有几十年了。

穹顶上满是繁复的宗教壁画以及极其精美的金色隔断，和干尸的气质非常违和。

“在东正教教堂的石棺里，藏下一具中国人的尸体，真是个人才。”高个子笑道，“他们是怎么知道这件事情和我们有关的？”

“那具石棺里还藏了一份六十年前的报纸。报纸用油浸过，上面有一则新闻用毛笔圈了出来，是我们家当年处理同类事件的新闻，上面的联系方式还是能用的。六十年前藏尸体的人，就是想这具尸体出现问题后，能让这里的人联系到我们家。”说话之际，他们走到了地面上的一个大洞前，似乎是大理石地板坍塌露出了下面的空间。原来，整个教堂被垫高了大概半人高，下面很大的空间被建成了一个低矮的地下室，石棺就摆放在这里。

如今这里一口石棺的盖已经断裂开翻在一边，空中飘浮的那具干尸，应该就是从这具棺材里出来的。

“怎么飘起来了？”

“传说尸体羽化之前，会变得比灰还轻。这是羽化失败了吗？”

“你平日里处理这种事情不会找我一起，这件事情很棘手吗？”

解雨臣点头，抬头看着干尸，干尸高到不可触及，他叹气：“非常棘手。”

六十年前，有一个人远赴苏联，将一具中国人的尸体，偷藏到了圣彼得堡一个教堂的地下室里。这奇怪行为背后的逻辑，解雨臣其实是能够猜到的。

“要么你在我上去之前给我讲讲？”

“如果按照玄学上说的，这是有人在阻止这具尸体羽化，所以把它从中国的山中搬到了这里。羽化是要有地气配合的，这里是国外，地气冻结，阴阳五行都和中国不一样。这具尸体在这里蜕了六十年，这几天开始羽化，但因环境不同，羽化失败。”

稍微停顿了一下，解雨臣又说：“这是有多大仇，要这样毁人修行。”

“你信吗？”高个子问。

解雨臣笑道：“还有一种常见可能性，就是有人在搞鬼。但不管是哪种，都是我上去看了才知道，不是你。”

事出有异，必有隐情，解雨臣倒是希望，这只是玄学上的问题。

高个子表示安排合理，但他知道，解雨臣不会立即就上去，这是极其不明智的，长时间的思考和观察是必须的。在这段时间里，自己倒是可以找点事情做，他看了一眼牧师，问道：“教堂里有没有发生其他奇怪的事情，特别不起眼的那种？”

牧师想了想，看了看边上的那个地板塌陷口，欲言又止。高个子已经明白了，对解雨臣说：“您慢想。”然后他就从那个塌陷口跳了下去，蹲下进入了下面的夹层。

第二章 石棺

教堂下面的空间大概半人高，里面充斥着腐朽古旧的气味。高个子下去之后，就意识到教堂大礼堂的大理石地板非常厚，上面的暖气并不能有效地传递下来，所以这个夹层里非常冷。

支撑地板的石墩结构，犹如柱子一样立在这个空间里。地面是沙土覆盖的粗糙石板。

大礼堂的灯光照下来，只照亮了塌陷口下这个区域，宛如舞台灯光效果，其他地方全部是漆黑的。暖气从塌陷口涌进来，能感觉到这里的温度正在缓慢上升。

高个子打量那口破损的石棺，棺盖应该是被里面的东西推到一边，砸到地上裂成了两块。在石棺里，还有一具尸体——一具完全冻结萎缩的干尸，一脸大胡子。毛发保持得很好，衣服已经全部氧化成黑色了。他推测，这才是棺材真正的主人。当时藏尸体的人，是直接把中国人的尸体压到了棺材里的尸体上。这两具尸体在这个小石头盒子里一起睡了六十年，不知道有没有产生感情。

牧师在上面问道："我去给您拿个手电筒？"

还没等高个子说话，解雨臣已经回答了："不用。"

此时，高个子已经摘掉墨镜，爬向黑暗。

牧师在上面还能勉强看到一个身影，有点惊讶：“下面太黑了，非常危险。您能看得见吗？”

高个子没有回答，上面实在是太亮了，他戴着墨镜都觉得难受，这里让他舒服多了。他当然是能看见的，他的眼睛和普通人的不同。

在他的视野里，大礼堂下方的黑暗夹层其实非常清晰，石棺非常整齐地排列着，而且他看得最清楚的，是空气中灰尘的流动。在他看来，越是黑暗的地方，这些灰尘就越是如同星辰一样，反射着银灰色的光。如果没有经历过他人所经历过的恐惧，你永远也无法知道他人眼中的风景。

刚才牧师的眼神，说明这下面有值得深究的东西。

他往前爬了十几步，就看到了那个东西，他捂住嘴巴笑了起来。

那是他完全没有意料到的东西。这么多年，他经历过的事情极其丰富，其实已经不太会有什么事情让他惊讶了，但是他此刻在这里看到的东西，真是十分特殊。

那是另外一口石棺，上面爬满了蝉。

在他的视野中，蝉的翅膀非常明亮。石棺上的蝉的数量非常多，但都已经死了，毕竟这里实在太冷了。

“昨天，这底下有很多奇怪的虫鸣声，后来就消失了。”牧师在上面说道。

蝉鸣，昨天这里的蝉还活着，它们不知道是从哪里爬出来的，叫了一段时间，接着都被冻死了。

高个子爬过去，来到那口石棺的边上，就看到石棺上有很多开裂的缝隙，形成了一些破口。口子附近的蝉最多，显然这些蝉是从这口石棺里爬出来的。

除了尸体，石棺里还藏了其他东西？高个子心里想着。

他刚靠近石棺的缝隙，就察觉到四周的空气忽然往石棺里猛地一缩，灰尘都被吸进去了。

里面有东西在动。

他皱起眉头，刚才并没有什么异动，是自己靠近石棺，惊扰了什么？他刚想向上面通报，突然，有六七只蝉一下子从缝隙中爬出，并立即飞起来，撞到周围的天花板、柱子上后，纷纷落到地上，然后就开始叫了起来。

蝉鸣声非常响亮，声音猛地炸开，吵得人头疼。但这只是开始，接着，还有更多的蝉不停地从缝隙里爬出来，四处乱飞。高个子不得不退后几步，以免蝉冲进嘴里。

一时间，蝉鸣声响彻整个夹层。

地面上，解雨臣正抬头寻找可以不用脚踩壁画就能到达穹顶的攀爬路线，忽然听到整个地板之下响起了惊人的蝉鸣声。

这时，飘浮在半空中的干尸犹如被惊醒一般，开始动了：它本来是脸朝上的，现在慢慢翻转过来，变成了脸朝下。脸上是极度怨恨、狰狞的表情。

牧师显然也看到了这一变化，他发出一声惊呼，不敢再直视干尸。而之前躲在门口没有进来的牧师围观团，一下推开了门，举起手机开始拍照。

解雨臣叹气，他不敢把视线从半空中的干尸上移开，同时地板下传来高个子的声音："我要开另一口棺材了，这口棺材里全是蝉，应该是被人设计过，和上面的干尸有关系，里面可能还有东西，你下来帮忙。"

"你给我上来。"解雨臣的表情凝重起来，他看到那干尸发白的眼睛，似乎看向了自己，"要开打了。"

第三章 凶局

解雨臣刚说完，边上的牧师忽然七窍流血，直接就跪下了，没有人知道发生了什么。

眼见牧师就要倒地，解雨臣立即过去扶，他把手搭在牧师的脉搏上，发现这人已经死了。他的冷汗瞬间流了下来，显然这是一个超出想象的凶局。

他立即转头想喝退所有围观的人，但转头的瞬间，就看到其他人正一个一个地倒在地上，死得一点声息都没有。

仅仅四五秒的工夫，除了解雨臣之外，礼堂里的人全部死亡。而当他再转头看穹顶，发现那具穿着道袍的干尸已经不见了。

糟了，这是大凶之兆！他大喝一声："瞎子，不要上来，你快走！"

几乎是同时，整个大礼堂的灯全灭了，巨大的空间被黑暗完全笼罩。

突然，解雨臣感觉到背后似乎有东西，并闻到了一股腐尸的味道，他知道应该是那具干尸趴到了他的背上。不需要作任何思考，他瞬间低腰，凭借极其惊人的腰力，整个人弹出去六七米，同时反手，双手抓出两颗玻璃弹珠，朝自己刚才站的地方弹去。

因为飞机上不允许携带任何武器，所以在来这里的路上，他从跳蚤市场买了一些玻璃弹珠。早知如此，他应该托俄罗斯的朋友给他买两把AK的。

他看不到玻璃弹珠的落点，只听到珠子打在大理石地板上，摔得粉碎的声音，应该什么都没有打到。

解雨臣站起来，忽然一阵晕眩，他的鼻子已经开始流血。同时，他感觉到那干尸来到了自己背后——干尸是怎么过来的？此时他已经到了塌陷口的边上，一种奇怪的感觉从后背传向全身。

——他要死了。

怨恨，整个空间中，全是怨恨的情绪。

就在这个瞬间，他感觉有一个人从自己身后的塌陷口里站了起来，一把扯住了他身后的干尸，应该是抓住了那干尸的头发，将其整个扯离了自己的身体。

接着，他就听到了一声巨大的声响，似乎是石板砸到大理石地板上的声音。

那声音太大了，顿时所有的蝉都噤声了。

过了三四秒，大礼堂的灯一盏一盏地复明，解雨臣就看到黑眼镜背对着他活动脖子，这家伙不知何时已经爬上了塌陷口。一块巨大的棺材石盖拍在地上，已经粉碎了。没看到那具干尸，但从黑眼镜的目光焦点分析，解雨臣猜测刚才黑眼镜应该是用石棺盖当门板，直接把那干尸拍到了下面。

“闹鬼就闹鬼，关什么灯啊，那么体贴。”黑眼镜说道。

“你解决它了？”

“应该吧，否则它再站起来，也跟一张纸一样，就像卡通片里的那种人物，我会笑死的。”

黑眼镜蹲下来，他能看到空气中满是蝉翼小碎片，灯光下，这些小碎片就像钻石一样发着光。整个空间都飘着这样的“钻石雨”。

“不是让你走吗？”

“飞机票太贵了，怎么能让你出事呢？我还想过个肥年呢。”说着，黑眼镜忽然歪倒在地上。解雨臣感觉不妙，快走一步扶他坐下，就看到他也开始七窍流血。

“你搞什么？”

“这下面还有一个，就靠你了。我是缺一门体质，还能扛着，下面的东西暂时弄不死我，但也不能扛太久。”

解雨臣叹了口气，往外走几步，先拿了一部还在拍摄的手机，打开手电筒，然后一个翻身进了塌出的洞里，说道：“情报说一下。”

“这是一对神仙眷侣，飘在空中那个干尸是男的，已经被拍扁了，女尸还在下面。应该是两个人一起阴阳双修，想一起成仙，但是都被送到俄罗斯来了，这是不想让他们实现理想呢。女尸被钉死在棺材里了，里面还覆了三合土，养满了蝉，羽化不了了。做这个局的人，是要让这个男的看着自己爱的女人无法羽化，又无法化尸，永世不得相见。”

解雨臣皱了皱眉道：“这么狠，这是嫉妒啊。”

“是啊，有故事啊。卑微的爱情。”

“有多卑微？”

“类似于回去的机票都买不起的那种卑微。”

解雨臣举起手机，就看到夹层里已经发生了巨大的变化。

整个夹层里到处是蝉，而且都已经死了。蝉的尸体上开出了一种白色的有很多分叉的小花，形状很像桃花，非常茂盛。空气中弥漫着一股沁人心脾的香味。

一具女尸端坐在“花丛”的中心，她背靠着一口石棺，穿着白色的道服，非常干净整洁。除了脸色惨白之外，一丝腐败的迹象都没有。

“还是按照你的办法，直接拍扁吗？”

“这具女尸得用你的办法来处理，你看到的是什么？”

“花，很多很多花。”

“那你真幸运，我看到的不是花。靠你了，你死了我也就死了。”

此时，黑眼镜已经躺倒，他正好能透过棺材盖和地板的缝隙看到他拍扁的干尸，脸被压扁，但那浑浊的白色眼珠，正死死地盯着自己。黑眼镜笑了笑，对它道：“咱们两个就看热闹吧。”

第四章　裂痕

让解雨臣意外的是，整个空间里并没有任何让人身心不适的味道。

他用手指撑地，让身体保持着像猫一样的姿态，缓缓地朝那具女尸爬过去。

如果你在现场，你就能明白，解雨臣在这个低矮空间中的动作，极其灵活和游刃有余。他将整个骨骼调整成了猫的状态，你一点都不觉得他会因为趴着而降低运动能力，反而很清楚，他仍旧可以瞬间加速。

本质上，解雨臣也从来不会畏惧狭窄复杂的空间。

女尸非常漂亮，皮肤似乎已经玉化了，外面的皮肉质感有点像半透明的冰种翡翠，里面的血管看上去就像是翡翠的石纹一样。

用他的方法来处理，这是黑眼镜的暗示，解雨臣知道接下来要做什么了。

“要谈谈吗？”解雨臣坐到离女尸四米开外的地方，算是和它一起坐在了花丛中。他里面的衬衫是粉色的，坐在白花拥簇的白衣女尸对面，倒显得他才是构图的主角。

女尸纹丝不动。解雨臣用手机手电筒照着它，光被反射出去，四周反而显得有些明亮。

“对于一对恋人来说，如果两者年纪相仿，平时不至于去想谁先死谁后亡的事情，若非因为病痛、意外，否则一般不会相差太久。除非他们相恋的时候，年纪相差太多。”解雨臣看着女尸，“他们一开始就知道两个人无法相伴终生，有一个人注定会很早就离开，于是铤而走险，想两个人一起成仙羽化，以求永世之情。”

女尸仍旧纹丝不动，解雨臣继续说道：“我刚才观察的时候，已经发现了不对。你的情郎，就是飘在天上的那个，并不是羽化的仙尸，而是一具人造的皮囊。那里面填了蝉翼，让你误以为他体内有地仙的气息。

“你想和他一起羽化成仙，但你并不知道，他根本不想和你永世在一起。我看你的年纪，入定成尸的时候不过二十多岁，你天真地以为，这个老男人会有和你一起入土、永世相爱的魄力。但你被骗了，在你为你永恒的爱情羽化之时，他却在潇洒地过他的一生，过完就要再赴轮回了。而且他害怕你成仙之后报复他的后代，所以把你送到了这里，让你不得超生。”

肉眼可见，那具女尸脸上出现了一道细细的裂痕。

“你的人生都白费了。你也知道，就算我什么都不做，日出之后，你也很难再有意识。我不知道你对我朋友做了什么，但请你放过他，我也许可以助你完成羽化，至少不会让你灰飞烟灭。”

那女尸脸上的裂痕更多了，四周的白花开始全面凋谢。

解雨臣忽然感觉身上开始发痒，他用手机手电筒照了一下，手上全是指甲的抓痕，也不知道是什么时候被抓的。

解雨臣极其冷静，当他把手机手电筒再度照向前面的时候，就看到那女尸已经完全贴近，到了自己面前。

此时，女尸的脸已经全部开裂，能看到里面全是蝉的幼虫的蜕皮。

不知道这是什么邪术。

解雨臣说道：“你再生气，我说的也是事实，陪你躺了六十年的，是一个假人。”

忽然，女尸的嘴以人类不可能做到的程度猛地张开，整张脸极度狰狞。

解雨臣闭眼：“男人这种东西，成仙了都会骗你。”

说这句话的时候，解雨臣整个身体已经绷紧，准备随时翻出去。和这具女尸肉搏，他有把握占一些优势，但某些时候，他不喜欢干体力活，能避免最好。

再睁眼的时候，女尸已经不在了，解雨臣“啧”了一声，喊道：“瞎子！”

那女尸是去确认外面的干尸是不是自己的爱人了，一边的黑眼镜早就埋伏好了，就守在塌陷口的上面。那女尸爬出的瞬间，他抡起一把礼拜长椅，直接把女尸的头打掉了。

女尸已经玉化，这一下使得它整个脑袋碎成了渣，里面的蝉蜕撒了一地。黑眼镜上去，把所有的东西全部踩烂。

“你这张嘴太吓人了。”黑眼镜吐了一口血，对解雨臣道，后者提溜着女尸无头的身体，爬上了塌陷口。

“为了感情成仙，本身就是伪命题。”解雨臣伸手摸了一下黑眼镜的脉搏。

“我算得救了吗？”

“这种东西，形碎了，能量也就散了，你应该没事了。”

两个人都舒展了一下关节，解雨臣还真是丝毫不紧张，不紧不慢地搬开男尸上面的棺材盖。

黑眼镜问道：“你刚才说的都是真的吗，还是只是诓她的？”

解雨臣看着被压扁的男尸——只是一具猪皮缝出来的皮囊而已，又转头看了一眼无头的女尸，对黑眼镜说：“我是骗她的，他是真的爱她。”

黑眼镜心领神会，叹气道：“卑微的爱情。”

无头女尸静静地躺在那儿，慢慢地失去了光泽。

第五章 风水局

格奥尔吉·阿波洛诺维奇·加邦是圣彼得堡警察局里一只有名的老鼠，因为曾经被监控拍到吓到了一个警官而出名。

解雨臣还挺想见见这只老鼠的，虽然知道它大概率是象征性的吉祥物。但从格奥尔吉·阿波洛诺维奇·加邦被拍到，到现在已经有好几年了，加上圣彼得堡的冬天气候很恶劣，它可能已经死在了某个暖气槽里。

俄罗斯的公务系统效率很低，为教堂的死亡事件做笔录，肯定需要很长时间，解雨臣已经做好了相当长一段时间内留在俄罗斯的思想准备。如今他坐在审讯室里，给审讯官讲述一个真假参半的故事。

好在现在的监控系统发达，他和黑眼镜应该不至于被打入冤狱。

这个故事最终流传到国内的版本，是他们没有想象到的。人们总希望进入教堂之后，故事会发展得激烈华美一些，毕竟是在信仰东正教的地界，也是在审美最繁复的教堂之一。但事实上，在教堂里发生的故事非常压抑和恐怖。

如果他和黑眼镜中的任何一个人单独进入这个建筑，肯定是走不出来的。

他们两个人身上都有极重的毒素残留，黑眼镜把他背出来之后就陷入了深度昏迷。他用最后的力气，在雪地中爬行了一公里，找到了撒盐的老头，老头救了他们。

这条长达一公里的雪上爬行痕迹上，全是血。如果他爬得稍微慢一点，黑眼镜就会在冷风中冻死。按照那个老头的笔录，他看到一个人朝他爬过来的时候，并不知道那人身中剧毒——那人的爬行速度实在太快了。

这个故事最后的部分，并没有太多美感，只有精确的计算——黑眼镜的体力，他的体力，豪赌的部分都分毫不差。

好在两个人都活下来了，听说黑眼镜也醒过来了，马上可以开始做笔录。而他已经联系了家族在俄罗斯的产业，开始积极地活动，争取早日了结这件事情。

尸检结果显示，教堂里所有的俄罗斯人，都是中剧毒而死的，毒素是一种蝉翼的粉末。解雨臣和黑眼镜出现中毒反应之后，立即用衣服遮住了口鼻，这才减缓了毒素摄入。

那具男尸，其实是吊在穹顶上的，并没有凌空悬浮，它体内养满了这种毒蝉。那时候，所有的蝉都孵化出来，爬满尸体，非常骇人。围观的俄罗斯牧师为了可以拍到尸体的全貌，打开了穹顶附近的暖风机，企图驱赶这些蝉，结果风一吹，尸体的脖子就断了，整个掉了下来。

大礼堂瞬间满天都是惊蝉，当时黑眼镜正在夹层里调查，解雨臣捂住口鼻用玻璃弹珠打飞蝉，但是仍旧中了毒。黑眼镜扛着棺材盖上来把尸体盖住，才阻止了剩下的蝉继续涌出。之后黑眼镜也中了毒，并告诉解雨臣，夹层中还有一具尸体。

解雨臣下去见到尸体的时候，就知道这是有人故意设计的。他处理夹层中女尸的过程特别惊险，女尸的头被黑眼镜拍碎之后，外面蝉上的毒素也随之失去了毒性。这似乎是一种毒蛊，因怨念而生。

但此时解雨臣的身体已经中毒极深，开始出现严重的幻觉。

花团锦簇，到处都是鲜花，这是一种神奇的经历。黑眼镜背着他往外走的时候，他看见墙壁上所有的壁画上、大理石上、雪地中，到处都开出了绝美的鲜花。

但他没有隐瞒背景故事，这确实是一个被辜负的女人，吊在穹顶上的是一具猪皮人俑，不是真的尸体。

使用猪皮，是解雨臣最不能忍的，因为他——骗这个女人的男人，不仅让她在二十多岁的年纪去修炼几乎不可能成功的羽化，提早让她殉情而亡，而且还用猪皮做了一个假的自己，和她进行所谓的同修。

这是一种极度的轻视。

整个故事听上去就像是一个极其恶毒的骗局，但把女尸和猪皮人俑运到俄罗斯，藏到一个那么重要的教堂的秘密坟地里，又需要动用巨大的力量。这到底是一个人所为，还是其实有两个人，一个加害了这个女人，另一个利用了这个悲惨的女人，做了一个怨气极重的小风水煞？

还有，为什么要在棺材里放那张报纸，让教堂方面联系到他？

两天后，在三个警察的看守下，解雨臣去医院病房看望黑眼镜，后者递给他一份报纸。

俄罗斯有一个高官忽然死亡，疑似突发重病，身体多处器官癌变衰竭。

这人是伊萨基辅大教堂的重要资助者之一，算是老板，一直处于最高等级的保护之下，食物和空气都没有问题，在此之前身体也非常健康。

“他在教堂里长大，十岁之后才离开教堂，长大后发家。这里算他的祖宅，他们整个家族，这两百年都有这个传统，十岁之前生活在教堂。有人在他的祖宅里，用那具女尸和猪皮人俑做了一个风水破局，用的还是非常恶毒的手法。”

“你是说，有人在六十年前就准备好在这个教堂里破局，拔他们家族的气脉。”

“未必是六十年前，你认定这个时间，只是因为那张报纸。”黑眼镜说，“这个局应该是这几年里才布下的，不会太早，蝉孵化出来的时间是算好的。这是有大风水师在为俄罗斯的政斗提供服务。”

“所以——”

“所以，两边背后的力量很大，才有可能那么轻易地把尸体从中国运到这里来，并利用这张报纸把我们叫来，只是让我们来收拾摊子。风水局做完了，人已经杀了，残局没有人收拾就会一直害人。背后的人肯定不愿意再出面收拾，就让我们来处理。”

“哦。”

“而且不是冲你来的，是冲我来的。”黑眼镜说道。

解雨臣沉默了，黑眼镜问：“你干吗不问为什么？”

解雨臣说道：“既然如此，那费用就应该你自己承担了。”

“我救了你一命。”

“我才救了你一命。”

“行，不吵了，都听你的。你说冲谁来就冲谁来。”黑眼镜看到门口来了一个中国人，就知道解雨臣为什么不接话了，也开始配合他扯皮。

外面的人进来，和边上的警察握手，用俄语说了一通，出示了文件，然后对两个人笑着说：“你们自由了，大使馆有请，大使准备了晚餐。”

“面子挺大。”黑眼镜说。

“不是我安排的。”解雨臣回道。这个中国人一看就是军人出身，只是穿着西装而已。

第六章 齐家血脉

接他们的是一辆德国车，军人坐在副驾驶位上，他们两个人坐在后面。

坐副驾的人，会比较容易受到后座的人伏击，视野上也有盲区，所以解雨臣一般不会选择坐副驾。此人显然心态平和，这让他觉得很有安全感。

车行过基辅大教堂，解雨臣已经知道他们不是去中国大使馆了，他知道大使馆的位置，不在这个方向，但他没有声张，继续透过车窗看这个城市的夜景。这个地方在1924年的时候还叫列宁格勒，如今大雪中，车子驶过一座一座桥，才能让人想起来，这其实是个威尼斯一样的城市——由上百个岛屿和河滩组成。

“二战”的时候，这里被德国人围困，冻死了六十多万人，三千多幢建筑被炸成瓦砾。如今，这座城市重新屹立了起来，所有的名胜古迹都得到还原修复。这个民族有着异样的固执。

车最终在一个别墅前停下来，军人下车之后，看到镇定的两个人，有点意外。

“你们不惊讶吗？我并没有带你们去大使馆。”

两个人都没有说话，而是用一种“你到底想怎么样，请不要卖乖”的眼神看着他。

“我以为你们会像马特·达蒙一样，发现我在骗你们，然后挟持我，逼问我。”

黑眼镜拍拍他：“下次给你圆梦。”

解雨臣道：“你带我们来这里，肯定是来见人的，别耽误时间了。”

军人忙点头带路。

三个人走进别墅，就看到一个俄罗斯老太太正在大客厅的门口等他们。这个别墅的内部装饰很像基辅大教堂，只是挑高不到两层楼。老太太特别热情，上来就握住了解雨臣的手。

“我是阿夫多季尤什卡，基辅大教堂的最大资助者，这一次用了一点手段，是希望能尽快见到您，请您一定要原谅我。”

她的中文说得非常流利，全身衣着素朴，但是佩戴的胸针是古董，相当昂贵。

解雨臣有一些惊讶，但还是默默地点头。他看到车开向富人区的时候，已经想到了，有能力影响警察局，并且此时此刻会对他们感兴趣的，应该就是基辅教堂事件的受害者，也就是那个风水煞的目标——阿夫多季家族，圣彼得堡的地产寡头，但他没有想到对方的中文竟这样流利。

阿夫多季尤什卡老太太看了一眼军人，介绍说：“这是我的生活助理，郑景银。他在中国当过兵，退伍两年后到了我这里，俄语说得很好。”

“东北的吧。”黑眼镜问他。

郑景银忙点头，黑眼镜就笑道：“听着爸妈对你期望挺高啊。”

“别取笑。”

“您家里刚刚有人去世，您应该非常悲伤，去世的是您的——”解雨臣问。

“是我儿子。现在我重新接管这个家族。”老太太的表情波澜不惊，“您已经发现了端倪？那真是太好了。您应该知道，我为何急着见您。”她忽然握紧了解雨臣的手，“请您救救我们家。”

解雨臣还没有完全理解老太太的用意，但看她丝毫没有防备之态，边上也没有那种夸张的保镖，这让他觉得安心。

“请说。”

“请跟我来。”老太太对郑景银点了一下头，后者把刚脱下的大衣给他们披上。

一行人来到别墅电梯，快速下到地下室里。地下室的暖气关了，窗户全部都打开，所以极其冰冷。

这里的灯都开着，灯火通明，一眼望去全是豪车。中间有一张桌子，上面盖着塑料布。

老太太率先走过去，郑景银跟在后面扯开塑料布，下面是一具年轻人的尸体，是个中国人。

解雨臣心中“咯噔”一声，他直觉是老太太已经通过黑帮，找到作法的风水师，并且用私刑处决了他。

虽然他也非常不喜欢害人的风水师，但对中国人用私刑，他更加不喜欢。

“这具尸体是在涅瓦河里发现的，就在教堂出事的第二天，我儿子死的当天下午，这个人是被活活冻死的。”老太太显然看到了解雨臣的脸色，立即解释，“不是我们动的手。我们虽然有一些黑历史，但早就不这么干了。不过您猜得不错，我们也认为他和教堂的事有关系。”

这个年轻人看上去只有十七八岁，男孩子，还满脸青涩，在中国人的审美里，算是长得极其英俊的。他的衣服已经都去掉了，裸露的身上文着文身，是一道符，形状很像一只蝉。

“这孩子叫齐秋，中国人，他手臂的动作很奇怪，你们应该能看懂。”

解雨臣当然能看懂，这个中国孩子的双手正在结印，他对结印不了解，但能意识到，这个孩子不简单。

“我们看到这个文在他身上的蝉，觉得和基辅教堂的事情有关，就先把尸体运来了，然后正好发现您的助理先生也姓齐。我儿子忽然离奇死亡，基辅教堂的蝉和古尸，还有河中忽然出现的中国人尸体身上的神秘符号……我觉得这些是有某种联系的。而且，这不是我死掉的第一个儿子。”

解雨臣惊了一下，看向老太太，后者的眼圈终于有些红了：“我一共有五个孩子，四个男孩、一个女孩。就在今年，已经有三个男孩忽然去世了。”

“都在俄罗斯吗？”

“不，他们都在国外不同地方负责当地的地产。我只剩下小儿子和小女儿，我的家马上就要消失了，解先生，我知道您非常富有，多少金钱都无法诱惑您，但这是一个母亲在向您求救。我不知道发生了什么，也不知道谁在伤害我们，但请您救救我们。”

解雨臣深吸了一口气，没有想到事情会这样严重，他回头看了一眼黑眼镜，发现黑眼镜已经脱掉手套，正拨开尸体上已经冻住的头发，尸体的后脖颈露了出来，上面有很多注射孔。

“这是什么？”

“痛苦针，打在脑干附近，让人产生强烈的痛性痉挛，摧毁人的意志。”黑眼镜说道，“你还记得吗？我说对方是冲我来的。”

“你还是坚持这么想吗？”

“这孩子是九门齐家的人，用的是奇门八算的手法‘羽化池’反做，教堂的那个风水局是他布的。有人绑架了他，用痛苦针逼迫他做局害人。局成了之后，对方将他弄晕，丢进冰天雪地里冻死。”

“你说这孩子是个风水师？”

“这行看天赋和家传的，和年龄无关。”

解雨臣沉默了，黑眼镜继续说道：“这孩子是个好人，但是没有任何斗争经验，他能做的就是利用对方不懂中文，骗他们放了那张报纸进去，希望风水局破了之后，有人能来收拾残局，避免伤害更多的人。同时，他要通过解家把这件事情传到我这里。”

解雨臣忽然想起一件事情：“你到底是不是齐家的人，你从来不肯正面回答。”

“我和齐家有很深的渊源，但我不是齐家的血亲。齐家命里永远单传，这孩子应该是齐家最后的血脉。齐家这一门，今天绝了。”

黑眼镜摸到孩子结印的手，两个人都沉默了。边上的老太太没有插嘴，静静地看着他们。

黑眼镜叹了口气：“听说八爷可是个很温柔的人，不应该受此报应。”他拍了拍孩子的尸体道，“你传递的信息我收到了，当年对你们齐家的承诺，我会做到的。你已经做得很好了。”

说着黑眼镜看向解雨臣：“你接不接这个单子？我肯定是要接的。”

“报仇吗？”

“顺便吧。”

特别难得看到黑眼镜如此正常，解雨臣忽然意识到，这某种程度就是他的悲伤了。

“你有线索吗？”

“这个结印，代表着东方，你们在东方有产业吗？”

“在东京，我的小儿子在那儿。”

“下一个目标，就是你的小儿子。”黑眼镜说，“可以帮我买去东京的机票吗？”

“两张吧。”解雨臣说道，“而且，我要和您谈一下条件。”

“不用，我们有一架飞机，可以马上起飞，我和你们一块去，一切都在飞机上谈。”

黑眼镜看了一眼解雨臣，笑了，似乎是在说，这味道挺熟悉。

第七章 谋划

飞机是湾流的商务机，航道很高，在云层中飞得十分平稳。

夕阳在舷窗外，能照进机舱的餐位，解雨臣盯着笔记本电脑的屏幕，不停地看监控录像。

这是在一个餐厅后巷的雪地里，疑似有人将齐秋冻僵的尸体抬上车的镜头。因为摄像头没有办法拍到拐角后，所以只能看到非常模糊的画面，有人在镜头的远处，从雪地里搬出来一个人形的东西，然后人就被墙壁挡住了。

圣彼得堡的天眼系统中，有些摄像头年代非常久远，所以这一段的画质非常差，但可以辨认出这是一个男人。

这几乎没有什么用。不过老太太能够在那么短的时间里，动用那么多人力物力，在全市的摄像头资料里，找出这二十多秒画面来，已经算是有非常强大的行动力了。

“我们资助了六七个劳动学校，培养社会底层人士的就业能力，这一次我请了学生们帮忙。”老太太坐回来，“您可以说您的条件了，解先生。”

“和我同行的那位，需要活动资金和报酬，报价我已经让北京公司发到你们公司了。我不需要报酬，但我听说你们资助了德国科隆的一个眼科研究所，我要入股你们的这个眼科项目，占董事席位，每月例会的资料要抄送我。如果你们退股，我要一份善意备忘录保证我的优先收购权。”

“这是个公益项目，是针对眼科罕见病研究的，预计收益很低，解先生需要利益的话，我们可以提供更好的方案。我们极有诚意，不想亏待救命恩人。”

“我看过那份商业计划书，我有我自己的收益考量。”

“那好，我们会免费转让股份，所有转让税和手续费，我们来承担。”

解雨臣笑了笑，母亲对于子女的爱，就是如此，不计代价。他不会再要更多，他不想利用这种感情获利，即使他知道利益极大。

“还有一件小事，需要您帮忙，本来我应该亲自去做的，但我现在短时间内应该没办法回国——”

“请说，我们马上去办。”

“基辅教堂里的风水局用了一具尸体，我本来以为尸体是六十年前就搬进去的，后来发现是被那张报纸误导了。但即使如此，齐秋被绑架和折磨，时间应该也非常长，因为这个羽化池的风水煞，需要一种特殊的尸体——被人中途打断，无法成仙僵化的尸解仙。这种尸体不是随便就能找到的，我查过了，齐秋是在四年前到达俄罗斯，三年前开始频繁回国的，应该是被人监视着回国去寻找这种尸解仙的。整个过程最起码持续了两年多——两年多之后他就没有再入境中国。同时，他也要准确地收集那种蝉的幼虫，以确保这些蝉在今年能孵化出来。所以这个风水煞应该是在几个月前才设置好，然后静默地等蝉出来，激发风水煞凶性害人。”

“我完全无法理解这种邪术的运作方式。”老太太看着解雨臣，目光中有一种很难理解的情绪，“他们还会用这种方式继续伤害我的家人吗？”

“风水不是邪术，它是客观存在于东方文化和地理知识中的，任何客观存在的东西，一旦被人利用，都会呈现或好或坏的效果。您不用太担心，既然我们管了，事情就不会继续恶化。”解雨臣说道，“这具尸体，和其他的尸解仙不一样，她是被人欺骗的。我的人用最快的速度查了一下，骗她的那个男人，今年大概八十二岁，儿孙满堂，已经忏悔，成了一个真正的慈祥老人。他也许早就淡忘，他曾用一知半解的知识，骗女孩子尸解殉情的事情了。说实话，现在惩罚他，已经有些晚了，但我还是希望，你们能弄到那具玉化的女尸，在今年农历四月十二的子时，将它放到那个老人的床上。不要吵醒他，他前列腺不好，起夜的时候他会自己看到的。”

老太太看着解雨臣说道："看样子，卑劣的骗子遇到了恶魔。"

解雨臣没有评论，递过去一张纸条，上面写着他查到的那个老人的地址。

老太太离开座位去办事，黑眼镜湿着头发，溜溜达达地走了过来，坐到他面前，解雨臣发现他剪短了头发，还换了一副圆框的墨镜。

"为什么去理发？"

"这飞机上有理发的地方，你不试试？"

"不了，我觉得并没有改善多少。"解雨臣喝了一口咖啡，"还有三个小时，你和齐家亲近，给我做一下简报，我们需要交换一下信息。"

"齐家奇门八算，奇门和八算是分开的两种术数，非常小众，全中国知道的人没几个，所以齐秋被盯上，一定是有非常懂行的人在背后谋划。"黑眼镜看了看窗外，开了一罐啤酒。

"如果非常懂行，那么他自己就懂风水，为什么还要利用齐秋？"

黑眼镜颇有深意地看了一眼解雨臣，就笑道："二爷为什么要亲自教你，你知道吗？"

"你说。"解雨臣叹气。

"二爷教你，是为了在你这里掐断一种知识。关于风水，我们多少都学过一些，但是不是只够寻龙点穴，预判一下山气之下墓的大小？传说中，风水能做的事情更多，为什么你内心其实是不太相信的？"

"你是说，上一代并不想我们过多了解风水的知识？"

"其实我们认识的人所了解的风水，都是缺了一条龙的，所以，建在这条龙'身上'的墓，都相对安全，除非是因为某种事故偶然坍塌显露出来，否则，以我们的知识储备是不可能找到的。"

"哦，这是为什么？"

"因为我们的知识，是当年的风水祖师爷们教的，天下的各种龙脉，他们把能教的都教给后人了，但是留了一条龙脉给自己用。这条龙脉，在所有的风水知识里都被删掉了，所以我们看不到、找不到。中国最厉害的风水师，都葬在这条龙脉上。"

"这听上去像个象坟。"

"对，这条龙脉上全是好东西，现在中国知道这条隐龙脉的，只有八个人，是仅剩的真正的风水大家了。据说他们能做到的事情，和我们想象的不一样。但风水流派非常不一样，激发风水凶性，对风水师有非常大的反噬作用。而这种事情，又需要风水师有极强的天赋，所以，齐秋被选中了。背后设计的人，应该是那八个人中的一个。”

“你为什么会知道？”

“活得久就剩这点好处了。”黑眼镜又笑了起来。

解雨臣听过这种说法，他想了想道：“如果他们只杀了三个人，就杀了齐秋，那剩下的两个人，还要重新再想办法吗？齐秋这样的人没有那么容易找的，所以我觉得不对。真实的情况，很可能是齐秋把所有的局都已经设好了，都在倒计时当中了才对，我们没有太多时间了。”

黑眼镜喝了一口啤酒，看了看窗外道：“对了，有风水大家的话，你说他们会不会算到我们要去日本？”

解雨臣看着窗外，夕阳已经快落下去了，能看到飞机下方的云层上反射的飞机的翼灯。

他忽然觉得机翼的影子看起来有些奇怪，机翼下面似乎挂着一个人。

第八章 人形冰块

但凡是个正常人，都知道机翼下如果挂着一个人，那也应该是一个死人，高空缺氧加上极度寒冷，会导致人直接死亡。

而且看影子轮廓，这个人应该就在机翼的下方，并不是在起落架舱里，那基本上已经冻成冰块了。

解雨臣以为是自己的错觉，他到飞机的另一边查看，就发现不太对劲，另一边没有这个影子。

黑眼镜此时也发现了，两个人对视了一眼。黑眼镜说："有人非法偷渡？"

解雨臣摇头，这种商务型私人飞机，机翼下如果有个人，起飞的时候就会立即被发觉，飞起来也不会那么稳，又不是A380，一边多个一百斤重量问题都不大。

此时也不能爬出去仔细查看。解雨臣就问老太太，有没有机外的摄像头，结果还真的有，商务机就是贴心。他让机长将拍摄画面切到机上的视频会议设备——其实就是一个很大的电视机——就发现，那影子不是一个人，而是一团霜。

机翼下的那个位置结霜很严重，并且突出来一块，竟然还是人形的。

"这是怎么回事？"老太太有些害怕，"巧合吗？"

事出有异必有妖，解雨臣不知道这是怎么回事，但是他知道，这一定是有问题的，因为那形状太像一个人了。

玄学是分很多层级的，他们以往对付的都是民俗学的部分。真正的玄学中，会有很多无法解释的现象。这种现象背后甚至没有任何逻辑和理论，完全是古人的经验主义。反映到现实，仅仅就是你生活中一个小小的地方，发生了一些奇怪诡异的事情。

“如果这个区域的霜再结下去会怎么样？”解雨臣问郑景银。

后者呼叫机长，机长回答道：“我们会失去平衡，仪表慢慢地失去对升力的判断，从而在机动的时候给出错误的推力，导致坠机。但只要往下降一些，就能除霜了。”他也很奇怪，他们严格执行了空中的除冰程序，怎么还会结霜？

“也许，东京方面已经有人知道我们要去了。”解雨臣开玩笑似的说道，“要在空中解决我们。”

“通过什么？通过诅咒吗？”老太太问。

“不知道。”

机长经验很丰富，他先和塔台联系，降低自己的飞行高度，同时开始进行除冰工作。然而，四十分钟之后，这块冰并没有融化，面积反而更大了。

它的形状也开始从人形变成了类似于恶鬼的样子。摄像头的角度不好，不能看到全貌，但能明显知道那是一个有特殊寓意的形象。

与此同时，飞机开始时不时地出现震颤，机长提醒所有人坐好并且系上安全带。

又等了一会儿，这块东西丝毫没有融化的迹象。机长显然放弃了努力，跟老太太通讯，意思是要联系最近的机场，降落除霜。

解雨臣心中涌起了巨大的不安。

他预感这一次中途降落，有可能会出事。这不是平白无故的臆想，如果是他来设计这样的计谋，那么计谋发动的时间，一定是在飞机备降的过程中。事实上，所有的空难，大都发生在起飞和降落时。

飞机在飞行中还是相对稳定的，但起飞和降落的时候，机动操作非常多，不利因素的凶性容易被激化。

他犹豫了一下，觉得有可能是自己的心理作用，但又觉得还是应该小心为上。

于是，解雨臣让机长给他四十分钟时间，他用机载卫星电话开了一个十分钟的电话会议，然后就坐在椅子上，继续喝咖啡。

不久之后，这块霜慢慢地消失了。黑眼镜看着飞机上的动画片，头也不抬地问他："你做了什么？"

"我在东京几个大型社交媒体上登了广告，说如果有人在作法想让我们坠机的话，一定要注意，作法有可能要成功了，但如果坠机，施法人会受到严重的反噬。"

"您这很扯啊，巨大的封建迷信。"

"用术数来杀人，往往要利用有天赋但是不知道利害的年轻人。这些人大部分时候都是被骗了，以为只是闹着玩，但他们做的事情，也许真的在产生效果。"

"你相信吗？"

解雨臣看着机翼，无法亲眼看到的东西，他真的不是那么相信，也许只是温度忽然高了，霜就化了。也许是他的提醒让东京的某个人看到了，他意识到自己被利用了，于是收手了，谁知道呢，但是和这种事情对抗，应该什么都做到最满才行。

但在刚才的电话会议里，他已经让人全面调查机组所有成员和他们起飞机场地面维护人员的账户了。俄罗斯方面他并没有那么广的关系，因此他也拜托了老太太家族里的人。

机长也能听到他们说话，所以，到底是他的哪一段威胁起了作用，他也不知道。

大部分时候，也许仅仅是地面维护人员把除冰装置的电线剪断了，或者是机长压根就没有除冰，就足够让飞机掉下来了。

"普通人和这种虚无缥缈的力量对抗，早就精神崩溃了，你是不是过于不害怕了？"黑眼镜突然问了一句。

解雨臣愣了一下，他忽然想起了自己当家的那天晚上。

那天下着大雨，虽然他一点血迹都没有发现，但家里到处是血腥味。

门外有一个卖糖油饼的摊子，那一天的那一刻，糖油饼的摊位已经摆出来了吗？那是几点？

“你活了那么久，看到过的人的样本肯定比我多，你应该知道，人的种类是非常匮乏的，所以人的行为也不难预测，大部分人都在自己编织的茧里生活，茧既保护着自己，也容易让自己窒息。”解雨臣说道。

黑眼镜继续看着动画片：“所以只要是人做的事情，你都不害怕。”

“害怕有用的话，我真想尽情地害怕。”解雨臣说着叹了一口气，黑眼镜抬起头。

解雨臣说道：“一定要讨论这些吗？你在别人面前都挺有趣的，在我面前真是无趣。”

黑眼镜笑道：“那是看人下菜碟。”

飞机明显开始降落，东京就要到了，黑眼镜看的动画片放完了，他坐直身子把啤酒喝完：“落地是晚上吗？”

“对，现在天已经黑了。”

“那就好。”

落地之后，也许马上就会有很多事情发生，当然是夜晚比较好。

第九章 小尤什卡

东京空气清冷，从飞机上下来，轿车载着三个人穿过闹市，往河口湖方向驶去。

夜晚的街道灯光璀璨，解雨臣和黑眼镜两个人看着车窗外没有说话。

车行至一个拐口，有一个中年俄罗斯人在路边等待，车窗摇下来，他递进来四五条白色的香烟，不知道是什么牌子的。

车窗摇上，车继续往前开，那个俄罗斯人在后视镜里目送他们离开。

“不知道二位的烟瘾那么大，我们只能临时准备这么点。”郑景银说道。

黑眼镜拆开其中一条，拿了两包，将剩下的丢给解雨臣。

郑景银继续说道：“这个车有新风系统，可以抽烟。”

“误会，这是拿来用的。”黑眼镜撕开一包，抽出一根，仔细看了看。

一起送进来的袋子里有打火机，是防风的，他也测试了一下。

他和解雨臣都把香烟装进自己口袋里。

郑景银并不明白这是什么意思，但也不好多问。

“施法的人并不知道自己施法的严重性，所以才会在看到我们的警告后停止施法。”解雨臣说道，“他应该会质问骗他的人，如果我猜得没错，他一旦质问了就会被灭口，所以要去查一下东京今天以后发生的凶杀案。”

“你怎么知道他一定是在东京？也许是在某个海岛上。”黑眼镜问。

“以后和你说。”解雨臣闭目养神。

黑眼镜没有追问，郑景银就问道：“我们在别馆安排了客房，两位有没有特殊的宗教习惯或者需不需要夜宵，我们会准备好。”

黑眼镜没有回答郑景银，郑景银以为他们发呆没听见，又问了一次。解雨臣回答道：“对方不会等太久的，今晚什么都不用准备，因为谁也睡不了。还有，你们少爷家里最近有没有发生奇怪的事情，有的话，你可以和我们说说。”

郑景银看了看司机，司机摇头，表示没有任何不正常。

“如果没有，就是发生在你们平时无法看到的地方。”解雨臣说道，“没关系，说一下你们少爷的过往，越详细越好。”

“啊。”郑景银卡住了，似乎这是一件非常困难的事情，他难以说出第一句形容的话。

“说实话，我觉得不知道少爷的事对你们来说可能会比较舒服一点。”

老太太的小儿子小尤什卡因为喜欢东方图样而向往东京，他有比较严重的精神疾病，平日里除了自己的贴身医生，很少见旁人。他的工作是购买日本的老旧建筑，并且将其聚集在一个地区。

在国内也有很多人干这种事情，拆卸老建筑的榫卯构件，绘制图纸后放进仓库里，遇到合适的机会就可以重新拿出来盖成房子。因为老建筑的构件当中有很多珍贵木料，在重建的过程中，很多金丝楠木构件都可以用现在的新木料修旧如旧地换掉，多出来的老金丝楠木很多时候比整个房子都贵。

但在日本，这样的工作其实赚不到什么钱，因为日本这样的老房子太多了，无法囤积居奇。

小尤什卡还有一个爱好，就是让自己生病。据说他会购买各种细菌，让自己患病，去体验患病的感觉，说是可以据此通灵。据说他感染过世界上大部分微生物类引起的疾病，并且记录了厚厚的生病笔记。这些消息都写在日本当地的小报上。其实无法确定这些传言是不是真的，他的母亲坚信这只是孩子不喜欢见人所找的借口。

他居住的房子四周常年聚集着很多苍蝇，由此还引申出了他是瘟神的说法。

同时，郑景银表示小尤什卡并不害怕死亡，是老太太说服他打开大门接受这次调查的。总之，小尤什卡并不会出来见他们，但会有佣人服务他们。

“这也没什么不能知道的。”黑眼镜说道，“人活在世界上，总有一定的概率坏掉。”

郑景银说道：“但那个宅子里的人确实经常生病，而且都是些奇怪的病。所以有一些区域的佣人也相信少爷不想别人靠近，故意在那些关键路口涂抹了细菌，来恐吓其他人，警告他们不要有好奇心。”

“听上去有点像蓝胡子的故事。”解雨臣笑了笑，“还挺浪漫的。”

郑景银看着这两个人，觉得自己可能没有把细节说清楚。对于即将进入那幢房子，他心里是打鼓的，其实老太太也只能用视频设备和小儿子沟通，这人到底在那个大房子里搞什么，谁也不知道。

车行到河口湖边上的大宅子前停下。宅子大门就是普通的日式住宅样子，但能感觉到后面建筑群的规模，这里有点像一个巨大的古代寺院。

黑眼镜和解雨臣下车，站在门口，宅子里亮灯的地方不多，建筑群宛如一个盘踞在此的巨大阴影。黑眼镜拍了拍行李，说道：“你看好他们，不要乱动我的行李，如果有可能的话，看看他们能不能提供主食类的夜宵，等一下我回来可能会饿。”

说着他也没有脱鞋，直接绕过在门口迎接的佣人，往建筑群深处走去。郑景银很惊讶，佣人似乎想要阻止，但被他喝退了，他知道这些人做事都是有原因的，自己不懂，就不要多问。

解雨臣看了看郑景银：“带我去客房那儿吧。”

“您不和黑爷一起吗？”

“现在是晚上，是他的班。”解雨臣说道，“对了，有主食吗？”

“他一个人没事吗？”

“有事他会喊救命的。”解雨臣说道。

第十章 古宅

这真是一个巨大的宅子，佣人都集中在门口的区域，进去之后，顺着复杂的围廊往前走几步，灯光就逐渐变得昏暗起来。

黑眼镜很快就明白了，这一部分是寺庙改建的，宅子的主体建筑群应该在后面的山坡上，比这里略高一点。所以后面的建筑显得更加高大，其间只有零星的灯光，看上去黑压压的，犹如巨兽。

从此处看去，整个宅子犹如一只眼睛长得不太整齐的大蜘蛛。

他路过的这个部分是一个典型的寺庙，顺着围廊可以绕到一个大殿里去，也可以直接从岔路上山进入后面的建筑群。这一部分的建筑结构过于复杂，难以用语言描述清楚，只能凭各自想象。

围廊里的灯光很暗，但对于黑眼镜来说，已经过于亮了。他在围廊里往前走的时候，这些灯一下子灭了，看样子是有人提醒佣人关掉夜路照明系统。老板还是很贴心的，给他创造了主场环境。

当然，野外丛林才是他真正的主场，因为那时候只有一点点月光从参天大树树冠的缝隙里照下来，那是最让他舒服的光线，这也是他长年愿意在东南亚接活儿的原因。

没有人能真正理解他看到的世界，如果不得不接受这种疾病，那不如享受其异常之美。

但此时的月光还是有点过亮了，他没打算摘掉墨镜，于是顺手点上了一支烟，狠狠地抽了一口。

吐出的烟雾瞬间四散而去，在他的眼里，所有的灰尘都开始反射月光，这些细小的光尘会感知到空气中最细微的气流。

他看了看手指间的烟，有点恍如隔世。

烟尘用极快的速度以他为中心发散出去，可以到达非常远的地方，在这段距离里，隐藏在黑暗中的动物，甚至飞过的虫子在他眼里都会十分明显。

风水的本质是拔气，在两晋风水大师郭璞看来，气是一种没有任何属性的能量，但是当它进入到一种形状的器具之中，就会被赋予一种属性。

比如说，如果一座山川是高耸如一棵大树的，当地气进入这座山，就会体现出树木的属性。

气犹如水，而器具犹如不同形状的水杯。换句话说，寻龙点穴的时候，你顺着山脉经过群山，看到的每一座山都有各自的属性。

当然那种属性是由人的意识决定的。

如果没有人去看它，它就没有任何属性。但当有人出现在山中，看到了那座山，山便有了属性。古人在山中寻找龙脉的时候，夜晚仰望星空，发现星星之间的衔接，也犹如巨大的山脉，于是便开始用天上的星星给沿途看到的山分类。

地上的山和天上的星星因此有了千丝万缕的联系。

只要是高于地面的东西，就一定能把地气拔出地面，甚至人也是一样，如何利用这种拔出的气，就是风水学说的关键。

但很多人也由此发现了一个问题：高于地面的东西，有时候形状是非常复杂的，这就意味着，拔出的气在形状复杂的容器中，会出现让人无法理解的复杂属性。

这种属性的气，在某种情况下，会催生出奇怪的邪祟。很多奇怪的山，因山体变化太多而又蕴含了某种奇怪的规律，成为山中点穴之地，就可以养出“粽子”来。

所以古人喜欢住在形状简单的空间里。

人类发现了规律之后，往往就会以简单和简洁为目标，这种规律同时也会开始产生负面的影响。

风水术数用来害人，其实就是这么简单。

日本建筑的设计都有中国的理论在里面，气息大多是简单的。如果有人在这样的建筑里，设置了风水局用来害人，就一定会产生特殊的不符合原则的情况。

这样就非常容易被发现。

黑眼镜看着四周的细微气流，暂时没有发现什么异常，想来也知道，风水局不会设在离门口那么近的地方。

但他看到了一个奇怪的东西，在远处走廊的顶上吊着。

这个距离他看不清细节，但看形状，竟然像是一只书包大的蜘蛛。

第十一章 池塘

黑眼镜慢慢走近，那看起来是一个死物，可能是一个毛绒玩具，但就那么挂在走廊的顶上，挡住了人的去路。

平时佣人在这里行走，肯定会被这东西干扰，却没有人将其收纳起来，可见这应该是主人明令禁止触碰的。

中国很多景区的小卖部里有同样类型的廉价玩具，走近之后可能会忽然发出声音来吓唬你。

果然，黑眼镜走到离蜘蛛三四步距离的时候，它的眼睛忽然发出红光，脚也动了起来，做出顺着丝攀爬的样子。

当然不是真的攀爬，只是一种模拟动作，并且发出了刺耳的“咯咯咯咯”的声音。

这是一个粗制滥造的东西，挂在走廊里，和这里清爽的建筑风格很不协调。小尤公子是喜欢日本的审美才来这里生活的，这里挂着这个东西，十分奇怪。但如果不是主人挂上去的，那如此妨碍佣人工作的障碍物，肯定会被收拾掉。

黑眼镜戴上蓝牙耳机，拨通了解雨臣的电话，放进口袋里。

对面传来吃面的声音。

“这么快就有发现了？”

“这么快就上菜了？”

“泡面。”

“那真是委屈你了，这么大的地方招待竟然这么差，还真的不想干了呢。”

“说吧，发现了什么？”

“有一只书包大的、用回收塑料做的那种劣质蜘蛛毛绒玩具，挂在走廊的顶上，走近会发出‘咯咯咯咯’的声音吓唬你。”

“怎么，你喜欢？喜欢回去送你一个。”

“想听听你的想法，人类为什么要挂这种东西？玩这种玩具的人是什么心态？”

“嗯，除了这个，你什么都没有看到吗？”

“没有。”

“普通人在黑暗中会不会撞上？”

“嗯，会被吓一大跳。”

“佣人没有提醒你，这不是待客之道，所以说这东西是为我们准备的，看来有人在表达自己的抗议。小尤公子不是特别正常，和母亲之间有着强烈的隐性对抗。我们是他母亲的客人，并不是他的客人。这个巨大的宅院是他的领地，平时几乎完全是由他掌控的，但我们的到来，等于是他母亲强行进入了他的领地，应该勾起了他很多不好的童年回忆。”

“你是说，他童年的时候，私人空间一直被他母亲强行破坏，所以长大了才努力离开母亲，去创造自己的独立空间。如今他母亲的力量重新出现了，所以他很不舒服。”

“他小时候对抗母亲的方式，恐怕就是使用这种吓唬人的恶作剧玩具。他显然很聪明，希望通过这种方式增加母亲进入他的领地的心理压力。如今我们来了，他也用相同的方式。他可能认为他母亲会和我们一起到这里来。”

“所以才会挂在离门口那么近的地方，这是一种抗议。”

“他母亲是个女强人，必然对于管控带来的压力感觉迟钝，她只会觉得孩子有些怪。”

黑眼镜笑了笑，内心有问题的小屁孩，他最喜欢了。

他经过的时候一把把蜘蛛扯下来，蜘蛛不停地爬动，并发出奇怪的叫声，他摸到开关，把它关了。

人与人之间最大的鸿沟就是对对方心中重要的东西和客观上真正重要的东西，有着巨大的误解，人总是觉得对自己重要的，对其他人也一定重要。事实上人和人大不相同，如果不是教育一直在强行统一人对于客观重要的认知——比如粮食、生存权，那人们会有更大的不同，不同到也许我们并不能真正地群居。

“有这东西对我们来说是个好消息，说明小尤公子应该还没出事。”

“不一定。”黑眼镜说。

他继续顺着走廊往里走，走廊的岔路口到了，一边是上山的路，通往刚才看到的黑色的建筑群，另一边通往这里的后院。黑眼镜先走向后院，发现后院的庭院里有一个巨大的池塘。

但池塘已经干涸了，似乎在进行什么清淤的工程。

一个巨大的池塘里如果没有水，在夜晚看起来是非常吓人的。

“这里的建筑分两个部分，我们现在所处的部分应该是一个古寺，主体建筑不小，但总占地面积不大。我已经到了后院部分，这里有一个没有水的池塘。”黑眼镜说道，“大概有两个标准公共游泳池的大小。”

“池塘里没水？”

“嗯。”

“你怎么想？”

黑眼镜已经来到池塘边，直接跳了进去，下面的淤泥一下没过他的脚踝，还好他穿的是靴子。

这里有一些星光，他看到池塘底部的淤泥并不深，有些地方的淤泥甚至已经干了，这里被挖出了很多大洞，一个一个的，像马蜂窝一样。

“小尤公子不是在这里淘金，就是在池塘底部找什么东西。”黑眼镜说道。

第十二章 别里亚克

解雨臣住的地方，是整个建筑门口侧面的一个别馆，竟然是西式的建筑，还有那种青铜的欧式顶部。能看得出那也是一个从其他地方拆卸过来装在这里的日本本地老建筑。

内饰很多都维修过了，所以看上去虽然古朴但还算结实，走进去不至于会发出踏入古堡一样的吱吱的声音。这里大概有十四间房屋，除去工作用的，能接纳客人的应该有七八间，布置得非常好，里面都是现代化设备。

耳机里，黑眼镜沉默了下来，跳入池塘之后，他需要一段比较专心的时间，来观察和探索四周的环境。

解雨臣吃着泡面，默默地等他提问，同时翻看桌子上的一本别馆介绍。

介绍是用多种语言书写的，能看得出别馆来自镰仓的海边，是殖民时代的有名建筑，被购买后移到了这里翻新搭建。别馆的主人是当时一个钟表公司的老板。这个钟表品牌现在也还是日本的一个知名品牌，既然会出售别馆，那品牌的持有方肯定已经换人了。

这份介绍非常厚，像这幢房子的简历一般，能看得出小尤公子确实是在收集日本的中古建筑，而且是当作这个国家的历史来收集的。

很快面就被吃完了，本来这种小桶量就不多，解雨臣喝完汤，处理好汤碗，然后洗了把脸，坐到了房间的阳台上，从这里能看到黑眼镜正在探索的巨大的庙宇式区域。

这个时候，他看到隔壁房间的阳台上也站着一个人。

那个人正在抽烟，穿着运动服，寸头，发丝完全是白的。

有些人是把运动服当成常服来穿的，这个人显然就是这样。他很瘦，皮肤惨白，一副病恹恹的样子。

他也发现了解雨臣，转头看过来，两个人对视了一眼。

一看脸型，解雨臣就知道他是东欧或者俄罗斯人，可能还带一点亚洲的混血。

“你也是被他请来保护他的人吗？”那人开口说话，竟是相对标准的中文。

“我是他母亲派来的。”

解雨臣一听对方的问题，基本上已经知道了他的身份，应该是小尤公子知道自己有危险之后，找来保护自己的人。

但这人身上有一股子神棍的气息。

——说实话，东欧或者俄罗斯那边的神棍，气质真是太明显了，很容易分辨出来。加上这个人的身体状况，其身上宗教弃子、带着某种诅咒的感觉就更加明显了。

“老太太还是那么强势啊。”说完他吐出一大口烟，并从口袋里拿出一个烟盒。

“到了这个地步，恐怕没法计较那么多了。”

对方这句话，说明他和小尤公子认识有相当久的时间了，而不仅仅是甲方和乙方的关系。

如果这个人是个神棍的话，他也许是一直混迹在俄罗斯名流圈里的，又或者是小尤公子小时候认识的人。

“我的名字叫作扎赫沃基，外号叫作别里亚克。”他说道，“我是宅子主人的神秘学顾问，也是他的老师。”

“你们看上去年纪差不了太多。”

“三人行必有我师。”

解雨臣看着对方，心中“咯噔”一声——那种喜欢说中国古话的“中国通”让他很焦虑。

扎赫沃基，俄语的意思是病人，俄罗斯人有时候会将含义特别可怕的名字赋予他们认为未来会命运多舛的孩子，他们认为这些名字可以吓走恶灵。

“那你怎么看待这里将要发生的事情？”

别里亚克看着那片巨大的建筑，吐出一口烟，站直了身体。他个子很高，以至于站直了也显得有一些佝偻。

“他要买那房子的时候，我就和他说很不吉利。设计师在设计那房子的时候就有不可告人的目的。”

第十三章 三条规则

“怎么说？”解雨臣问。

别里亚克晃了晃烟，解雨臣再次表示不抽。他点上了第二根，说道：“这宅子价值很高，宅子的前主人在‘二战’结束之后得了重病，其他所有的遗产都给了孩子们，唯独对这宅子，遗嘱非常复杂。”

解雨臣看着对方，他从对方脸上看出一种坦然，没有说谎的痕迹。

“有三条规则。第一条是，他们家必须有一个有血缘关系的人永远住在这个宅子里面。第二条规则是，宅子中如果有人死了，必须埋在宅子里面，‘宅子里面’的定义是：土地价值包含的区域。第三条规则最奇怪，说的是如果在这个宅子里，看到任何你认为已经丢失的东西，一定要假装没有看见。如果你失败了，就要立即离开这个宅子，并且远离这个区域三十公里。”

解雨臣觉得有些有趣了，他在心中默默地记了一下这几个规则：“这听上去像某种游戏。”

“你看到门口那些佣人了吗？其中一个就是宅子前主人的孩子，就算宅子出售了，他们也一直在遵守这些规则。尤里，不好意思，这是我主人的小名，当时他要买这个宅子的时候问我的意见，我的意见是，如果他实在想买，那么还是要遵守这个规则，并且我们要想办法了解规则产生的原因，知道了原因，就能把规则解除。”

“你们有结果了吗？”

“没有，我已经很久不参与这件事了。但是尤里很在意这件事，我相信他已经有成果了，但有一些事情让我们的关系变得有点僵，所以即便有结果了他也不会告诉我的。”

“哦，那你还来保护他？”

“你懂的，虽然关系僵但有些事情是一定要帮的，这是原则。”

解雨臣点头，的确是这样，“那作为你这个派别的人，你就没有猜想吗？”

别里亚克皱眉：“我问过那个家族的后人，有没有人不遵守这些规则，他们都不回答我，而且表情很平静。尤里找了很多人做实验，他想看看如果不遵守这些规则，会发生什么事情。我当时很不同意，所以就不再参与了。”

“那些被用来做实验的人呢？”解雨臣皱起了眉头。

“我没有参与，所以不知道发生了什么，后面他就很少出现了。不过，听那些佣人说，他开始在很多区域用各种恐吓的方式设立禁区，只有他能进去，其他人都不知道里面有什么。如果那些被用来做实验的人还在，应该都在那些区域里。”

“这些被用来做实验的人就没有人权吗？他们没法离开这个宅子？”

“佣人说，有时候能听到宅子的那些区域里有孩子讲话的声音，他们以为是宅子里闹鬼了。”

“嗯。”解雨臣深吸了一口气，他意识到，这个建筑的背景是有点深的。

他敲了敲耳机，对面也敲了回来，这是他们简单的报平安的信号，黑眼镜也在听着这些对话。

“你怎么看？”别里亚克问，“你是风水师？”

“三个规则中有一个规则让我很在意，就是第二条。”解雨臣说道，“宅子中如果有人死了，必须埋在宅子里面，‘宅子里面’的定义是：土地价值包含的区域。”

“为什么？”

“这个规则有一个精确的定义，如果你想知道这类精确定义背后的社会含义，我可以和你说说，但需要一点时间。”

“要不，你过来，我这里有茶点。”

解雨臣笑了，摇头：“不了，我防备心比较强，就在这儿说吧。”

别里亚克没有想到解雨臣那么直白，扬了扬眉毛。解雨臣继续道：“你知道吗？在数学里，土地区域其实是无法真正测量的，你无法画出一条线告诉别人，线中间的区域就是有效区域。因为这条线如果被放大无数倍，就变成了一个面，线的边缘是否存在，哪个边缘属于有效边缘，这都不是能客观定义的问题，所以这种表述中必然有人的意识在里面，叫‘差不多是这样’。”

别里亚克的中文显然没有好到能理解这些的程度，他一脸疑惑，解雨臣说道：“意思是，土地价值包含的区域，是一个人为创造的概念，所以这个规则的制定者一定是人。”

“然后呢？”

“只要是人制定的规则，就一定可以不遵守，这世上只有自然规律是难以作弊的，你可以早上起来不去上学，但无法不呼吸氧气。”解雨臣说，“但这个规则显然被遵守了很长时间，目前尤里做了实验之后，也仍旧在遵守，说明这个规则有一个监督者，这个监督者现在仍旧存在，并且能够知道是否有人破坏了规则。而且，他一定还有惩罚机制，让人恐惧。”

“然后？”

“人不是全知全能的，这么大一个区域，就算有监督者，它也不可能全知全能。但我们目前推理出来的情况是，这个监督者的确是全知全能的，那么这里就需要更改一个概念了。”

“您说。”

“这个全知全能的监督者，有人的属性，但它肯定不是人。”

第十四章　黄铜箱子

黑眼镜踩着已经发干的淤泥，在池塘的底部缓缓地走着。

到处都是挖出来的深洞，不管小尤公子在找什么，他肯定已经找了很久。

耳机里，解雨臣一直在和一个口音奇怪的人对话，内容他听得也不是很清楚。

他必须小心地行走，以免踩空摔进深坑里。走到池塘中心的时候，黑眼镜看到了一个比其他坑都要大十几倍的巨坑。这个坑起码有十米深，他在坑的边上蹲了下来，看向坑的底部。

这到底是在找什么？

坑底什么都没有，他刚想跳下去，耳机里忽然传来“呲”的一声噪声。

黑眼镜停了一下，仔细去听，那声音又消失了，解雨臣的声音继续从耳机里传出来。他觉得不太对劲，安静地听了一会儿，就发现耳机里的声音开始扭曲起来。

那声音一会儿正常，一会儿变得尖声怪语；忽然被拉长，或者忽然变得像说悄悄话。

黑眼镜敲了敲耳机，这一次解雨臣没有给他回应。

难道是和对方聊得太专注？不会，解雨臣从不犯懈怠这种类型的错误。

他站起来，环顾四周。多年处理这种奇怪事情的经验，让他知道，附近开始发生了什么变化，解雨臣已经听不到他这边的声音了。

四周的细节，他看得一清二楚，这就是他的优势。普通人在这种黑暗的环境中会被自己的想象吓死，但他不会。

他笑了笑，打消了跳入这个巨坑的念头。他只是站着，听着耳机里的声音，辨别他们到底在聊些什么，并且死死地看着四周的黑暗。

没有任何东西出现。

耳机里的声音继续变形，已经完全听不到正常的语音了，所有从那边传来的声音，全部扭曲到似乎在念一种奇怪的咒语。

这是情况严重的信号，但四周还是什么都没有。有什么东西在靠近，但似乎是看不到的。

黑眼镜思索了一下，忽然意识到，也许并不是这样的。

并不是只有四周的东西才能靠近自己，他猛地抬头，看向头顶上方的天空。

天空中也什么都没有。

他低头再去看那个巨坑的底部，忽然，他看到了一个之前并不存在于那个地方的东西。

那是一个黄铜箱子，完全焊死的，它突然出现在了这个深坑的底部。

黑眼镜深吸了一口气，此时耳机里的声音已经和解雨臣完全没有关系了，竟然变成了一种日语的广播。

广播里的声音非常模糊，根本听不懂，但是从背景音中能听到防空警报的声音。

黑眼镜抬头看天，天空中还是什么都没有。当他再低头的时候，那个黄铜的箱子又消失了。

坑底又是一堆灰泥了。

“你在搞什么鬼？”黑眼镜看着坑底说道。就在这个时候，他眼前忽然一白，接着什么都看不见了。

他知道是有人打着手电筒照向了他，回头一看，郑景银出现在他身后：“有什么收获吗？”

就在这个瞬间，黑眼镜的耳机一下恢复了正常，解雨臣的声音传了过来，但他却说了一句莫名其妙的话。

第十五章 回忆

黑眼镜看着郑景银，一边示意他把手电筒往下放一点，这手电筒功率太大了，一边听到解雨臣说了一句莫名其妙的话："你有没有看到你丢失的东西？"

"丢失的东西。"他觉得莫名其妙，"没有，我刚才丢失了通话信号算不算？"

"应该不算。"

黑眼镜觉得有点奇怪，想再详细问问，忽然他脑子里闪过一个模糊的影子。

是刚刚的那个黄铜箱子。

几乎就在那个瞬间，他意识到那箱子就在自己尘封的记忆深处，那里竟然还有什么东西在努力地与其呼应着。他思索着，整个人恍惚了一下。

这记忆太久远了，但他还是想起了那个箱子。那是二十多年前，在老挝的雨林里，那滂沱的大雨中，有无数人在惨叫，那真是一段无比恐怖的回忆。

那一次的遭遇都是因为这个箱子，是从哪儿挖出来的？是为什么去的？他都记不清了。

那个箱子，就是他们在雨林里疯狂逃跑的时候丢失的，上一秒那个箱子还在他手里……是的，那个箱子是他弄丢的。

那段回忆让他毛骨悚然，他笑了笑，深吸了一口烟。

这东西怎么会在刚才忽然出现了一下，是幻觉吗？解雨臣为什么要问这个问题？他是不是知道了什么？

强烈的不适让他立即停止了回忆，他刚想问解雨臣，对方就说道：“如果你看到了，一定不能表现出来，否则恐怕会出事。”

他的话被噎在了喉咙里，出来就是“嗯”的一声。对方也不让他反应，继续把三个规则告知给他。

刚才的回忆让黑眼镜心里有一股爆裂的能量，他听着解雨臣说规则的时候觉得胸口发疼，听完才恢复了平静。

“这有意思，今天晚上睡不着了。”他道。

“这里有两个问题，到底怎么样才算是假装没有看见？这个‘没有看见’到底是由谁来判定的？”

是的，黑眼镜心里说，刚才自己算是假装没有看见吗？他看了看郑景银，这小子应该是没看出来。

“你那个邻居是不是在吓唬你，是尤里想把你吓得离开这里。”黑眼镜继续说道。他脑子里忽地又出现一股强烈的欲望，想回忆清楚当年的事情，但被他死死地压制住了。

现在不是回忆的时候。

“总之，你探索完不要深入，我们可能需要讨论一下，这件事情不像我们想得那么简单。”

“好的，老板。”黑眼镜说道，他回头再次看了看那个坑底，里面什么都没有。

“正经人同志，都是同胞，你总不会站在俄罗斯人这边忽悠我吧？”他对着郑景银笑了笑。

“我站在老太太这边，但只要是能协助你们的工作，我都会帮忙。”

黑眼镜指了指四周：“那老太太知不知道，她儿子在宅子里挖了那么多洞？”

郑景银看着千疮百孔的池塘底部，叹了口气。

“这我回答不了，看样子他是在挖什么东西。他是不是知道有人要杀他，所以和我们一样，在找设置在他家里的风水局？”

“嗯。”黑眼镜不置可否。

黑眼镜回头，一边走一边问：“你怎么跟过来了，是来监视我的？”

“宅子里有很多古董，佣人们担心你会顺手牵羊。”

“啊，有很多古董啊。”黑眼镜说道。

“我是不是提醒了不该提醒的信息？”

“没有，我最不缺的就是古董，你放心吧。”

两个人回到走廊上，在岔路口，黑眼镜向通往后面巨大建筑群的上山的路走去。

“这么晚了，不如明天再探索。上面的区域没有佣人，我们很容易迷路的，而且你这一脚的泥。”

黑眼镜没理他，直接往山上走去。很快，后山建筑群的正门就出现了。那是一个不起眼的木门，很古朴，年代久远。门口放着一个石头的渔夫雕像，上面全是青苔。

有一条非常粗的铁链锁着门，一副封闭已久的样子。

“其实你可以和我说说你的思路，这样我才能真正帮到你。”郑景银追着说道，“你要开门的话，我来叫佣人。”

“齐秋提示了我们，下一次凶局是在东方，大概率是在这里。”黑眼镜说道，“而设置了风水局的地方，一定有奇怪的事情发生。如今你们公子爷在池塘里挖了那么多坑，这很不正常，你们有多久没有见过他了？”

郑景银显然无法回答，他拿出手机打电话询问佣人。黑眼镜的耳机里传来解雨臣的声音：“你怀疑已经出事了？”

“嗯。”

“你等我一下，我过来。”

“不用。”黑眼镜说道。这时候，就听到耳机里传来别里亚克的声音，“你朋友今天晚上会死。”

第十六章 建筑深处

黑眼镜没有理会那句话。

天亮之前，他是无敌的。

有佣人过来开门，脸色很难看，一直在反复说着什么。郑景银告诉黑眼镜，佣人说如果夜晚进入这个房子，主人会非常生气，他只能开门，并不敢进去。

这扇门后面，就是由无数古木结构的老房子堆砌起来的巨大建筑群，起码有六座寺庙和一百多幢最晚是明治时期的老别墅。整个面积非常大，日式建筑结构复杂，门又四通八达，且光线昏暗，非常容易迷路。

同时这些房间包裹了几十个庭院，最小的只有一个茶几大，最大的里面能容纳巨大的古树。庭院和这些古树也都是从日本各地收集来的，很多庭院还有大师级别的园林维护人。除了主人特别喜欢的几个，其他的都杂草丛生，几乎荒废。

进入门内，第一个房间一看就是一个小型庙宇的佛堂，很多木质的半人高的佛像贴墙放着，空着的墙壁上挂着各种主题的鎏金木版画。头顶的梁很低，上面也全是各种主题的木版画。

主位置上的佛像已经被移走了，放置着一个奇怪的东正教的陶瓷神像。说实话，他看不懂这供奉的到底是谁，应该是那个俄罗斯神棍在这里设置的。

“说实话，我们不住这儿，如果哪里有不正常的东西，我们也不知道啊。”郑景银说道。

从这个佛堂继续往里，有两个门，一个往左，一个往右，两边都是房间，黑眼镜指了指左边：“我们分开，我走左边。”

“我应该跟着你。”

“我如果想要甩掉你，你两秒内就看不到我了，所以你别争论。”

“不行啊，这个——”郑景银还没说完，就发现黑眼镜已经不在刚才的位置了。

他转身看了看四周，黑眼镜完全不见了，整个房间只剩下他一个人。

“Hello？”

没有人回应，郑景银觉得莫名其妙。

“Hello？我懂了，我不说话了。”郑景银说道，“您出来吧。”

四周只有那些发黑的木质佛像看着他，没有任何回应。手电筒能照出四五平方米的空间，四周的佛像隐在光晕外，看起来很是诡异。

“Hello？”郑景银忽然觉得这个房间里的空气都冷了下来，他打了个寒战。

左边，那个人刚刚说要去左边，并让他往右边的房间去探索。

他用手电筒照了照右边的房间，那里一片漆黑。他吞了口口水，决定还是往左边跟过去。

此时在右边的房间里，黑眼镜已经摘掉了墨镜，这个房间很黑，让他无比舒适。

他听郑景银走远了，点上烟，开始往这个建筑的深处走去。他每吐一口烟，就似乎是以他的身体为中心，发出一道声波，在这个区域内的任何东西，都无法隐藏自己，包括邪祟。

他就这样在黑暗中走了一个多小时，到了建筑的深处。

他发现很多地方都有东正教的瓷像，而且每一个瓷像的朝向，都是对着上一个的，这就可以把这些瓷像当作路标。

这条路线非常干净，显然有佣人会做清洁，那就是他们常走的路线。而路线之外的地方，有些房间的灰尘，都是沉积了十几年的程度。

房子太大，难以打理。

大部分房间里放置着东西，都是些日用品，被堆放成一堆一堆的，上面全是灰尘，能看得出里面有玩具、脸盆等，难道是当时收购的建筑里面的东西没有被丢弃？现在无法推测。

终于，他来到一个房间。这个房间特别大，可能是某一个大型寺庙里讲经的地方，他走了进去。

绝对的黑暗，他几乎是靠烟头上的火星和烟尘配合才能看到里面的情况。房间的地板是榻榻米，因为无人打理，已经都腐烂了，踩上去的感觉很微妙，似乎有黏液。

他往里走了一步，仅仅是为了深入一点观察这个房间，可就是这一步，让他发现这整个空间在黑暗中涌动起来。随即他就意识到，这个房间里全是蟑螂，成千上万的蟑螂因为他的进入被惊扰了。

它们在这里吃那腐烂的榻榻米。

黑眼镜吐了一口烟，看到这个黑暗房间的尽头，放置着一个巨大的中式棺材。

是一个明朝的铜角古棺，贴墙放着，四周放满了东正教的瓷像，全都朝向这个棺材。

第十七章　铜角古棺

“你还在吗？”黑眼镜问道，他没有立即靠近那奇怪的区域，只是站在外沿看着。

耳机里没有回应，他戴上墨镜，掏出手机来看了看，这里已经没有信号了。

他重新摘掉墨镜，叹了口气，整个房间都在腐烂，空气中霉烂的腐败气味让他作呕，黑暗中还有无数的蟑螂，连天花板上密密麻麻的都是。这个品种的蟑螂个头非常大，因为日本建筑的地基下面本来就很适合蟑螂生存，所以十厘米长的蟑螂都不算罕见。

这东西在日本历史上曾有一段时间被称为“黄金虫”，寓意富有之家才会出现的虫子，这其实是一种本末倒置。

如果说要找不正常的地方，那现在这个环境太不正常了，而他也明白为什么之前没有人发现这个古棺。它是贴着房间的最里面放置的，房间太大，光线又太差，这里就那么几个佣人，几乎不可能找遍所有的地方，很多房间只是打开门看一眼就离开了。而这个古棺在那么深的位置，只用手电筒照一下是根本看不到的。

他想了想，就抬脚跨进了那些东正教瓷像堆里，所有的瓷像都如同守卫一样，死死地围着这个棺材。如果这东西是那个俄罗斯神棍放置的，那么他早就发现这个地方，并且做了措施，似乎是想让这些瓷像来封锁这个棺材。

希望这些东西是有效的，黑眼镜心说。在他心中只有一个理论，那就是养尸之地会养出邪祟，各地的地气不同，尸体的状态不同，邪祟也各种各样。

走到古棺前，他一眼就分辨出，这东西来自中国的古墓，而且没有开过棺。

要想把中国的古棺原封不动地运到日本，基本上得用货轮走私进来，然后再神不知鬼不觉地把这个东西从港口运到这里。

倒也不是太难，因为这里人手确实非常不够，一路上也没有看到太多监控设备。

明朝的棺材，铜角，木头外壳腐烂得很厉害，但里面还十分结实。棺头有一圈花雕，是一只猴子和一只凤凰的图案，凤凰在前，猴子在后，托着一个人往天上走。

但奇怪的是，那图案上的凤凰飞起来了，猴子却飞不起来，所以被托着的那个人就做出了一个很滑稽的动作，整个构图显得非常活泼。

“跨凤乘猴？”黑眼镜嘀咕了一句，显然在这里出现这样的图案很奇怪。这图案应该和棺材里尸体的八字有关，但人都死了，为什么要把八字术数刻在棺材上?

棺雕一般只有轮廓，看不出更多了。黑眼镜掏出所有的烟，点燃之后一支一支地立在棺材上。

立到第十七支的时候，再也立不住了。

无论换多少支烟，第十七支只要放到棺材盖上，就一定会倒。

他坐在棺材前，看着漫天的烟飘起来。根据齐家的技术，要点到第二十四支烟才能开棺。每点八支烟，都要在心中运算一次奇门八算，一共三遍，若结果都是一样，这件事情才可下铁口。

这是断大事的过程，一是问神，二是问自己。很多人到第三遍之前，自己内心就动摇了，也就不断了。

很多事情，其实能不断就不断，棺材能不开就不开，这是他从老齐家学来的最大的道理。那是九门最惜命的一家，所有的绝学都是放弃和逃命用的。

所以齐家是九门中，做事求百分之一百二十保险和安全的奇葩。

每算一次，就要在棺材上放八支烟。当年其实是用香插在棺材边上的土里，黑眼镜经过实践，知道在棺材盖子上放香烟也可以。

但第十七支怎么都立不起来，这是祖师爷让他走啊，不让他继续在这里待着了。

黑眼镜是不怕任何邪祟的，特别是在夜晚。他端正身体，决定问老祖宗一个问题。

就在刚才，他心中出现了一种奇怪的感觉，这种感觉叫作易心，就是他预感到哪里出了问题。

整个过程中，有什么地方，他的理解出现了偏差。

这是一件很简单的事情，有一个俄罗斯富豪，家里被人用风水煞袭击了，于是向他们俩求救。他们发现了齐秋的尸体，齐秋留下的信息指向了东方，正好是富豪小儿子所在的方向。

所以他们认为富豪的小儿子是下一个目标，过来保护小儿子。

但是，刚才忽然出现的易心让他觉得这个过程中的某个环节出现了问题。

黑眼镜安静了一下，在心里提出了第一个问题。

“我们对于事情的判断，是错的吗？”

刚提完这个问题，一只蟑螂忽然从天花板上掉了下来，正好掉在他面前的棺材铜角上。

黑眼镜愣了一下，他立即发现那不是一只蟑螂，而是一只螳螂。

而且是一只兰花螳螂，非常漂亮。

错了。

自己的判断错了。

易心的奥妙来自梅花易，它的本质是你相信这个世界在向你诠释一切信息，毫无保留，但你必须有坚信不疑和能观察到提示的心。

他看了看四周，忽然意识到，四周爬满的都不是蟑螂，而是这种兰花螳螂。

黑眼镜觉得空气冷了几分，他接着问了下一个问题。

“对这件事情的严重程度，我是否预估得不够？这件事情到底有多严重？”

问完这个问题的瞬间，棺材上的所有香烟都倒了。

倒下的香烟，滚到了墙壁的踢脚线处。

他愣了一下。

也许这是一个提示，或者说，刚才棺材细微震动了一下。

第十八章 兰花螳螂

铜角棺所谓的铜角，其实是用铜把棺材的八个角全部包裹住。有传言说把棺材的木头漆成金色，可以显八方富贵，但其实所谓的铜角金棺中的“金”，指的是金丝楠木。

铜片有很强的可锻造性，古代的工匠会把棺材盖的四个角做出各种造型来。这个铜角棺材的四个铜角中，正对着黑眼镜的那两个，阴刻的花纹是两个伎乐神。如果他猜得没错，对面的两个应该是文武门神。

里面的尸体肯定动了一下，这是毋庸置疑的。古法中，在墓室里，四周的香或烟气几乎都是直直上飘的，但只要棺材有一丝抖动，烟就会立即感应到而变了方向。

会有徒弟专门坐在棺材前观烟，那徒弟年纪要小，心思要稳，戴着口套，纹丝不动。这辈子不学别的，仅观烟一法，已经够在九门吃饭。

那时候齐家的香都是特制的，插香的时候，必须完全笔直地插入地。这是特别难练的功夫，因为这样香烧下去，香灰不会自然脱落，而是留在香烧完的那一段。

整段香烧完，还是一根完整的香灰立在那里。但这种状态非常脆弱，只要棺材一动，香灰立即就会落地。看香灰，就能知道棺材里的东西是什么种类的邪祟。

当然到了老九门那一代，齐家早就不再下墓，但是这些手艺流传了下来，说明齐家早年间的各种术数还是为下墓准备的。这个家族在胆小如斯之前，也应该有过草莽的时候。

可惜这种细致的事情，他是一点都没学，只能把香烟摆在棺材上。现在这棺材一动，他抬手就按到了棺材盖子上，立即就感觉到了棺材里细微的动静。

那动静不大，黑眼镜的第一个感觉是里面有一条鱼，或者是某种大概有成年人手臂粗的东西在扑腾。

尸变是尸体整个发生变化，所以要动，一定是多个点同时动，这是人运动模式的基础。在这种运动模式下，就算你有意轻手轻脚，产生的力量也非常大。

这棺材的震动并没有那么大，但也没有那么细微，棺内确实是如人手臂粗的活物在动的感觉。刚钓上来的手掌宽的鲫鱼，一开始的扑腾，就是这种力度。

黑眼镜摸了摸棺材的边缘，所有的部分都死死地钉在盖子上，明显是老棺材钉，很多都烂在木头里面了。这种棺材里的尸体要么已经尸变了，要么就全干了，怎么会有小型的活物在里面？

他想了想刚才的易心，易心已经过了，心中一片空白，他知道机会刚才已经过去了。

天花板上不停地有兰花螳螂落下来，这种大螳螂似乎已经适应了黑眼镜的到来，开始放肆地漫天飞舞，就像樱花落下来一样。

这个场景实在太诡异了，黑眼镜尝试拨打解雨臣的电话，他知道没有信号，但希望有渺茫的机会可以打通，他需要一点分析支持。

现在这里发生的事情，显然非常复杂，可能当下难以直接下任何定论。而他全部的注意力必须放在当下，没有办法再去思考更深层的前因后果了。这让他非常不爽，因为他现下觉得自己只是一个打手。

电话果然没有打通。他抬头，看到整个天花板上全是兰花螳螂，而此时他才看清楚，棺材的正上方，是兰花螳螂聚集得最多的地方。

那些螳螂几乎盘成了一个巨大的球。

天花板上有东西，黑眼镜心说。他看了看棺材，说了一句："得罪了，兄弟，我知道你肯定很厉害，但——这里有点高。"

他一脚踩上棺材当作台阶，直接往上一跃，单手抓住上方的房梁，然后扭动腰部发力，翻了上去。

一落到房梁上，无数的兰花螳螂被惊扰，直接散开，露出了它们包裹的东西——那是一具俄罗斯人的尸体。它就跪在棺材正上方的房梁上，已经高度腐烂，身上全是啃食他的螳螂。

“我——”黑眼镜笑了，想说句脏话但忍住了，他们来晚了？这是不是尤里？

他低头往下看，随即就发现从这个角度看，棺材和四周的东正教瓷像，摆成了一个奇怪的图形。

再看这具尸体，他在飞机上看过尤里的资料，知道一些他的信息。他凑近看尸体胸口的文身，直接就确定了，这正是尤里。

尤里和下面图形的位置对应得太精确了，黑眼镜立即就明白了——这是一个仪式。

如果是有人设了风水局害尤里，尤里又请了人来保护自己，那他在看到这个房间里的奇怪东西时，一定会在其凶性激发前就将其处理掉，或者干脆自己搬走。

但尤里却以一个跪拜的姿势，死在了这个东西正上方的横梁上。

而房梁上方的空间里，到处都挂着一团一团黑色的东西，正散发出奇怪的味道。

这很明显是一个献祭的状态，尤里是主持献祭的人，现在却死了。是献祭时出了意外，还是他也是祭品的一种？

这到底是怎么回事？

黑眼镜继续低头看下面的棺材，这里面又是什么东西呢？如果是献祭的话，那祭拜的肯定就是这个棺材里的东西。

但这是一个中国明朝的棺材。

所以，这到底是一个什么局？

第十九章 爬行

解雨臣插兜站在渔夫雕像前，看着后面的门。

门开着，黑眼镜肯定进去了，但现在完全失联了。

出来的时候，别里亚克劝他千万不要跟过来，但他还是来了。虽然他相信黑眼镜不会有太大的问题，但他很担心这个人破坏现场。

遇到危险的时候，黑眼镜会解决危险，同时，现场也会一片狼藉。

如果现场有名贵的东西，赔款也是很惊人的。

他的手电筒是问佣人拿的，并不是探险用的手电筒。如今他们探险都开始带那种巨大流明的小太阳，打开可以照亮整个山头。底下人都说是鬼见愁，感觉对着黑眼镜一照，就可以把他的眼睛照炸裂。

此刻，他手里的手电筒只能照亮两三米的距离。

他从门缝里走进去，立即就闻到一股特殊的气味，他适应了一下，这气味不是普通的霉味。佛堂里有很多佛像，他目光凌厉地扫过这些东西，发现这里有两条路，他没有犹豫，往右边走去。

这个地方如此复杂，所有的房间应该都是相通的。

接着他就看到了那些东正教的瓷像，被放在拐角的位置，他蹲下来，仔细打量。

毫无疑问，这是路标。

路标大概率具有指导意义，黑眼镜因为性格的原因，对于任何的既定规则，他是不害怕而且希望正面了解的。比如说看到路标，他就会顺着走下去，不太去管这会不会是陷阱。

所以，顺着路标应该能找到他。

他看了看手机，到了这里，信号已经非常微弱了，往里走信号大概率会消失。

他顺着路标往里走，一路上烟味越来越重。其实跟着烟味走就行了。

奇怪的是，有烟味的地方，空气中奇怪的臭味就没了，而没有烟味的地方，那种臭味又会出现。

一开始解雨臣以为是烟味能够掩盖那种臭味，但后来发现不是。

并不是掩盖，就是没有。

能够敏锐察觉细小的异样，是他从小的生活环境造就的能力，比如他可以通过窗帘的褶皱，就知道有没有人在今天拉动过窗帘；和别人吃饭聊天的时候，会注意别人的指甲。

解雨臣知道，这些细节里全是秘密，而且都不是什么小秘密。

他带着疑问继续往前走了一段距离，忽然听到了人的喘气声，从边上的一个房间里传出来。

他看了看四周，将手电筒放到地上，然后侧身闪到一边，缓缓地拨开那道门。

这门显然很久没有开启过了，就算这么慢地拉动，也发出了木头摩擦的声音。

手电筒光在地面朝里射入，从里面看，是有人站在门口开门，但其实解雨臣是站在侧边的，如果有埋伏，对方会先攻击手电筒的位置。

门被拉开了，里面的喘息声更加明显，且声音很绵长。解雨臣听了一会儿，看了看一边，另外一边有一个庭院。解雨臣来到房檐下，轻轻一跃，用攀岩的办法，利用柱子、横梁直接翻上了房顶。

从房顶上看整个建筑物，连绵起伏，规模巨大，中间不乏参天大树从各种庭院里拔起，他闻了闻味道，这里的臭味反而更加浓重。

他来到刚才传出喘息声的房间屋顶，估摸着那喘息声传来的位置，爬了过去，并小心翼翼地拨开一块瓦片。

手电筒还在刚才的位置，但它的光线很暗，根本无法照亮整个房间，所以解雨臣只看到一个一个模糊的影子。整个房间里放满了水缸，这是他没有想到的。

他不知道日本有什么习俗，会在房间里放满水缸。

而且他看到水缸之间，有一个人在爬。

这个人爬的动作非常奇怪，似乎是被什么重物压在了身上，努力想要站起来却站不起来，只能在地上爬行。

就在他看的工夫，那人竟然打开了一个水缸的盖子，像动物一样爬了进去，然后非常缓慢地把那个水缸的盖子盖好，完全没有理会门口的手电筒，甚至没有一丝反应。

之后那个水缸纹丝不动，他等了一会儿，那人似乎完全没有要出来的意思。

解雨臣觉得哪里不对，他闭上眼睛，仔细思考刚才那人在昏暗的环境里的动作。

他是在摸索。

他看不见，那个人进入水缸的动作，看起来完全是一个盲人的状态。

解雨臣无法得出什么结论，只是觉得心中有一丝不祥的预感。这个状态，他以前似乎见过或者听过。他睁开眼睛坐起来，忽然看到自己面前，不知道什么时候蹲了一个东西。

那东西像刚才在下面爬行的人一样趴着，就在距离他一臂之内的地方。天上只有星光，四周非常黑，这个距离只能看到一个轮廓，那东西的姿态就像是一只动物。

他浑身的肌肉瞬间紧绷，直接翻身出去，离开了三四米，然后翻出手机盲开手电筒。

用键盘机的时候他可以盲打文字，到了这个时代，技能就只剩下这个了。

手电筒的光照过去，刚照到那东西脸上，他就发现那是郑景银，但看状态，又似乎不是。

第二十章 中邪

说时迟那时快，解雨臣看清对方脸部的工夫，郑景银已经快速爬了过来，动作让人毛骨悚然，就好像他没有关节一样：肘部以下的小臂和手他是不用的，直接用大臂支撑，两只手像缎带一样乱飞。

这肯定是中邪了。

解雨臣冷冷地看着，在郑景银马上就要扑到他身上的时候，一个侧翻躲过，并利用翻出去的动势，单手撑地，整个人旋转，膝盖翻回来，全力顶在了郑景银的肋骨上。

那种力道，真正打过架的人是知道的，郑景银直接被他从房顶上顶得飞了出去。

解雨臣利用反作用力，把膝盖收了回来，落稳的瞬间整个人力量爆发又冲了过去，同时扯掉了衬衫领口的纽扣。

郑景银落到了一边的庭院里，然后马上翻了起来，动作就像一只动物一样顺畅。

解雨臣紧跟着落了下来，郑景银转身想再次扑上去，解雨臣直接弹出纽扣，郑景银的眉角被打中，条件反射地闭了眼。就是那一秒钟的停顿，解雨臣单手撑地翻过去，贴到了郑景银身边，他将左手手指弯曲，用中指做了一个指刺，一下打在了郑景银的太阳穴上。

郑景银的脑袋被打歪，撞到一边的日式庭院灯上，人没了声音。

对于解雨臣来说，中邪这件事情不能细想，细想就觉得很可笑。如果你中邪是因为有什么力量控制了你的大脑，那他三秒钟就可以打得你大脑直接“停机”。

人平时的强弱受制于心理因素，本质上是权衡过利弊的。人中邪之后，不再担心自己安危地去进攻，其实是非常危险的，因为你的力气并不会真正改变多少。

你的神经、韧带、肌肉的反应速度都是不变的量，这就导致了，如果你本身能力不行，中邪之后，你的能力还是不行。

他甩了甩手，太久没有动手了，这种方式有点损伤关节。他没有下死手，否则这种冲拳如果打在脊柱上，郑景银已经变成“郑景鬼”了。

解雨臣用手机照郑景银的关节，关节都脱臼了。这种应力性脱臼很麻烦，不能直接接上，否则会有后遗症，这人醒了肯定会脑震荡加手疼。他又翻了翻郑景银的眼白，现在看，这只是一个昏迷了的病人。

解雨臣看了看一边的屋子，没有任何动静，于是把郑景银拖到一边的走道里，让他躺在走道的中间，然后小心翼翼地回到门口，拿起手电筒，关掉了手机的手电筒。

解雨臣在门口犹豫了片刻。

如果黑眼镜也中邪了，就没那么好对付了。那家伙如果把平时受本能压抑的活动能力全部释放出来，大概率相当于一只成年的银背黑猩猩。

且不说郑景银经历了什么，又是什么导致了他中邪，单是目前这种局面，如果自己再中邪，麻烦就大了。他想了想，把门缓缓地关上了。

他很想进去一探究竟，但不可以，他必须是最靠谱的那个。

他刚想继续往前，一转头，就看到郑景银又坐了起来，背对着他，一动不动。

可能郑景银当过兵，身体素质比较好，所以脑子很快就恢复过来了。解雨臣想了想，这下该怎么办，如果还打原来的地方，可能就把他打死了。那就只能打三叉神经了。

郑景银猛地翻过来，并朝解雨臣狂冲而来。解雨臣眯起眼睛，他发现郑景银这一次更不对劲了，而且从他那个方向散发出浓烈的臭味，比之前闻到的要浓烈很多。

就在郑景银冲到一半距离的时候，黑眼镜从边上的房间里，直接撞破木门冲了出来，一把揪住了郑景银的头发，将他拽倒在地。

郑景银发疯一样地想拽出自己的头发，结果又被黑眼镜一把薅住。黑眼镜的力气非常大，郑景银根本无法动弹，只能不停地甩手，画面非常好笑。

黑眼镜就这么死死地卡住郑景银，对解雨臣笑："赶紧跟我来，这事太蹊跷了。"

郑景银发疯一样地蹬腿甩头，但完全无用。

解雨臣看了看门，门被撞得稀碎，刚才门上是不是有一些包浆的浮雕来着？

"你有什么发现？"解雨臣问道。

"尤里似乎在祭祀和召唤一个邪教的神，这方面你比较在行，你需要去看一个东西，我不知道那是什么。"

"怎么个奇怪法？"

"你去看看他祭祀的是个什么东西就知道了。"

第二十一章 献祭

郑景银被黑眼镜直接拖到了满是兰花螳螂的房间。奇怪的是，越靠近那个房间，郑景银浑身抖得就越厉害，似乎正在靠近什么让他极度恐惧的东西。等到了那个房间里，郑景银整个人蜷缩成一团，不停地打摆子。

黑眼镜把他往地上一放，他就缩了起来，连动都动不了了。

“老鼠看到猫也是这样的状态，他在怕什么呢？”黑眼镜说着，两个人都把目光投向了房间深处的那个铜角古棺。

解雨臣拨开满天飞的兰花螳螂，来到棺材面前，然后翻上横梁，去看那具尸体。

黑眼镜说得没错，这是一个祭祀的场面。

“棺材里有东西，是个活物。”黑眼镜提醒他。

解雨臣看着那尸体，尸体的嘴巴张着，螳螂不停地爬进爬出，有恃无恐。

“衣服里所有的东西都查过了，只有一把钥匙。”黑眼镜在下面举着钥匙，“应该是他贴身收藏的钥匙，这里那么多房间，可有得找了。”

解雨臣看着尸体的锁骨，那里有一个文身，他仔细去看那文身，又看了看尸体脖子上的致命伤口，应该是一把冰锥，直接刺入喉咙，又从后面的脑干刺了出去。

从刺入的角度看，大概率是自杀——这是一次自我献祭，而且献祭的不仅仅是自己，解雨臣看了眼四周挂着的纸条，上面写着俄文的名字。

其中一段字母，他很熟悉，是这个家族的姓氏。

而他的文身，是他自己的名字。

他献祭了自己的整个家族。

“齐秋并不是在提示我们，下一个受害者在东方，而是在提示我们，凶手在东方。对家族不利的，就是尤里。”解雨臣把尸体从房梁上推了下来，“接一下。”

黑眼镜单手接住尸体，无数的兰花螳螂炸了锅一样地乱飞，解雨臣跳了下来，身上停了几十只，他也懒得掸掉了。

黑眼镜把尸体放到地上，两个人面面相觑：“怎么和老太太解释？”

“说实话啊。”

“她能相信吗？而且尤里献祭全家的动机是什么？这里还有明朝的棺材，他信的是什么邪教？”

解雨臣皱着眉头，确实需要找到动机。而且，如果是这样，那个别里亚克显然是在骗自己。

尤里已经死了很久了，怎么还会让他来保护自己？再看这些东正教的瓷像，还有这个祭祀的邪教法坛，搞不好就是他设置的。

那他保护的又是什么呢？

解雨臣看着棺材，黑眼镜就问道：“打开吗？”

“一般这种牺牲整个家族的祭祀，都是为了召唤邪教的神降临，邪神会通过各种各样的方式降生，过程有点像孕育。”解雨臣说道，“老太太还活着呢，这个家族没有死绝，牺牲并不充分，这棺材里的东西还没有成形。”

“祭祀的主角已经死了，只要有警察发现，这种祭坛很容易就会被破坏掉吧。”黑眼镜来到棺材边上，“打开，把东西掏出来烤了。”

“所以需要那个别里亚克来保护这个祭坛。”解雨臣看了看门外，“事情没那么简单，先别动这个棺材，这个宅子里很快就会发生怪事。”

“什么怪事？”

“啧，可能和那三个规则有关。”解雨臣说道。

第二十二章 腥臭邪神

两个人站在古棺之前，谁都没有动。

解雨臣只是在想，任何邪教教徒在自我牺牲之前，都会对自己的法坛进行保护。郑景银应该是在靠近法坛的区域内中招的，这就是保护的结果。有什么力量在阻止旁人靠近这个房间，但黑眼镜和他却没事。

为什么呢？他们对这种力量免疫吗？

黑眼镜也许有免疫的可能性，毕竟他也不是很正常，但解雨臣应该和普通人是一样的。

他们就在古棺前，随时可以毁掉这口棺材。在这种情况下，有任何怪异的现象，应该都已经发生了，但这个房间里一点动静都没有。

别里亚克和他说的三个规则，是一种什么意味的提示？

要不要打开棺材呢？

解雨臣陷入了自己特有的犹豫之中，黑眼镜也纹丝不动，两个人内心的想法应该是一致的：目前看来，他们能靠近这里，一定是这个地方的力量默许的。

那么打开棺材，也应该是这个力量默许的。他们打开这个棺材，说不定是整个仪式的一部分。

所以，就不打开。

解雨臣打开手电筒去看四周，黑眼镜则死死地盯着那棺材。

他们两个观察事物的方式不一样，黑眼镜能看到太多解雨臣看不到的东西，但解雨臣也能看到黑眼镜看不到的。

解雨臣很快注意到，在这个房间的墙壁上，刻了一个巨大的俄文单词。

这个刻痕太大了，应该是人用刀狂乱地划出来的。在不用手电筒的情况下，黑眼镜看到的应该只是墙壁上的破损。但打起手电筒，加上整体调用审美视觉，就会发现这是一个巨大的单词。

他掏出手机，查了一下这个俄文单词，是“腥臭”的意思。

而在这面墙壁下方，堆满了腐烂的鱼，这些鱼显然用特殊的药水腌制过，这就是他一路闻到的那种奇怪的味道。

“这个邪神有些特别。”解雨臣说。

黑眼镜没有离开那个棺材，这是他特别良好的习惯，他不会离威胁太远，只是问道：“怎么说？”

“你所在的地方是法坛，这里是供奉地，典型的邪教摆法。这些是祭品，祭品堆积的地方要有邪神的形象，如果没有，就用名字代替。这个邪神的名字，叫作腥臭。”

“写俄文，邪神看得懂吗？”

解雨臣又注意到了墙壁上的钉子：“本来这里挂着别的灵牌，被人拿走了。”他心中隐约有了一种直觉，他放下手电筒，对黑眼镜说道，“我要去尤里的生活区。”

“好。”

黑眼镜转身，扛起郑景银，两个人头也不回地走出了这个房间。

解雨臣从来不需要和他多解释什么，其实此时还有一个选择，就是离开这个区域，明天让警方来处理。但说实话，他不知道他们往外走的时候会不会遇到什么怪事。

如果离开会遇到怪事，那么深入也许同样会遇到，他们的处境是一样的。如果离开不会遇到怪事，那什么时候离开都一样。来都来了，他要去文字资料最多的地方看看，否则明天人一多，很可能他们这些以游客身份进来的人就什么都接触不到了。

“所有有缸的房间，都要小心，缸里有爬行的东西，不知道是什么。”

“可能是之前尤里用来做实验的人？”

“那些缸是日本古人入殓的棺材，所以搞不明白。”解雨臣说道。

两个人顺着东正教的瓷像继续往里走，走廊两边都是房间，偶尔会出现庭院，走过庭院又会进入到房间的区域。大概走了十分钟，前面出现了灯光——他们面前的这个区域，所有房间的灯都是亮着的。

再往里走，就能感觉到空调系统开着，他们一间一间打开房间门，里面是各种活动间、仓库、食品储备间等。

这里的臭味非常浓烈。他们沿着走廊来到最里面，就看到这里的东正教瓷像变了，换成了一个一人多高的圣母像。

他们终于来到了走廊的尽头。

推开尽头的门，一股更加浓烈的臭味扑鼻而来，里面灯火通明。这是一个巨大的和式房间，但家具却完全用欧式的。

房间里全部都是书架，上面是一堆一堆的书。而在整个房间的最中间，有一张很大的长条形餐桌，上面有一条巨大的说不出名字的海鱼，有点像鬼头刀，非常丑陋，大概四米长。

这种海鱼不少见，显然也是被特殊的药物腌制过，散发着恶臭。但这种恶臭却不是单纯的鱼的腥臭味。

黑眼镜进去，打开了冰箱，里面也全都是鱼。他难得地把脸偏了一下，里面浓烈的味道显然给了他迎面一击。

他从鱼堆里面找出了几瓶酒，又从玻璃柜子里拿出玻璃杯，倒出一点，闻了闻，直接倒掉了。

解雨臣观察墙壁，发现上面被人用毛笔写了很多“腥臭”，都是汉字。

有很多散掉的中文书页，被用图钉钉在墙壁上，都是古书的书页。还有很多手抄本，上面都有俄文的注释。

他非常耐心地一页一页看过去。

黑眼镜又来到那条大鱼面前，他发现大鱼的内脏都被去掉了。刚才那个房间的房梁上挂着的，难道都是鱼的内脏？他觉得哪里不对，就用酒瓶当扳手，把大鱼剖开的肚子拨开。

里面露出来一只人手。

黑眼镜把里面的人拽了出来，是一个浑身赤裸的年轻人，已经死了，但看上去死了没多久。

那年轻人的嘴巴里塞着东西，黑眼镜掏出来一看，发现是解雨臣在东京媒体上发的那则威胁广告的复印纸。

“那个施法想让我们飞机出问题的人找到了。”黑眼镜说道，“他死了不到十个小时，可能是看到了你的威胁，不敢再施法，然后被做掉了。”

“尤里死了很久了，他才死了十个小时，这个宅子里还有活着的杀手。”解雨臣边看边说，“现在还没攻击我们，应该是觉得我们死定了，不急于下杀手。”

说完，他忽然笑了，他觉得很有意思，这些古籍上记载的东西，让他少有的觉得有趣。

“你知道吗？尤里信奉的那个邪神，十分特殊。那个神是新石器时代出现的地方神，它没有本体形象，而是一种剧烈腥臭的味道。”

第二十三章 黑暗古神

解雨臣一页一页地略读。

这个腥臭邪神出现的地方，会发生几种现象，首先是鱼类大量死亡。人在湖边闻到臭味，却闻不到鱼腥味，则说明邪神就在水面上徘徊，只是人看不见他。

这是因为腥臭味是这个邪神的食物，它以各种腥臭为食，所有的味道都会被其变成另外一种臭味，这种臭味不可描述，但闻到的人终生难忘。

这估计就是现在空气中弥漫的气味了。

这个邪神之所以被称呼为腥臭，也是因为区域里得有腥臭的味道，这个邪神才会出现。古人如果发现空气中的腥臭味消失了，就会祭祀膜拜，使用大型鱼类的尸体或者人的尸体腐烂的臭味，去取悦邪神。

这是一种感谢，因为腥臭的消失，某种程度上代表腐烂过程进入了最后阶段，古人由此认为这种邪神在净化这些尸体上的病毒，从而使得瘟疫不再产生。

但如果邪神得不到很好的祭祀，它就会发怒，发怒的表现就是有浓烈的腥臭味从空气中凭空产生。

这种腥臭味会让人直接死亡。

解雨臣皱眉，如果这真是对方的能力的话，的确不好应付。

别里亚克说的第二个规则，必须把尸体葬在这个房子的范围里，是因为这些尸体会被定期当作祭品，维持腥臭邪神的稳定吗？

解雨臣相信一个区域会有特殊的力量，这种力量会产生很多邪恶的结果，但大部分时候这种力量只是力量，并不会人格化。比如说风水的凶性，它只是一种现象，但如果在某种特殊情况下，就会显得像是有至高的意志在起作用。

这大多是一种巧合，但当人类无法理解这种凶性的时候，巧合就会非常不像巧合。

这里更有趣的是，这个腥臭邪神本身并不是所献祭的主神，而是另一个原始古神——黑暗古神的侍神。

腥臭邪神是黑暗古神在人间收容气味的侍神，祭祀腥臭邪神，其实是为了召唤其背后的黑暗古神，她会在漆黑的环境中从封闭的空间里降生。

要用其他异神对其进行亵渎，才会让黑暗古神带着愤怒出现，从而达成献祭者的愿望。

而最让解雨臣在意的是，古籍中写明了，献祭大部分时候是无效的。在很长一段时间里，黑暗古神这种力量似乎在人间消失了，所以古书上认为，这一切在当年是有效的。但似乎有一种力量，把当年最原始的，在石器时代流传于世界各地几千年上万年的力量，一次性消灭了。

当然这些都是邪教书籍，解雨臣只当是看个故事，他对事情有自己的理解。目前看来，当年一些很原始的东西似乎又重新出现了。

他用手机快速拍摄照片存档，然后把房间也拍了一下。

一转头，就看到黑眼镜坐在沙发上，像看电影一样看着那条鱼。

“有什么发现？”

他也走过去坐了下来，两个人就这么看着前面。而鱼所在的餐桌的另一边，主位上不知道什么时候坐了一个人，也在看着他们。

这是一个脸色惨白的中年人，穿着一身佣人的白色衣服，非常瘦，是一个典型的日本人。

他端坐在主位上，双方中间隔着那条丑陋的大鱼。

解雨臣是非常警觉的，如果有人进入这个空间，他会第一时间察觉，更不用说黑眼镜了，但显然这个人就这么突然出现了。

要么他走路的动静非常轻微，要么他本来就躲在这里。

解雨臣看着他的时候，日本中年人做了一个“不要说话”的动作，然后又做了一个非常隐晦的手势。

一开始的时候，解雨臣不明白是什么意思，但是那个人接下来非常缓慢地趴到了地上，然后朝他们缓缓地爬了过来。

他爬得非常慢，解雨臣隔了十秒才意识到对方是真的要爬过来，而且是用趴在地上的那种爬法，像蠕虫一样。

这场面实在太诡异了，那人爬的时候，发出一种很低频的喘息声，解雨臣开始思索该怎么办。

他转头看了一眼黑眼镜，这种情况下，黑眼镜的点子比较准，他看到黑眼镜忽然笑了，说：“你等下会很痛苦。”

“你先处理眼前的情况，不用做这种没意义的预判。”

黑眼镜笑着看了他一眼，忽然自己也趴到了地上，用和对方一样的动作，开始爬行。

黑眼镜体力非常好，所以他爬起来就更诡异了，犹如贴地的黑色壁虎，快速朝前面的中年人靠近。

大抵是太吓人了，对面的中年人一下就停了下来，黑眼镜瞬间爬到他的面前，和他对峙了起来。

还有这种操作？

解雨臣皱起眉头，如果是中邪，黑眼镜显然把对方身上的邪祟给吓到了。

他看到黑眼镜把一只手往回伸，给他做了一个“你也来”的手势。

解雨臣看着黑眼镜的手势，就明白为什么他刚才说自己会很痛苦了。

他犹豫了一下，叹了口气，也趴了下来，用同样诡异的动作爬到了黑眼镜的边上。

这种动作用来攀岩是很愉快的，但趴在地上爬就感觉很童真了。

他看向面前的中年人，中年人目光冷峻地看着他们，竟然对他们做了一个“跟我来”的动作。

他的表情看上去很冷静，而且很清醒，不像是中邪了。

那在地上爬行，就是他自己的选择了，他为什么要这样移动？

此时解雨臣发现，趴在地上，臭味非常单薄，似乎贴着地面的这一层空气，是没有什么味道的。

中年人开始往房间外爬去，解雨臣犹豫了一下，这个房间他还没有探索完。但中年人非常严肃地看向他们，并对他们摇头，做了一个“不要站起来”的动作。

解雨臣想了想，决定先跟过去，因为这个人的表情看上去很真诚，并且没有一丝动摇。

由那个白面中年人领爬，两个人跟着，三个人爬出了房间，开始在这片生活区的走廊里爬行。那场面诡异得不似人间会发生的事情。

第二十四章　地下室

这种情况下，实在是无法带上郑景银了。那中年人示意没事，解雨臣犹豫了一下，没有去管。

一路爬行，只要解雨臣产生什么疑问停下来，前面带路的中年人就会用很严肃的表情，让他们立即跟上。解雨臣很明确，这个人和他们的语言是不通的，所以只能用手势交流，而且他的表情不容置疑，这种不容置疑是经验造就的。

顺着走廊爬出了亮灯的生活区，他们又进入一片漆黑的区域，这基本上是回头路。很快，他们就爬回了他和黑眼镜会合的地方，中年人爬进了那个满是缸的房间，在缸之间爬行。

然后他指了指其中一个缸，指了指自己，又指了指边上的缸，并指了指黑眼镜，让他爬进去，接着指了指解雨臣，让他爬进第三个缸里。

这是让三个人分别爬进三个缸里。

示意完之后，他毫不犹豫地爬进了自己的缸里。

黑眼镜和解雨臣互相看了看，解雨臣摇头，看了看中年人爬进去的缸，黑眼镜点头。

摇头代表解雨臣不会听中年人的，眼神是指，他要进中年人那个缸，黑眼镜点头则表示同意。

两个人快速爬进了中年人的缸里，并把盖子盖好。

进去后他们就发现，缸的底部是空的，里面有一个楼梯，一直通往房子的下面。

进去的瞬间，如果不是拽住了楼梯，他们就会直接从缸底摔下去。下面是一个很深的空洞，似乎是地下室。

日本的房子都是架空的，所以这个空洞其实是一个连通缸底部的烟囱，连接着地下室和缸体。

两个人顺着楼梯快速滑下去，看到中年人已经点燃了蜡烛。他俩从同一个洞下来，显然把中年人吓了一跳。解雨臣抬头，看到上面的通道口有很多，应该是多个缸的底部，都是连通到这个空间的。

下面是一个狭长的地下室，靠着墙壁摆满了用白布遮住的东西，有点常识的人，一眼就能明白，这些都是大大小小的画框。

这个地下室大概有三百平方米，非常简陋，只有简单的木头墙壁，上面靠着一层一层的画。

在地下室的中间，有一张床和一个写字台，还有一些生活用品堆在边上，似乎这个中年人就是生活在这里的。

三个人面面相觑，解雨臣不会先开口说话，因为这哥们一直没有开口，所以他考虑，开口是不是会有什么危险。

又等了一会儿，对方终于说话了，说的是非常蹩脚的英语，但解雨臣松了一口气，对方就算说得再蹩脚，配合手势也能进行非常清晰的沟通了。

以下是对方表达的最终意思，都是利用手势和简单单词进行的沟通。

对方的第一句话就是："你们出不去了，要想办法在这里活下来。"

解雨臣问他道："你是谁？"

对方道："我的食物不多了，你们来了，我们会死得更快。我会告诉你们是怎么回事，但你们听完之后必须要走，我不和别人合作。"

黑眼镜在一边看着那些画，想动手，那人立即道："不要看那些画，那些都是这里主人的画，看了你会做噩梦的，我好不容易忘记，你不要看。"

但黑眼镜已经把一幅画的遮盖布掀开了，因为照明的只有一个蜡烛，所以看不清楚画面，只能隐约看出是一幅这个宅子里的静物画。

那画，非常不正常。

第二十五章 油画

那是一幅油画，整体色调为暗红色。

在画的主体位置上，是水果和花瓶摆放出来的传统静物的构图。但水果是腐烂的，花是枯萎的，后面的背景完全扭曲，好像喝醉后看到的场景。

而在这些物品上，包括水果和桌子上，都画满了一种奇怪的黑点。

因为油画材质特殊，其实能看明白，他画的不是一个一个的点，而是一个一个的洞。

这不是在画上简单涂上波点，而是非常认真地在所有的器物上画上了洞。那些洞非常密集，有密集恐惧症的人肯定看不了。在这个光线下看，有点像藤壶。

而在这些洞里，画着很多螳螂的头，似乎是躲在洞里。虽然不是兰花螳螂，但绝对是一种怪异的螳螂。

透过后面扭曲的背景，能看出是一个深邃的房间，里面是一个人站着的影子，上面也全部都是洞。

这幅画很难形容，用文字最多只能描述到这种程度，但如果亲眼见到了，你就会知道，这幅画带来的压迫感是非常惊人的。

“这幅画本来不是这样的，他刚搬进来的时候，画画都很正常，之后他就开始修改这些画，他说想画出那种味道来。”那个中年日本人说，“他一搬进这个房子里，就开始闻到奇怪的味道，他想画出来。”

“这些细节都是在表现那种味道在他心里的感觉？”

“对。”

黑眼镜快速掀开了边上的那幅画，那一幅画虽然小，但是更夸张。整幅画画的就是一个螳螂的巨大卵夹，卵夹皮处理成半透明的效果，里面是一条抽象的铁线虫。

“铁线虫”上全是小洞。而且卵夹是粘在什么腐烂的东西上的，似乎是一张狗皮。

整幅画的构图很夸张，很有冲击力。这幅画有点艺术价值，只是不知道该挂在哪条线上。

“你是谁？”解雨臣没有让自己继续被这些画吸引，他开口把中年人拉回到了现实，他必须回答这个问题。

“我是这里的佣人，但不仅仅是佣人，这宅子以前是我们家的，后来卖给了阿夫多季家族。”中年人看到画之后明显开始焦虑，语速很快，说话结巴而且浑身发抖，“这宅子从一开始建造的时候就是我们家的。很久以前，我们的祖先锯开了一根从中国运来的木料，那是一整棵树，里面有一条死掉的狗，不知道怎么进去的，非常臭。但我们的祖先没有管，将那木料用在了横梁上，后来才发现出事了，那味道从此之后就没有散过。”

解雨臣想起来，第一个规则，是这个宅子里必须住一个原来家族的人。

“你就是规则里那个必须住在这里的人，就算宅子出售了也一样。”

“你知道这个规则？”

“我知道有三条。”

“那你才刚开始了解这个宅子呢。”中年人笑道，“我快速讲完，你们就赶紧走吧。我们家族必须有一个人留在这个宅子里，是因为它觉得我们很好吃。它吃味道，我们身上的味道特别，和它以前吃的味道不一样，所以即便我们离开了，它还是会找到我们，然后逼我们回到这个宅子里来。为了家族里的其他人能够正常生活，我们会轮流住在这里，让它安心。它喜欢浓烈的味道，所以我们死了之后也要埋在这里，当它的储备食物。”

这些解雨臣大概都猜到了。

“家族的人实在无法忍受这样的生活，很多人根本不能面对要一直生活在这里的现实，还有人自杀了，所以后来我们决定，找一个外国人来买这个宅子。因为这东西是从中国来的，它觉得我们的味道很特别，那如果换一个外国房主，也许它会更加喜欢，从而放过我们。但尤里先生身边的那个别里亚克一进到宅子里就直接说宅子有问题。我当时觉得交易可能不会成功了，但没有想到，尤里先生直接就买下来了。”

中年人说这些的时候，花了非常大的力气，结结巴巴用了一堆单词。

“然后，没有正式搬到这里之前，他就先住进来开始研究这个宅子了。那个别里亚克很厉害，他们很快就研究出了一点名堂。我们几代人都没有搞明白这宅子是怎么回事，只觉得是有鬼魂在控制我们，但他们研究出来了。尤里先生对这件事情有点着迷。”中年人顿了顿，“这宅子很神奇，在这里生活的这段时间里，我猜他看到了自己失去的东西，他想拿回那个东西，于是他开始对规则感兴趣。他发现，如果遵守规则，我们家族之外的人在宅子里是不会有危险的。同时，他也发现了，如果想不遵守规则，也是有机会愚弄这个房子里的这种力量的。”

“愚弄？”

“对，当你看到了你丢失的东西，你必须装作不知道，并且要赶紧离开。你听到的规则是这个吧？但如果不离开，你知道会发生什么吗？”

解雨臣摇头，对方道：“我也不知道，因为我不敢不遵守规则。但尤里先生直接去触碰了那个他丢失的东西，并且也没有离开这个宅子，但他没事。所以我觉得，那个别里亚克教了他我们不知道的事情。他利用那个规则，用了什么特殊的办法，找回了他丢失的东西，而且不用受惩罚。”

解雨臣看着那个中年日本人，对方继续道：“我一直在学俄语，他们不知道我听得懂。我听他们说过一次，这房子里不止三条规则，还有其他规则……”

也就是说，规则会延续。

第三条规则，如果在房子的范围内看到了自己丢失的东西，要装作没有看到，否则——

如果以上行为都失败了，那么你可以利用第四条规则，来规避第三条的负面后果。

没有人违反第三条规则，所以没有人知道第四条规则是什么。

但尤里和别里亚克知道，因为他们违反了。

“你为什么要住在这里？”解雨臣问。

“味道在横梁上，所以我们都住在下面。这里本来是地下室，我们把家里人的尸体都挖出来放在上面的房间里，它就闻不到我们在下面的味道了。所以，在这里不会出现规则里的奇怪事情。你知道当规则里的奇怪事情出现时，压力有多大吗？”

黑眼镜此时没有在听这些信息，他看着第一幅油画，觉得池塘底部的那些空洞，和这个油画里的空洞，是如此相似。

那个池塘的底部所呈现的，也是尤里的作品吗，还是说，有什么他不了解的逻辑在背后？

第二十六章 古宅秘密

这个中年日本人叫村田，他并不想救眼前的两个人。他看着解雨臣，觉得面前这个冷静的男人虽然看着显瘦，但其实是一块铁板。他甚至感觉到对方既不相信他，也不怀疑他，中立得犹如某些宗教里的生物。

他的确一直生活在这里，尤里买了宅子之后成了他的主人。但尤里死了之后，不知道为什么他就开始服从于别里亚克。可能是之前别里亚克和尤里太亲密了，尤里的权威就自动转移过去，或者是因为别里亚克和他说话的时候，那不容置疑的语气。

他每一次都想反问，但结果是他每一次都照办了。

自己的性格就是不争气啊，他心说。

别里亚克给他的命令，是让他讲清楚这个宅子里的秘密，知无不言言无不尽。但他知道自己的能力不够，没有办法自圆其说。他很担心解雨臣会问，为什么要救他们。

大部分普通人会认为，人类互相营救是一种底层逻辑，所以不会有这个疑问。

但村田知道，并不是这样。他在这个宅子里见过太多，人和人之间，并没有那些底层逻辑。

这个宅子里栖息着恶魔，他分不清楚到底谁更可怕一些，是这个腥臭的恶魔，还是致力于欺骗恶魔的尤里。

而对于那个戴着墨镜的人，村田只有一个念头——他和自己似乎不是一个物种。他甚至不愿意去看那个戴墨镜的人，总觉得那个人身上有着某种奇怪的气息，一直在审视整个空间里的所有东西。

村田在心中祈祷，希望他们不要问自己致命的问题，赶紧离开这里。

解雨臣却丝毫没有要走的意思，他只是审视着村田，然后继续提问，语速稳定得犹如机器："说说尤里这个人，你知道他死了吗？"

"他想要欺骗恶魔，一次又一次的。后来他肯定是被反噬了，越来越不正常，他走到这一步我完全不觉得意外。他不愿意去见他的母亲，他母亲的权力很大，停掉了他在日本的工作。他的资金出了问题，找不到人来做实验，就开始拿自己做实验。"

"嗯。"解雨臣道，"我看了他的尸体，他是在召唤什么东西，看样子是一种邪教的仪式，非常原始。你说你懂一点俄语，你在偷听他们说话的时候，知不知道这个邪教的最终教义是什么？"

解雨臣逼问别人的时候，会使用跳话的技巧，就是在开头说一个假设，然后强行以假设成立为条件开始沟通。

一开始他只说了看样子是一种邪教，这个语气其实很不确定，但他提出的问题却是这个邪教的最终教义是什么。这样提问有很多种好处，首先是很容易让对方直接说出真话。其次，他可以立即知道对方是自发想说这些信息，还是被自己逼问出来的。

只要看对方回答的语速就知道了。

村田看着解雨臣，他觉得压力很大，虽然对方没有对他表现出任何攻击性，但不知道为什么，他就是觉得面前的这个人很危险。

他开始冒汗了："我不知道，我并不能听懂那么深奥的词语。"

"嗯。"解雨臣点头，这个回答防守得很好，化解了他的目的。但他没有反驳邪教这个说法，这说明村田内心也是这么认为的。他继续问道："邪教，有一些是求利益的，有一些是求解脱的。比如说，波兰的提心会，在固定的时间以内，教徒如果不按邪教的要求自杀，自身就得不到净化。邪教里的典籍会反复渲染，大灾难来临之后，没有得到净化的人就会受苦，所以大灾难来之前，教徒们往往需要提前净化自己。还有一些比较特别的，比如说和恶魔交换力量。”

解雨臣看着村田的眼睛：“交换力量有两种——诅咒和牺牲。诅咒是用自己和全家的死亡，来交换其他人的死亡或者残疾。当然，其成效是加倍的。比如说，你用全家献祭，往往可以让一个区域里的所有人都被诅咒伤害，这种大型的诅咒在欧洲是很多的。还有一种是牺牲，是通过牺牲其他人的生命，让自己获得力量。献祭自己的家庭和孩子是很多邪教的共同法则，可以让举办仪式的人获得健康或者超出常人的能力。还有最后一种目的——降临，就是希望自己教义中的主神重新降临到这个世界。”

这一段是用英文说的，村田完全蒙了。他听力很好，都听懂了，但他不明白这是要问什么，所以他只好假装没跟上。

解雨臣看着他，就笑了。

他的笑容非常标准，没有任何意味，村田什么信息都得不到。

解雨臣看了一眼黑眼镜，他确定村田是有问题的，但他意识到黑眼镜也开始有些不对劲，这一点让他更加警觉起来。

“尤里尸体的痕迹，指向哪一种？”他问黑眼镜。

“他是心甘情愿自杀的。”黑眼镜说道，“他这种性格，如果有一个他认为很重要的人让他去献祭自己和家庭，他也会答应的，我见过这样的人。场地的摆设，我觉得是要古神降临。”

“所以，用齐秋杀人，是为了在不惊动警察的情况下，献祭全家。目前来看，应该只是献祭了男性，而他自己则作为最后一个男性自杀。同时，他做了一个古老的石器时代的祭祀仪式，用来召唤黑暗古神。”黑眼镜停顿了一下，“人类是功利的，按照习惯，一般他会有一个召唤目的。尽管他已经死了，但黑暗古神会帮他实现这个目的。”

“如果他可以用齐秋杀人，那么他就不需要献祭自己去除掉什么人，所以目的可以排除杀人。对了，典籍里有没有说这个黑暗古神是管什么的神？”黑眼镜问他。

“主管失去。她降临的地方，一切所得都会失去。她也是遗失之物的神祇。”

黑眼镜笑了，没有再问。

“你看出画上的关键信息了吗？”

“画得真好看，让人欲罢不能。”黑眼镜上去把画布遮了回去，“那你觉得，他玩那么大，会不会是为了什么他失去的东西呢？”

“他自己都死了，寻找失去的东西，有什么意义呢？”

“有时候，一件东西并不只对自己有价值，可能会对两个人有价值。自己死了，但另外一个人可以拿回那件东西。”黑眼镜说道。

解雨臣看着黑眼镜，他觉得不对劲，很不对劲。

第二十七章 最后一个男丁

解雨臣认识的黑眼镜，是你看着他的时候，无法具象化他的任何思绪。在漫长的时间里，黑眼镜似乎已经把自己所有的经历和经验都变成了肌肉记忆，变成了本能，所以他做任何事情根本不需要思考。

不是他不愿意思考，而是这些事情他早年已经思考过无数次了，如今再遇到的时候，身体自己就动了。

所以他看似完全活在当下，啤酒、沙发、笑话，他都全身心地去享受，那是因为他是条件反射最丰富的智者，他的身体对于复杂事件有着绝对正确的条件反射，让他可以活在当下而已。

当黑眼镜恍惚的时候，就说明他遇到了漫长生命里没有遇到过的抉择。

这是非常少见的，就算是生死的选择，他也经历过无数种类型，有快速的选择指南。他刚才就是在做选择，他在选什么？

黑眼镜看了他一眼，用左手食指轻拍了两下自己的墨镜腿和镜片连接的位置，这是让解雨臣不要过度思考，信任自己的动作。

解雨臣皱起眉头，这对他无效，因为黑眼镜每次做完这个动作之后的行为，都非常危险。

但他没有提问，因为他知道没有用。

他又看了黑眼镜一眼，眼神中有一种类似于“我盯着你呢！”的威胁感。

黑眼镜笑了，问村田道："他还有最后一个问题，问完我们就走了。"

村田做了一个"快问"的表情，解雨臣看了看手机，问道："你为什么要来救我们？"

村田的冷汗瞬间就下来了，他心说果然逃不掉，于是立即就道："我怎么能做出见死不救的事呢？"

"可你当年没有救那些被用来做实验的人啊。"解雨臣去看其他画，边看边问，这上面画的都是一些奇诡的东西，难以形容。

"啊，我也很后悔，但我太胆小了，我太没用了。我就是想，那个房间太危险了，我得带你们离开那里，我没有多想。但我现在后悔了，你们还是赶紧离开这儿吧，你们现在还是有机会离开的，但是要趴着，不能泡在那个气味里太久。"

这是真情流露了，也是村田想对自己说的。

"还有，那个带你们来的中国人，你们不要去管他了，他没救了。他刚刚应该是触犯了规则，没有及时离开这里，后面他如果不能通过规则的漏洞跳出来，那他永远都会是那个状态。"他最后道，"你们已经无法干预了。"

"一点办法都没有了？"

"我不知道，但只有尤里先生和那个别里亚克逃脱过规则。"

解雨臣没有再提问了，他和黑眼镜对视了一眼，两个人就爬出了这个地下室。重新趴到了地上，两个人都不说话，都想等对方先开口。

"今晚还没有结束。"黑眼镜说道，"黑暗古神还没有被召唤出来，也就说明，尤里的仪式没有彻底完成。我要回尤里那个房间，你去救郑景银。"

"你有没有想过，我们也是仪式的一部分？"

"不是我们。"黑眼镜说道，"你应该注意一下郑景银的态度，他作为助理，表现得太自信了，我相信他把俄罗斯老太太的女儿睡了。"

解雨臣沉默了一下，在黑眼镜说"不是我们"的时候，他其实已经明白了这一点。

他的思绪有点乱，可能是因为黑眼镜的状态是真的不正常，这开始影响他的判断。

“郑景银才是最后一个男丁，黑暗古神可能认为上门女婿算是婆家的人，但这段恋情还没有暴露。”解雨臣说道，“如果郑景银死了，仪式就完成了。”

“仪式没有成功的时候，召唤的助手就发现尤里不是最后一个男丁了，但是他搞不清楚这件事情的来龙去脉，估计一直非常疑惑。”黑眼镜说道，“但阴差阳错地，我们把最后一个祭品带过来了。”

两个人对视了一眼。

黑眼镜笑着，接着就往螳螂房间的方向爬了过去：“在门口会合。”

“等一下。”解雨臣叫住了他。黑眼镜回头，那个瞬间，解雨臣大概猜到了一些什么。

他没有再说话。

黑眼镜又敲了敲墨镜，然后往黑暗里爬去，似乎带着一些其他什么含义。

第二十八章 逃离

解雨臣爬着回到了鬼头鱼所在的房间，臭味浓烈，郑景银还缩在房间的角落里。郑景银穿着黑色的风衣，他确实应该早就留意到，这风衣很可能是一个审美能力较好的女性购买的。

解雨臣爬过去，搭上郑景银的脉搏。脉搏非常紊乱，但还活着，他用手指死死地扣住地面，指甲都外翻了。

看样子他是在抗争。他违反了规则，这个规则他只知道前三条，能够违反的，也只有第三条，也就是他看到了自己曾经丢失的东西，并且表现出来了。

要离开这里三十公里，如今可能已经晚了，但也不能待在这里。

解雨臣不知道带着违反规则的人离开这个宅子，会引发什么样的变化，但他还是拖着郑景银，开始往这个宅子的门口爬去。

爬出门外，到了走廊上之后，郑景银忽然就坐了起来，似乎离开那个屋子，他就变成了行尸走肉一样的状态，然后他缓缓地转头。

解雨臣看到，郑景银的整个眼睛全是眼白，他一个字一个字地说道：“别——管——我！”

刚说完，解雨臣就看到四周的走廊和刚才的房间，都开始扭曲起来，一股浓烈的恶臭弥漫在空气中。

郑景银低声嘶吼："跑！"

解雨臣一把背起郑景银，他的双手全部脱臼，像没有骨头一样，根本无法借力。解雨臣只得直接拎起他的后领，开始往外狂奔。

得亏他有极强的核心力量，连摔带爬，冲出去一百多米。解雨臣发现这里的房屋结构非常混乱，所有引路的东正教瓷像全部都消失了。他在慌乱下，找不到回去的路了。

如果给他时间，他是能记住每一个拐口的细节的，但现在没有这个反应时间，他就直接冲进了边上的房间里，然后不停地穿过一个又一个房间。

所有的房间里都堆满了杂物，他拖着郑景银迅速穿过这些杂物，同时快速地从杂物堆里抽取自己要的东西，脑子也飞快地运转着。

很快，他就不知道自己在哪里了。

他在一间似乎是庙宇茶堂的房间里停了下来，里面全部是杂物，杂物之间堆满了行军床，看起来这里之前睡过很多人。

他看着身后，那种巨大的味道让空气杂乱地扭动起来，跟着他们的轨迹一个房间一个房间地穿透进来，在手电筒光下看，空气扭曲着越来越近。

此时，解雨臣的手里已经提了三瓶洋酒，他放了两瓶下来，敲掉了手里那瓶酒的盖子，在自己四周洒了一圈，然后反手掏出来一只打火机。

这已经是他在拖着一个人的状态下双手可以拿取东西的极限了，打火机是拿了之后甩进袖子里的。

打火机已经打不着火了，但还能擦出火星。解雨臣蹲下，对着地面的酒打出火星，四周燃起了一圈火，照亮了整个房间。

解雨臣快速把能燃烧的杂物全部扔进火里，这里很干燥，而且下面是榻榻米，所以火势快速蔓延，整个房间很快开始熊熊燃烧。

浓烈的焦臭味和火焰的热浪开始翻腾，解雨臣在火光中盯着那扭曲的空气。对方直逼过来，热浪滔天，那空气几乎贴着火焰了，但是无法再靠近。两股力量让四周燃烧的灰烬不停地上下翻转，犹如火状的雪花。

在这种木质结构的房子里，大火是不会停止的，那恶臭无法靠近的同时，自己也会很快被烧死。

解雨臣闭上了眼睛，他其实只需要三分钟时间，来做好计划。

进来时候所有的路线，每一个十字路口的特征，刚才逃跑的时候经过了几个房间，绕过了几堆杂物……一切在他大脑里逐渐还原。接着他睁开了眼睛，背起郑景银，并把他的风衣撕成绳子，将他绑在了自己身上。

他没有办法再拿手电筒了，低头把手电筒抛到一边，一脚把剩下的酒踢进火里，两瓶酒撞到硬物，顿时破碎，火光暴起。

就在这个瞬间，他往侧边直接跃过火焰，撞出房间来到了走廊上。外面是一个庭院，他背着人翻上房顶，然后开始在黑暗中狂奔。

他的大脑飞快运转着，跑了多少距离，直线跑了多少步，大概在哪个点左拐才是正确的路。

星光极度暗淡，什么都看不见，只能听到身后的瓦片发出“劈里啪啦”的声音。解雨臣背着郑景银，完全凭借对于距离的感知，在几乎全黑的房顶上狂奔。

目力所及只能看到前面有没有障碍物，但因为房顶并不平坦，而且很多建筑的房顶很高，形成障碍。

星光下，那些障碍就如同一团一团巨肉，解雨臣像舞蹈一样翻过这些巨肉。他不停地摔倒，又爬起来，身上多处被瓦片划破。

他感觉自己已经回到了正确的路的上方，便一跃并用膝盖撞击房顶，撞进了下方的空间。

他落到了走廊上，顺手打着打火机，一闪之下他看清了四周的情况。

回到了正确的道路上！

接着他闭上眼睛，完全靠一路过来数出的步数，继续在黑暗中狂奔。

这里不会摔倒了，而且一路上没有任何障碍。黑暗中，他极度精确地踩对了每一步，在每一个该转弯的地方快速转身朝向正确的方向。

终于，他冲进了一开始的那间佛堂，而后冲出了大门。

几乎是在冲出佛堂的瞬间，他看到所有的东正教瓷像，全部出现在了大门口，且都正对着大门。所有的瓷像手上都点着一根蜡烛，那个白头发的别里亚克就蹲在瓷像中间，像一个大号的白色瓷像，微笑着看着他。

第二十九章　万无一失

别里亚克看着气喘吁吁的解雨臣，表情略微有些惊讶，他道："想不到你能出来。"

解雨臣只迟疑了两秒，就直接绕过他，继续往门口走去。

要离开这里三十公里，这个数字那么精确，也许是有道理的。

距离肯定是一个关键因素。

"它出不来这个门口，这是它的边界，你不用跑了。"别里亚克说道，"我们可以聊一聊。"

解雨臣回头看了一眼别里亚克。别里亚克愣了一下，这个眼神中的杀气是他从来没有见过的。

但解雨臣只看了一眼，就消失在了他的视野里。别里亚克陷入了沉思，刚才他看得很恍惚，没有看明白解雨臣的眼神到底是什么意味。

解雨臣冲出大门，那里只有一个值班的佣人，他冲到来的时候坐的德国车边上，摸了摸郑景银的口袋，果然摸到了车钥匙。他直接感应开门，把郑景银甩到了副驾上，自己则冲上驾驶座，一脚油门拉满速度，就往外驶去。

外面还有一个很大的庄园，路况非常简单，他单手快速打开导航，选择了一个一百公里外的范围，随意点了一个地方，就开始飙车。

车子快速转了几个弯道，他看了一眼湖边巨大的怪物一样的古建筑群，抬手摸了摸郑景银的脉搏。

已经有所好转了。

想不到直接跑出来就可以了。

当然，自己跑得也很不错，世界上能这么跑的没几个人。

郑景银已经陷入了深度昏迷，他之前被解雨臣打出的脑震荡是没有那么快恢复的。看样子里面不管是什么力量，影响的还是大脑，郑景银可能是因为脑震荡逃过了一劫。

车子很快上了高速，解雨臣把油门踩到底，急速前进。路上没什么车，他们这一代北京古董圈老板的必备技能是快速过弯，解雨臣检查好安全带，调整呼吸，车速越来越快。

那宅子已经离他越来越远，几乎看不到了。

此时他转头，看到郑景银已经坐了起来，双眼发白地在副驾上看着他，并发出一连串他听不懂的怪声。

解雨臣一个甩尾，车子剧烈摇晃了一下，郑景银的头直接撞到一边的窗户上，又晕了过去。

黑眼镜回到了兰花螳螂聚集的那个房间，尤里的尸体不知道什么时候坐了起来，身上全部都是螳螂。

黑眼镜和它坐到一起，看着面前的古棺。

他不由自主地回想起了那个黄铜箱子，那个雨林中的雨夜，他们去寻找二战中被击落的轰炸机群，据说上面有当年的特殊货物，他们进入了雨林深处那座没有任何理由出现的红色古城。

他的眼睛当时还是正常的。

那是多少年前的事了，那一次他带着当时的伙伴进到那个遗迹里，死了多少人？

黄铜箱子是在古城的中心被发现的，除了他之外，所有人都在古城里看到了“那个东西”。

“那个东西”有三米左右的高度，只要是带着黄铜箱子的人，夜晚都会看到它，并且在第二天早上陷入梦魇一样的昏迷中，最后死亡。

只有少数人在死前有机会说一些只言片语，所以他不知道“那个东西”

到底是什么，他听到的描述都是非常模糊和混乱的。

他们死前的最后一句话，用的都是当地的一种古老语言，含义类似于“欢迎到城里来”。

最后他选择自己带着那个黄铜箱子。在一次剧烈的奔跑中，那个箱子被遗失在了雨林的泥泞里。但这些都不是他在意的，他更加在意的东西，也和那个箱子一起被遗失了，当时的他是懊悔的。

但那是很久很久之前的事情了，他都不能肯定，当时的他和现在的他，还算不算同一种人。

他从来没有想过能重新看到那个箱子。

他转头看了看尤里的尸体，他能理解尤里的想法。

丢失的东西，不知道他们要找回什么呢?

但不管是什么，这东西都是为了活着的人找回的，现在尤里已经死了，这其实是不错的选择。

他拔出尤里喉咙里的冰锥，来到那个古棺前，开始开棺。

需要非常巧妙的办法，才能用冰锥起出棺材钉，但他知道技巧，操作非常熟练。

最后一个棺材钉很快就被拔了出来，铜角棺材的盖子很重，他缓缓地推动棺盖。

浓烈的恶臭从里面散发出来，他只开了一条缝隙，没敢全部打开。等恶臭散尽，他才踢开棺材盖，里面是一具肥胖的女尸，穿着腐烂的丝绸，戴着一顶奇怪的帽子。接触氧气的刹那，女尸的皮肤从惨白瞬间变黑，丝绸也开始像燃烧一样萎靡，褪去了色彩。

黑眼镜从裤兜里掏出之前在大鱼房间的冰箱里偷的酒，洒到了女尸身上。

不管尤里想召唤的是什么，这东西只能在女尸的身体里出现。

他毫不犹豫地点燃了尸体，浓烈的恶臭伴随着焦臭散发出来，尸体以他难以想象的速度开始燃烧。

四周瞬间大亮。

这样就基本上万无一失了，他笑了笑，对着身后说道：“为什么不阻止我？”

“嗯，因为无关紧要了。”身后的人说话了。

黑眼镜回头，就看到别里亚克站在他身后，火光中他的白皮肤呈现出一种粉红色。

此时，别里亚克佝偻的身体直了起来，他的肚子竟然很大，像一个孕妇一样。

第三十章 祭品

黑眼镜看着别里亚克，指了指尤里的尸体："是不是你干的？"

"嗯，我们都是自愿献身的。"别里亚克说道。他面带微笑，但看得出来很虚弱，"你们好厉害，我本来以为你们三个都会死在今晚，结果一个都没有死。"

黑眼镜看着别里亚克，笑道："对于别人来调查，你们反应那么大吗？其实，给点钱我们就走了。"

"还是很希望你们能死在这里。"别里亚克说道。

"为什么？"黑眼镜看着尤里的尸体，"好好活着不好吗？一辈子没那么长的。"

"尤里涉入太深了，他得了重病，对于他来说，这样的死亡充满趣味性，可以满足他的需求。"别里亚克说道，"他很想知道，古书里的那些仪式，是否真的有效。"

"我们去了很多地方，找了各种法师，也让法师表演了仪式，但古书里有一些需要大量牺牲的大型仪式，没有人可以做。"别里亚克说道，"有趣的是，那些小法术达成的效果，其实都非常真实，我觉得那是有效的，但那些效果，不可量化。"

别里亚克路过黑眼镜，去看棺材里的古尸："比如说，尤里发烧了，做完驱邪的仪式后，他的烧就退了。我们无法证实是不是法术让他退烧的，也许就是当下空气中烧的草药起效了，也许是尤里自己的抵抗力起了作用。我们觉得似乎是巧合，却又不是巧合。再后来，我们意识到，只有通过那些大型仪式，才能真正判断出，古书中那些原始的仪式，是不是真的存在，是不是真的有用。”

“不能做了，是因为没有人可以祭祀了？”

别里亚克点头：“对，那些法术都需要献祭大量的人，那是新石器时代的原始宗教，人类完全没有开化，都是极端的实用主义者。后来我们遇到了一个法师，他告诉我们，还有一个神可以被降临，就是腥臭。”

尤里从古书里找到了降神仪式的记录，于是，他想在自己死前，见识一下。

别里亚克说到这里，就发现黑眼镜似乎并不太感兴趣，他笑了：“不想听？”

黑眼镜笑道：“这些天听到太多这种理由了，有点腻。”

“你不害怕吗？”别里亚克看着黑眼镜，“虽然你一看就不是一个普通人，但你应该知道，自己会死在今晚。”

黑眼镜笑得更开心了：“你在说什么胡话？”

“太阳出来了没有？”黑眼镜问。

“还没有。”

“你应该听说过吧，太阳没有出来之前，我是无敌的。”黑眼镜说。

“我还以为你是为了救自己的朋友，所以才留下来牺牲自己的，现在看来是因为自大，因为你知道，我只需要一个人就够了。”别里亚克说道，“我还挺喜欢你朋友的，我本来就不希望他进这个屋子里，所以他走了也就走了，我有你就够了。”

“我想问个问题，你们的召唤仪式并没有完成，你这么自信干什么？”黑眼镜问道。

别里亚克看了看手表，说道：“因为一定会完成的。”

“你知道你最后要杀谁吗？”

“知道。”别里亚克点上一支烟，说道，“那你知道我要杀的人，到底是谁吗？”

“嗯……”黑眼镜笑了，“难道是我？”

别里亚克一副“这还用说吗？”的表情，他非常放松，似乎万事俱备，事情不会再有任何的变数。

黑眼镜看着古棺材里苍白的女尸现在已经完全黑化，变得犹如木炭一般，问道：“我和尤里家非亲非故的，献祭我有用吗？”

“你不用隐瞒了，我知道你和尤里的妹妹有私情。”别里亚克说道，他看着四周的房子，“它对于祭品非常敏感，会一直萦绕在祭品周围，你不觉得，那股恶臭在你周围特别明显吗？”

黑眼镜很平静地看着别里亚克，对方又说道：“从你进入宅子的那一刻，我闻到宅子里的恶臭瞬间浓烈起来，就知道是你了。”

“我也注意到了。”黑眼镜说道，“忽然就臭了起来。”

但并不是我引起的，他心说。见到郑景银的瞬间，他就注意到臭味开始浓烈起来，以至于他实在不想和郑景银一路走，所以干脆岔开了。原来那臭味是因为腥臭发现了祭品。

别里亚克弄错了，他没有意识到郑景银才是那个祭品。可能他比较熟悉郑景银，没有想过会是这个人，这个人在他的盲区里。

不过在看到尤里尸体的时候，他已经有所察觉，因为那股臭味在尤里尸体的四周也非常浓烈。

是它在享用祭品吧，用常人无法理解的方式。

“我发现祭祀没有完全起效的时候，就意识到应该还少了一个人，当时怎么想，也只能想到是尤里的妹妹和一个男人结婚了。我就打听了一下，听说是老太太身边的一个打手，没想到你直接就来了。”别里亚克靠到一边的墙壁上，他已经站不住了。

“打手吗？”黑眼镜也点起一根烟，叹气。

所以他比郑景银更像打手。

别里亚克看着黑眼镜，露出了赞叹的表情：“还是丝毫没有慌张，你不是一个普通人哦。”

黑眼镜从口袋里掏出来一条腐烂的鱼：“我之前就觉得你应该是根据气味来判断到底谁是祭品的，所以我揣了几条烂鱼在口袋里。”他把鱼丢到地上。

别里亚克沉默了。

另一边的车上，解雨臣从郑景银的脖子里拿出来一个已经完全倒光的香水瓶。那是黑眼镜卡住郑景银的时候，顺手倒入他脖子里的，不知道他是从哪个杂物堆里找出来的。他打开窗户，把瓶子丢了出去，让车子通风。

黑眼镜活动了一下身子：“你召唤邪神，应该很厉害吧。”他笑了起来，“你是不是觉得我在晚上，只有眼睛特别好使？”

别里亚克继续沉默，他的表情狰狞起来，显然意识到自己被设计了。

“来吧，我还有其他疑问要解决。”黑眼镜说道。

别里亚克往后腰摸去，黑眼镜却忽然到了他的面前，速度快到他根本无法理解对方是怎么做到的。

第三十一章 谜团

别里亚克掏出手枪的手还没过身体的中线，黑眼镜的肘部就已经打到了他的下巴。

别里亚克的反应还是非常快的，直接摔出去消解了肘击的力量，同时抬枪就射。他的手腕非常灵活，开枪的方式一看就是经受过极其专业的训练的。

但是他完全没有打中黑眼镜。别里亚克转动腰部，追着黑眼镜的身形开枪，但他发现自己的眼睛根本追不上对方的速度。

几乎是在瞬间，他就感觉到黑眼镜到了他的身后。专业的手枪格斗术有非常巧妙的快速射击方式，别里亚克直接把枪抬到耳边向后盲开，黑眼镜偏头躲过。子弹近距离射击的声音非常大，枪火灼烧了两个人的头发。

此时别里亚克就知道自己失败了。他的耳朵嗡嗡响，什么都听不到，脑壳都被自己的枪声震疼了，而对方已经在他身后捏住了枪的扳机。

他并不差，普通人无法跟上他的反应速度，他开枪的方式也是专业的，手枪贴着自己，小弧度甩动手腕可以在0.2秒内开枪，并且能够在一秒内击中不同方向的四个人。

这需要非常熟悉自己的手腕，更需要天赋和长期的练习。

但这一切在这个人面前完全没用。

是自己生疏了吗？

别里亚克知道不是，黑眼镜的行动模式，不是正常人类的行动模式。

所以为了击倒正常人类而设计的射击动作对他是无效的。

他放手，枪被黑眼镜收了过去，接着他闭上眼，猜想对方会直接开枪。他被枪击后，四周的螳螂会聚集起来，吃他身上最有营养的部分。

但是黑眼镜并没有开枪，他把枪拆成了零件，借助金属疲劳把枪管里的弹簧折断，子弹散落了一地。

“你该不是那种会把我交给警察的正义人士吧？”

“我走远了之后你可以自杀。”黑眼镜说道，走回到他的面前。

“你到底是谁？谁是最后一个祭品？”别里亚克看着他，“你那个朋友？”

“我有一个问题要问你。”黑眼镜递给他一支烟，对方诧异地接了过来。

“你想知道我和尤里到底想干什么，对吗？”

“不是。”黑眼镜看着他，“我想知道，怎么利用这个房子的规则，去拿回自己失去的东西？”

别里亚克看着黑眼镜，惊呆了，然后他就笑了。

“你疯了？你不是来阻止我的，你是来加入我的？”

“是啊。”黑眼镜也笑，“说说看。”

“你有这辈子死也想找回的东西？”别里亚克似乎看到了一丝活命的可能性，“峰回路转、峰回路转。”

“倒不至于要死。我有一个谜团，我想知道答案，但我弄丢了提示。”黑眼镜说道，“来都来了，听说你们有办法？”

别里亚克看着黑眼镜：“你拿什么来交换？”

黑眼镜指了指他嘴上的烟：“我已经给你了。”

“是不是有点太廉价了，那可是我和尤里用命换来的方法。”

黑眼镜就说：“如果成功了，我可以把最后一个祭品给你。”

别里亚克眼睛一亮，刚想说话，黑眼镜却做了一个“不要说话”的动作：“你要先表达你的诚意，否则我们就不用继续聊下去了。”

“可以，你跟我去尤里的客厅。”别里亚克说道。

第三十二章　原始村落

别里亚克带着黑眼镜回到了尤里的客厅，这里恶臭熏天，地上还躺着一具尸体。

别里亚克打开冰箱，在冰箱的深处找到了一瓶酒，递给黑眼镜。

见黑眼镜看着他，他便说道：“放心，没有毒。”

“但是臭了。”黑眼镜说。

“这瓶没有。”别里亚克说道。他坐到黑眼镜对面，点上烟，揉了揉肚子，“你要什么诚意？”

“我要知道事情的所有经过。”

“那是一个很长的故事，你们应该也分析得八九不离十了，没必要重复吧。”别里亚克道。

“你说你的，我自己会判断，和你交易是不是真的能拿回我丢失的东西。”黑眼镜拔掉酒瓶塞子，闻了闻，没有喝。

别里亚克看着黑眼镜，最后又确认了一下对方的意图。他意识到对方应该是真的有东西想找回，否则他现在应该已经被杀或者被交给警察了。

“好，我告诉你。”他看了看墙壁上的书页，“尤里很小就自封是一个研究者，他对于宗教的理解很深，和一般的小孩子不一样。小孩子小时候对于教堂应该是厌恶的，但他不是，他很好学。”

“你们是在伊萨基辅大教堂认识的？”

“是的，我比他大很多。”他抽了一口烟，仿佛回到了过往，“我当时在给教堂抄写文书，他有问题就会来问我，我们就是老师和学生的关系。后来我发现他家里很有钱，和他相处的过程中，我得到了很多物质上的帮助。为了维持这段关系，我开始学习神秘学和宗教学，以便能继续指导他。当然，他进步很快，所以很快我们就不仅仅是老师和学生的关系了，而是变成了两个一起研究的同事。”

别里亚克的眼神涣散起来：“冬天太长了，总是无事可干，我们就一起学习东正教，研究天主教，还有东方的各种宗教。这些研究其实最后都归于一个本源，就是原始宗教学科。有一年的冬天特别漫长，那一年，我们决定开始研究原始宗教，尝试梳理它和现代宗教的关系。”

黑眼镜看着别里亚克，带着非常细微的笑意，但别里亚克已经无所谓了，一说起那段往事，他就变得非常专注。

原始宗教本质上大多发源于石器时代，精确地说，是新石器时代的部落宗教。那时候的自然崇拜血腥而野蛮，现代宗教中所有的野蛮部分，基本上都源于原始宗教。

于是他们开始走访各种原始的部落，但遇到了非常多困难。对于尤里来说，改良过的宗教并不是最有吸引力的，他想了解的是民间最原始的宗教，这方便他去思考所有的原始宗教故事到底是如何变成神话的。

而原始宗教非常杂乱，每个区域的体系都不一样，里面还有大量后人杜撰的故事。起初就是用来吓唬小孩的，后来却流传了下来。只有深入到一些偏远村落里，才能看到真正的原始宗教。

“血。”尤里向别里亚克坦白道，“我想看到的是带血的祭祀活动，而不是一些被改进过的仪式。”

那些村落全部都在喜马拉雅山冰冷的石头山谷中，马路不通，只能乘骡马到达，而村落的祭司也不会把原始宗教习俗暴露给外人。

他们花了很多精力，才找到一个供奉了古神的村落，经过两个月的努力，终于得以通过一个村落里的年轻人和村里的祭司见面。

而他们最大的成功，是尤里不知道用了什么方法，说服了那个祭司带他们去几千年前古神出现的地方，就在喜马拉雅山深处的一个山谷里。

祭司告诉别里亚克，古神仍旧留在那里，只要在那里施展仪式，古神就会出现。她可以帮他们实现愿望，只要他们能提供祭品。

当时别里亚克和尤里都有些不太正常，这个不正常是从尤里开始的，他完全不觉得恐惧，而是开始思考从哪里能搞到祭品。

别里亚克和尤里的关系，一直呈现出一种恶魔引诱孩童坠入邪恶深渊的状态。但在那一刻，别里亚克看着尤里，觉得自己一直在对尤里实施的洗脑和控制似乎有点不太对，结果和他所想象的方向，完全不同。

尤里并没有被他控制或者洗脑过，尤里只是从他身上找到了自己一直在寻找的路。

这种诡异的气氛让别里亚克焦虑，同时又让别里亚克感到沉醉。

第三十三章　寻找古神

别里亚克已经忘记他和尤里当时是怎么从一个构想，慢慢地脱离现实，开始走向毁灭的。

那是一个很小的山谷，山谷的底部有一个干涸的深潭，能看得出来在丰水期的时候，这个水潭的水位很高，但现在完全干涸了。而在潭的底部，有一个奇怪的洞。

那个洞的形状不是圆的，而像一个舞动的妖冶的女性，很抽象，也很形象。

祭司告诉他们，这就是古神的祭祀地。在这里进行祭祀，就可以让古神出现并且满足他们的愿望——如果她对祭品满意的话。

祭司在这个洞口完成了非常复杂的祭祀仪式，尤里非常专注地用摄像机记录了全部过程。

在仪式结束之后，他们把祭品抛入了洞里，然后祭司让他们两个人坐在洞口的两边。等到半夜的时候，有一个人会进入洞内，见到古神。

因为古神只会选择一个人。

在喜马拉雅山冰冷的夜晚，他们在洞口等待，而摄像机持续地录着。到了后半夜，别里亚克上完厕所回来，就看到尤里站在了洞口。

“怎么了？”别里亚克问他，“你听到召唤了吗？”

“我要进去了。”尤里说道。他告诉别里亚克，刚才他忽然看到从那条裂缝之中，伸出来起码有七只非常修长、比正常人的手长很多的手。

那手上全是血，手指甲非常长，都指着尤里。

别里亚克去看摄像机，却发现什么都没有，摄像机里并没有拍摄到尤里所说的场面。

但等他抬头，发现尤里走进了洞里，瞬间就不见了。

别里亚克走过去，用手电筒照向洞里，发现里面是一个深渊，已经看不到尤里在什么地方了。

普通人进入这样的洞里，肯定会摔死，但别里亚克却有一种莫名的信心，他此时已经有点分不清现实和宗教叙述了，他脑子里一片空白，只是坐了下来。

他在洞口继续等待，这一等就是三天。

第三天，在他恍神的工夫，就看到浑身赤裸的尤里站在洞口，身体在瑟瑟发抖，脸上却带着一种莫名的微笑。他赶紧上去把衣服给尤里，问他：“你看到了吗？”

“到处都是。”尤里对别里亚克说，他的眼神中出现了一种难以形容的疯狂，“里面所有的地方，到处都是。”

别里亚克当然是疑惑的，他一开始以为古神不是一个，而是一个族群。但尤里随后就陷入了长时间的昏睡，他没有得到答案。

这种昏睡形似昏迷，别里亚克只能照顾他。尤里整整睡了七天，除了几次醒来排泄和进水，剩下的时间就是彻底地熟睡。

七天之后，尤里发着高烧醒了过来，祭司过来接他们，两个人随即离开了这个地方。在剩下的日子里，尤里写就了他的第一本神秘学著作，叫作《古神之路》。

里面详细地描绘了他对于古神体系的理解，和他进入山洞之后的全部经历。

所谓古神就是新石器时代产生的原始宗教里的神第一次人格化之后的状态。尤里告诉别里亚克，古人在塑造神的时候，并没有现代人那么死板，古神会以各种奇怪的方式存在，群山、气味、声音等。

而他们祭祀的这个古神叫黑暗古神，是以“活着的黑暗”这种方式存在的，就是那个洞的本体。

尤里说，那个洞口的样子，使得洞里的黑暗很不均匀，从而在黑暗中产生了古神。

这本书里写的内容，基本上类似于尤里吃了迷幻药之后产生的幻觉。

他描绘了一种会活动的黑暗，呈若隐若现的灰色，但那的确是女性，他能肯定对方是女性。

对方一直在询问他——不是通过语言，而是通过一种大脑里的声音——他想要失去什么，可以帮他实现。

第三十四章　古神之路

脑海里出现的这个声音，让尤里非常疑惑。

他涌起了一种难以形容的奇怪的感觉。

如果说一定要形容的话，只能堆砌文字，繁复地去解释。

当时在山洞之中，这不是一个具体而清晰的念头，而是一种非常模糊混乱的，神志不清之下的感觉。

可能是这个山洞深处的黑暗造就的，那种黑暗，让人一眼看去，很容易产生“失去”这个暗示。所以他的潜意识里，一直在翻滚这个词语。

他有一种强烈的欲念：他只要把什么东西丢入这个深渊，那个东西就会永远消失。

这种感觉非常像站在楼顶看着楼外，就有种想跳出去的奇怪冲动。

这种状态，如果不是亲身经历，仅从书本上看是根本无法理解的。尤里忽然明白了为什么宗教很多时候要讲机缘，因为文字确实无法描绘感觉。他过往的人生中，没有任何一种感觉可以精确地通过文字描述出来让别人感同身受。

即使是对他万分了解的别里亚克，他也无法与别里亚克共情。

他开始尝试把原始宗教分成两个部分，用理性的方式让别里亚克理解他的感悟。

第一个部分，是世俗常规的原始宗教。

尤里和别里亚克几个冬天努力的成果其实非常丰富，他们整理了各种神话，大概总结出了几类古神的来历。

巨大的自然灾害，整个现象往往被塑造成一种古神的形象，特别是那些能被看见的，比如说龙卷风、海啸。

食人的异常动物，比如说比以往更大的蛇、巨大的野猪，这些体型容易变得超大的种类。

险恶的自然环境或地貌，比如说，一个深不见底的洞穴，一种闻到就会死的气味。

新石器时代的人，在所有的自然灾害、食人巨兽以及险恶的自然环境或地貌上，都遭受过巨大的人口损失，这就让古人产生了一种错误的认知：古神喜欢取人性命。

而在那个时候的人类的思维方式里，食物是最重要的，所以他们产生了一个误会：神之所以取人性命，大抵是为了吃。

当然，自然灾害同样会导致很多动物死亡，所以使用动物进行祭祀也是非常常见的。但祭祀大多发生在饥荒、旱灾这些特殊时候，动物早就被吃光了，部落中能够用来祭祀的便只有人了。

于是这些祭祀方式就被保留了下来，成为规定习俗的一部分。

当然祭祀是没有用的，但灾难总会过去。人口多的部落，灾难过去后，巫师就得到了至高无上的地位。人口少的部落，没有熬过去的，就消失得悄无声息，也没有人在意。

这是原始宗教的第一阶段。

如果我们从语言中——不懂文字，只靠口口相传的偏远村落的祭司嘴里，听最老的古神传说的版本，我们会发现，第一阶段的古神是动物性的。

古神得到了祭品，大概率不会满足人的愿望，就和动物一样极度不可捉摸。

古神的脾气是喜怒无常的，比如西门豹时期的巫婆只能将少女作为祭品，一个一个地溺死，以等到神满意的那一刻。

到了第二阶段，文明发展到一定程度，神开始被人格化。古神被人格化的原因很简单，就是易于描述。因为必须让所有人，以最简单的方式知道古神是什么。和他们说古神是一个山洞，大概率是会受到一些质疑的，但如果说山洞中住着一个古神，就会简单很多。

所以如果根据任何官方体系来解读原始宗教，大概就会这么分析——喜马拉雅山中的一个山洞，演变成了当地的古神，有了人格。

但在古代文献中，对于原始宗教中还有第二种记录，那种记录就完全不同了。

尤里称呼其为生物演变的古神神话。

这些有关奇怪古神的记载，在某些古代典籍中，大多数都像是一种对于幻觉的记录，里面的内容非常晦涩难懂，似乎是古代语言系统难以描绘的抽象的东西。

当年有一批新石器时代的先民，他们在探索这个世界的时候，会进入各种极度偏远的自然环境中，比如一些极端的洞穴、冰川、高山上。

长时间的探索和孤独，让这些人神志不清，或者在那些地方有某种毒菌、病毒，直接损伤了他们的大脑，让人产生奇怪的想法，甚至出现幻觉，于是他们就会依据幻觉开始造神。

比如铁线虫会让螳螂无比渴望反光的表面，以前的螳螂会跳入波光粼粼的湖面，如今的螳螂有时候会跳到汽车的玻璃上。在螳螂的心中，那种闪光就是它们的“古神”。

当这些神志不清，产生幻觉并开始造神的人从深山中回来，就带来了古神的传说。他们精神错乱地胡说一通，之后将更多的人带入深山里他们被感染或中毒的地方，然后一批接一批的人中毒，并产生幻觉，从而生成了同样奇怪的崇拜。

而那个地方，就是病毒繁衍的地方，人们开始在这些地方的四周聚集，不停地繁衍。

这就是病毒宗教起源论。

病毒腐化人的大脑，让人神志不清，而他现在就是被感染了，所以他笃信，那个深渊可以满足人内心让东西失去的愿望。

这也可以解释，为什么他之后一直高烧不退。

这个理论让尤里非常兴奋，因为他意识到，如果那个洞里真的有病毒，那么他一定可以利用这种原始宗教，做一些大事。这是他一直以来的追求。

他决定先顺应自己的幻觉，允诺古神丢失一样东西，然后看病毒是如何在他大脑里发挥作用的。

而让人意外的是，他当时选择丢失的东西，就是别里亚克。

从他选定之后，就再也无法看见别里亚克，别里亚克在他的整个世界中消失了。

事实上，别里亚克并没有消失，而且还时时刻刻和他在一起，但是他感觉不到别里亚克，也看不到他。

他的大脑把这个对自己非常重要的老师屏蔽了。

第三十五章　分道扬镳

尤里知道周围发生的一切，但他无法感知到别里亚克。

这个孩子从小就非常特别，别里亚克可能是唯一能理解他的人。别里亚克的消失让尤里开始产生巨大的恐慌，而他家族里的人发现他似乎有精神分裂的症状，便开始强迫他进行治疗。

人类永远会忽视对自己真正重要的东西。

尤里许愿失去别里亚克的时候，大约只是出于小孩子恶作剧的心态，但很多恶作剧的结果不是普通人可以承受的。

尤里在夜里哭嚎，别里亚克就在他的身边，他却无法感知到。

别里亚克开始想办法让尤里意识到这一点，因为尤里的大脑对任何关于别里亚克的信息都会强行屏蔽，所以无论是别人告诉他，别里亚克就在边上只是他看不见，还是写信给他，都无济于事。

别人和他说话，只要提到别里亚克，他的大脑就会把这些对话重新加工成其他信息。因此，他的疯病显得越来越严重。

但别里亚克非常聪明，他意识到了这个操作是由尤里的大脑决定的。也就是说，只要骗过尤里的大脑，让他认为自己不是别里亚克，自己就可以重新出现在尤里面前。

当然这很困难，大脑的潜意识非常强悍，尤里从小跟他在一起，只要一个细微的相似动作，就可以让大脑立即识破戴着面具的别里亚克的身份。

同时，尤里也非常聪明。当他多次看到面前出现了一个戴面具的人，但是时不时又会忽然消失，他就开始意识到其中的奥妙。

大脑可以阻止他接收任何有关别里亚克的信息，但无法篡改他的记忆。

所以他可以看见一个戴面具的人，但当他意识到那是别里亚克的瞬间，那个人就会消失。

尤里做了一个简单的实验，他设计了一个规则。

他拿出三个从外面完全看不到里面的盒子，让佣人在纸上写字，放进盒子里，然后端到他的面前来。

他打开那些盒子，把里面纸上的信息全部背了下来。当他背那些信息的时候，他并不知道哪一张是别里亚克写的，所以他能够看到三张纸条。

他会一一回复三张纸条上的事情，他并不去判断哪一张是别里亚克写的，而是全部都正常地和对方交流。

在这个过程中，如果他的意志力薄弱，他就会一直猜想，到底哪一张上的内容是别里亚克的真实意思。那个时候，可能会出现一种极端情况——三张纸条他都看不见了。

但如果他的意志力足够强大，他可以不去思考，不去猜，那么他就可以和三个人都保持沟通。

因为他真的无法辨别哪一张是别里亚克写的，但他知道的是，三张纸条都是在帮助他找回别里亚克。

这是他第一次抓古神的漏洞，也就是抓到了他所认为的病毒的漏洞。

如今，他仍旧同时执行着三个计划。他完全相信这些纸条中的信息，并且如奴仆一样地执行着。

他回复，得到新的纸条，再回复，周而复始。

尤里和别里亚克的沟通与相处，就以这种极其扭曲的状态维持了下来。

甚至在外人看来，他们之间已经完全正常了，可以相互沟通了，除了尤里看不到别里亚克。

尤里有时候似乎能看到，只是别里亚克知道，尤里其实看不见自己，他只是会猜测自己在某个地方。

他总是可以猜对。

别里亚克并不满足于此，他要实行一个计划。这个计划其实非常简单，就是以古神战胜古神，所以他需要找到一个可以找回失物的古神。

在古书里，别里亚克发现了那个古神，它的本体是一种腥臭的味道。

因为都和失去有关，古书把这两种神联系在了一起。同时，发生了另外一件事情，就是尤里的家人开始驱逐别里亚克。毕竟只要这个人不在，这个小儿子就是一个正常人了。

而那个时候，三张纸条其实都是被别里亚克控制的。

别里亚克开始有了一个疯狂的念头。

第三十六章　疯狂的念头

产生这个疯狂的念头，其实还有一个非常特殊的原因，就是在经历了几年的折磨之后，别里亚克发现尤里逐渐开始动摇了。

在一次沟通之后，尤里在三张纸条上都写了：我们放弃吧。

并且在之后很长的一段时间里，拒绝给别里亚克回复。

别里亚克第一次开始恐慌，一直以来他所有的花销都来自尤里的家族，而尤里的家族已经开始驱逐自己，连尤里也逐渐动摇了。

别里亚克无法去劝服尤里，因为他只要在纸条上表现出任何的哀求，尤里就会发现三张纸条都来自别里亚克，那么纸条上的文字，尤里以后就再也看不见了。

他什么都不能做，只能等待尤里重新燃起希望，这个过程是极度痛苦的。

人生最大的痛苦，就是无能为力。

当然，尤里最终还是重新开始了治愈自己的计划。为了能够让尤里尽量远离家族的影响，别里亚克想办法让尤里来到了日本，并且开始了压抑的独居生活。

当然，选择日本，也是因为别里亚克在这里发现了这幢奇怪的宅子。

“事实上，”别里亚克对黑眼镜说，“很多古书中记录的古神，也就是他们理论中的远古病毒，似乎被某种力量清除了。”

在过去漫长的岁月里，一直有力量在清理这些东西。

虽然别里亚克通过自己研究神秘学的朋友，最后找到了这幢宅子，并且确定了这里肯定隐藏着一个古神，可以让人找回失物。但他也越来越明确，所谓的找回失去的东西，也只是让大脑产生那个东西仍旧存在于自己四周的幻觉。

如果祭祀古神，可以让一个人在你的大脑里消失，那么也可以让另外一个人在你的大脑里出现。

他们开始做大量的实验，利用别人做实验，但出现了问题。所有的人都认为腥臭古神能够让别里亚克重新出现在尤里的大脑里，但事实上并不能。出现在尤里大脑里的，是另外一个别里亚克，并不是真实的别里亚克。

这就是卡漏洞的后果。

这件事情之后，别里亚克绝望了。

他和尤里的感情非常特殊，是文字难以描述的。

尤里在当时的略微动摇，已经让别里亚克对他产生了异样的感觉。

尤里非常容易控制，又极易失去控制，这种极致的矛盾在他身上同时存在着。他永远不会解除对别里亚克的依恋，却又在别里亚克看不到的地方，毫无顾忌地做出一些极度疯狂的行径。

尤里当年看别里亚克的眼神，到底谁在吞噬谁，其实是无法定论的。

同时，尤里代表着金钱和地位，这让别里亚克在对待尤里的家族的时候，卑躬屈膝。而尤里强势的母亲，更是让他极其不舒服。

但他知道，如果没有尤里，他只是一个患病的神棍。

所以当尤里出现第一次动摇之后，别里亚克开始觉得，尤里离开自己这件事情，已经出现了可能性。

而一件事情一旦出现了可能性，那么这件事情就大概率会发生。

别里亚克觉得尤里要离开自己了。

他最后的计划是杀死尤里，然后通过古神将其找回。这样世界上就只有一个尤里，并且，这个尤里只存在于他的世界里，永远不会背叛他，因为这个尤里只能通过他存在。

当然这是一个疯狂的念头。别里亚克是一个懦夫，他不像尤里，可以直接进行那些疯狂的行径。所以他只是一直在大脑里筹划，却永远没有勇气去做这件事情。

直到有一天，他在一个神秘学聚会上碰到了一个中国人，那个人听完别里亚克的描述，就和他说道："我来帮你吧，我不仅可以帮你实现想法，还能帮你把尤里再变成真人。"

别里亚克当时并没有相信他，但那个中国人说道："其实很容易，但你要回报我。"

"你要什么？"别里亚克只是随口一问。

"那幢宅子，你要给我。"对方说道。

黑眼镜坐直了身体，这个俄罗斯神棍终于说到他想知道的部分了。

第三十七章　神秘人

当时是在一个KTV里，包房里有很多人，那个中国人带着别里亚克来到了阳台上。

两个人一起抽烟，中国人就对别里亚克说："最原始的宗教流传下来很多法术，里面有一些很神秘的东西。就我个人所知，现在世界上还在使用所谓的法术的那些宗教，所用的很多法术都是从原始宗教发展而来的。"

"你的意思是，如果这些东西没用，是不可能流传下来的。"

"系统骗术是很容易被拆穿的，而单纯的痴愚也必须要看到实惠才能坚持。人这种东西太功利了，没有那么好骗。"中国人说道，"大部分法术在施展之前，施法的人都会做一点小魔术，主要是让人笃信接下来发生的事情，都是超自然力的作用。小魔术是很容易被拆穿的，特别是现在这个时代，很多宗教仪轨里的法术也被人破解了，现在很多人认为，这些小魔术就是法术。"

那个中国人看着别里亚克，继续说道："这里就存在一个误解，我们不妨先思考法术是怎么产生的，你就能理性地思考这个问题了。在最早期遭遇灾难的时候，人类对于大自然能做的事情，除了神化之外，只能是祈求。而现在的法术则积极很多，似乎人类可以通过方法、运用力量去干预。你仔细想就会发现，二者不是一种东西，中间的类别发生了变化。"

别里亚克觉得很有意思，他看着这个中国人，他已经很久没有这么畅所欲言地和别人聊这些有的没的了。

“如果一开始只是祈求，到后来却有利用，中间一定有一个阶段。其实我刚才说了，人很功利，这个中间阶段开始的时候，一定是有人去统计分析了每次祈求的有效和无效这两个不同的结果。”那个中国人吐出一大口烟，“然后，他们会开始把所有祈求相对有效时的地理位置、巫师、天气等各种因素整理出来，归纳总结。通过成千上万次的祭祀，他们总结出了第一批规律，并且践行了这种规律，想要提高祭祀的成功率。这个时候，这些仪式中一些特殊的规则，就开始变得像一种法术了。”

“经过了几万年，最后一直流传下来的那些原始宗教的法术，其实就是人们总结出来的那些最终的、最有效的规律？”别里亚克问道。

“不一定。”中国人说道，“有一些法术非常有效，但是只在当时有用，后来生产情况发生变化，法术就没有人使用了，慢慢地也就荒废掉了。现在再在古籍中看到这种法术，就会觉得有一些诡异。”

“你试过？”

中国人没有正面回答，只是继续说道：“比如说，让你的朋友消失之后重新真实地出现，在原始宗教中就有一种叫作幻人的法术。你不要小看这种法术，你在各种论坛都可以看到，现在依然有很多人在修炼这种法术。这种法术的目的，就是把想象中的一个人，投射到现实里。”

别里亚克很少遇到比自己还神棍的人，他看着对方道：“这是一种幻觉，过度冥想，脑子容易坏掉。”

“有人曾经成功地把自己的化身投射到了跳舞的人群中，很多人都摸到并和其跳过舞。”中国人说道，“只是所有人事后的印象，都觉得那东西的气质犹如妖怪。而且很有意思的是，只有在那个地方才能够完成这个法术，如果离开了那块土地，幻人就无法成形。”

“可能是因为那里有一些特殊的病毒，或者氧气更加稀薄，让人的脑子更加容易出问题。你怎么相信这一切是真的呢？”

“我当然相信，比任何人都笃定。”

那中国人说完就笑了，就是那一笑，让别里亚克毛骨悚然，并且相信了这件事情。

他从来没有见过这样的表情，那表情之诡异，让他心里直接蹦出来一个念头：这个人不是人类，而是他口中的妖怪。

这种感觉是极难模仿出来的，也绝对不是被暗示产生的，只有真正看到那个表情和那张脸的组合，才能明白别里亚克的感觉。

那不是一个人，别里亚克忽然意识到，这个中国人，似乎就是他口中说的“幻人”。

“我应该怎么做？”别里亚克鬼使神差地问道。事后想来，他当时的精神恍惚得太厉害，没有经过考证就直接开始追问了。

“你答应我的条件了吗？”

“我当然能答应。”

那中国人很满意：“我会先给你试用的，之后我会再联系你。”

回到KTV包房之后，别里亚克没有再看到那中国人。当他冷静下来，开始后悔的时候，忽然听到身后有人叫他。

他转身，就看到尤里站在阳台下的马路上。当时的日本正在下雪，尤里穿着在俄罗斯时经常穿的那件风衣看着他，身上落满了雪。

“别里亚克。”尤里对他招手，“你这段时间去哪里了？”

别里亚克看着尤里，浑身颤抖，眼泪完全无法抑制。

他很久没有听到这么正常的呼唤了。

“尤里，你能看到我？”

“你开什么玩笑呢。”尤里用俄语说。

别里亚克疯了一样从阳台爬出去，直接摔了下去。这里大概是三楼，下面是绿化带草坪，他摔得七荤八素，爬起来发现自己的手断了，但他还是冲向马路。

马路上什么人都没有，但让他骇然的是，雪地上有尤里的脚印。

没有来处，也没有去处的一对脚印。

别里亚克知道了，这就是那个中国人所谓的试用。他冲了回去，在KTV包房里没有找到那个中国人，于是到处喊：“我相信，我相信！马上，我们马上开始！”

他不知道那个中国人是怎么做到的，但那时候他完全相信了，他发自内心地相信，那个中国人可以做到一切。

但从那之后，他却再也找不到那个中国人了，对方也没有再来找过他。

别里亚克凭借记忆画出了中国人的脸，却发现无论自己怎么画，都只能画出一个妖怪来。那张脸莫名诡异，让人作呕。他陷入了更大的疯狂，并且开始不停地通过各地的神秘学俱乐部寻找、研究。在这个过程中，他只查到了一丝信息。

那个中国人似乎去其他朋友那里确认了一下，宅子是否属于别里亚克，发现不是之后，他就厌烦地离开了。

别里亚克意识到，必须拥有这幢宅子，才有可能回到那一天的雪夜。

“只有一个可能。”别里亚克和黑眼镜说，“尤里家的小女儿早就放弃了所有的财产，尤里憎恨他的母亲，这宅子，在他的遗嘱中排除了他母亲的继承权，那么只要杀光他们家剩下的男性就可以了。我有尤里最末位的继承权，如果他们都死了，这宅子就是我的了。”

“那你是怎么想到利用齐秋去干这件事情的呢？”黑眼镜终于忍不住问道。

整件事情里他最想知道的，是谁让别里亚克找到了齐秋，并且逼迫一个无辜的人杀了那么多人，之后又将他抛入了冰凉的河里。

别里亚克当然不会说这些，因为齐秋对他来说根本不重要，他完全沉浸在了自己扭曲的世界里。

看样子他是很难说到点子上了，但黑眼镜不想让他产生警觉，一直很有耐心。

别里亚克说道：“那个小孩啊，那是在查那个中国人的时候，我发现他去过一次俄罗斯，拜访过那个小孩，然后我就跟过去了。起初，我只是希望齐秋替我传话给那个中国人，我很快就会拥有那幢宅子，我们的交易可以继续。但我找到齐秋的时候，发现他似乎有一种特殊的能力。”

第三十八章　齐秋

齐秋非常低调，但别里亚克在他身上，立即感受到了一种和尤里很像的气息。齐秋在俄罗斯，似乎只是在安静地完成一项普通的学业。

别里亚克看到了齐秋背后的阴暗面，那种对于自己是异类的渴望和恐惧。但齐秋的自制力很好，他并没有像尤里一样疯狂。

别里亚克开始努力地接近齐秋，希望在齐秋身上重塑当年他和尤里的那种关系。在那个过程中，他发现齐秋有着极高的风水造诣。

他知道风水，却是第一次系统地听齐秋讲解。他开始理解中国的神秘学和国外的有很大的不同，却又有非常相似的地方。

在中国的神秘学里，有个因素非常清晰，比国外的清晰很多，就是法脉。

很多风水术数，必须要特殊的人才可以使用，其他人是无法使用的。而这种特殊的人往往都来自一个家族的血缘亲族，甚至需要在父亲死的时候，设计一个风水局才可以传递给下一代。

齐秋来自一个奇特的法脉，他和别里亚克说完这些之后，就看着别里亚克，并对他说道：“你会伤害我，并且杀死我。”

别里亚克很惊讶，他确实准备了一批打手，准备劫持齐秋。别里亚克就问道：“你能知道？”

“嗯，我们家族的人都知道自己的死期。我甚至知道你是怎么死的。”

别里亚克笑道：“那我是怎么死的？”

“你会死在一个臭气熏天的屋子里。”齐秋说道，“不过有一个办法可以让你免于死亡。”

“什么？”别里亚克饶有兴趣地看着他。

“你如果有机会把你所有的经历，和一个中国人全部说完，你不仅不会死，还会实现你的愿望。”

别里亚克当时以为齐秋说的就是之前和他讲述幻人的那个中国人，心中一动。

“有一件事情，还请你帮忙。”齐秋对他说道，“如果你有机会遇到那个中国人，在说你的故事的时候，你会提到我，那么请你替我传一句话给他：门已经没有人守了，他们该出发了。”

别里亚克莫名其妙，他当时当然不相信这些，就招手叫来打手，绑架了齐秋。

虽然齐秋号称知道一切，但让他设局杀人的时候，他仍旧流露出了那个年纪的痛苦，他被施以酷刑，最后才就范。

在巨大的痛苦中，齐秋最难受的时候，他会一直念叨一句话：这是必然的，我应该接受，这是必然的。

黑眼镜默默地看着别里亚克，别里亚克讲完这一切，舒了一口气：“我最后杀他的时候，他既平静又痛苦，我很难想象，这两种情绪会同时出现在一个人身上。现在我把这句话带到了，真神奇，当你没有提出和我谈条件的时候，我还以为他算错了。对了，你们中国的占卜结果，无法逃脱吗？”

“普通人不行，但他是可以的，只是他选择了酷刑和死亡，因为他肯定算到了比死亡更可怕的未来。他可能只有这个办法，把信息传达给我了。”黑眼镜说道，“不过这么说来，杀死这些男丁，不是因为这个法术需要献祭家族所有的男性，只是你想拥有一套自己的房子。”

“是这样的，齐秋的法脉，最大的能力在于占卜。他告诉我，当我杀死了所有的男丁，那个满足我愿望的神秘中国人就会出现，因为他可以立即知道这房子已经属于我了。只要我能满足他这个要求，他就会出现，他有这个能力。我同时需要把所有的献祭仪式准备好，他来了就可以直接开始。”

“哦，这是一个对未来的预言，一种可能实现的未来。”

“对，但必须是所有的男丁都死亡，那个未来才会实现。而那个中国人出现之前，我还需要满足一个条件——尤里必须要死，所以我引诱他自杀了，用了迷幻药。”

别里亚克看着黑眼镜，后者不为所动。

“所以你做这一切，并不是在召唤古神。”

“我们是在召唤古神，至少尤里是这么认为的。”别里亚克说道，“否则我怎么能说服他自杀呢？我骗他说，通过腥臭召唤的黑暗古神，可以解除他之前的要求。他需要把自己的血祭祀给腥臭，但他吃了太多迷幻药，已经不知道用冰锥刺喉咙要刺多深了。”

黑眼镜看向了别里亚克的肚子。

别里亚克摸了摸自己的肚子：“你以为最后一个男丁死了之后，这里面的黑暗古神就会降临，对吧？不是的，我肚子里不是一个魔胎。等最后一个男丁死了，那个中国人就会出现，他会把尤里从那个世界带回来，而我的肚子有其他用处。”

他摸着肚子，解开了衣服，黑眼镜看到他的肚子上捆着一颗定向地雷，后面有一个承压的钢片围着腰。

“火药已经调过了，我不会受致命伤，但我面前的生物都会死。那个中国人把尤里带给我之后，我就对着那个中国人引爆，这样世界上就不会有人知道，尤里是从哪里来的了。”

“有必要吗？”

“他是个妖怪。”别里亚克说道，“没有生物可以在这种火药的袭击下幸存。”

黑眼镜问道：“齐秋有没有说过我和你的结局是什么？”

别里亚克笑着说道：“你失去的东西，那个中国人也能替你拿回来，你和我会变成同一种人。”

黑眼镜就笑，说道：“你知道齐家人传法脉，第一课是什么吗？”

“是什么？”

“如何撒一个让人到死都不会怀疑的谎。”黑眼镜笑得非常欣慰。

别里亚克不明白，黑眼镜就说道：“齐秋做了那么多，无非是希望你相信，他相信宿命，所以他说的每一个信息都不可能有假。也确实如此，他和你说了那么多，全部都是真的，但这一切都是为了在最关键的事情上骗你，而那个时候，你早就对他失去了戒心。”

别里亚克还没有明白，黑眼镜说道：“至少有一点齐秋说得很对，你会死在一个臭气熏天的房子里。”

“你并不会带我去找最后一个男丁，那个中国人也不会出现，他骗了我？”

“嗯。”

“你不想找回你要的东西吗？我们需要那个中国人！”别里亚克吼道，然后笑了，“你是不是动摇了？没关系，你可以动摇，你最后会下定决心的，他不会算错的。”

“你知道哪里的螃蟹好吃吗？”黑眼镜忽然问。

别里亚克愣住了：“什么？”

“算了，我自己查吧，我想下班之后去吃点好的。”黑眼镜站起来，解雨臣放的那把火，火势已经蔓延开来。

他从口袋里挑出三个铜板，丢在地上，看了一眼，然后直接往宅子外走去。

“这是什么？”

“奇门八算，算你能不能活到天亮。”黑眼镜说道，“不过你死定了，注意走路。”

别里亚克莫名其妙，他发了一会儿呆才反应过来，此时黑眼镜已经走远了。他冲过去想抓黑眼镜，忽然脚下踩到了一条烂鱼，他一下子滑倒了，腰上的地雷钩到了边上的桌子角，直接被钩了下来，落到地上。他摔了一个狗吃屎，眼看着地雷落到自己面前，正面写着英文：此面向敌。

几乎是同时，桌子上一瓶臭掉的酒落到了他的手上，他手里的引爆器按钮被碰了一下。

黑眼镜在走廊里听到身后传来一声巨响。

他走到门口的时候，就看到外面的佣人都在打电话叫救护车。

古神的房子不会那么容易被烧掉的，否则这里的老主人早这么干了。

他看了看，外面已经没有车了，就开始往山路上走。山路冷清且长，但他真的需要时间，好好想想即将要发生的事情。

第三十九章　下班了

在一个路边加油站的餐厅里，郑景银醒了过来。

解雨臣正在吃薯条，他不喜欢吃这些东西，但天快亮了，他一晚上的体力消耗太大了。

刚才他的手机响了一下，他看了一眼，是黑眼镜。

黑眼镜出来了，但是走到这里，估计得两个小时。

郑景银摸着头，莫名其妙地看了看四周。解雨臣问道：“你和你东家的女儿，什么时候领的证？”

郑景银没有马上回答，直到天边露出了一线天光，他才缓缓道：“你怎么知道？已经四年了。”

“为什么要隐瞒这个消息？老太太不同意？”

郑景银摸着脑袋：“要是你，你能同意吗？这是哪儿？”

“尤里死了。”解雨臣说道，“可能得要你对老太太报丧了，你夫人应该是在四年内放弃了遗产继承权吧。”

“是的，她和她妈妈关系不太好，你说小公子死了？你们失败了？”

“我会给你一份简报的，但如何去和老太太说，你自己决定。”解雨臣喝了一口可乐。

“我是怎么回事?”

“简报里都写了，刚才我已经用手机写完发你邮箱了，你回去就能看到。但不要回那个房子了，去东京住酒店吧。”

郑景银显然还没有反应过来。

“如果有什么异常的情况，记得联系我。”解雨臣说道。

“啊，我记起来了，我看到了一个东西，那个东西我丢失好久了。那是我和我妻子当年丢失的一个瓶子，我就想拍给我妻子看看，然后慢慢地我什么都不记得了。”

“嗯，那瓶子对你们来说很重要吗？”

“很重要。”郑景银说道。

“所以你还是想回那个房子里找那个东西的。”解雨臣说道。

郑景银说道：“我看到了，就在那个房子里，我不明白为什么会在那里，我不该去找吗？”

“不要回去。”解雨臣说道。

郑景银看着他，解雨臣的眼神很坚决，他只好点了点头。

解雨臣看着窗外，天色很快亮了起来。

两个小时以后，天完全亮了，郑景银问解雨臣，要不要安排飞机，解雨臣摇头。

黑眼镜从马路上走来，解雨臣走了过去，两个人并排走着。路上还没有多少车，他们找了一个口子下去，下面是一片湖滩，边上能看到巨大的河口湖，黑眼镜把大概的过程说了一遍。

解雨臣没怎么搭话，只是安静地听着。

湖面波光粼粼。

“下班了，我要睡一觉，然后去吃螃蟹。”黑眼镜说道。

“然后呢？这件事情还有没有疑点？”

“有一个中国人，是这件事情的催化剂，但他最终没有作恶。”黑眼镜说道。

“齐秋那句话，是我理解的那个意思吗？”

“吃完螃蟹再讨论吧，别浪费了好天气。”黑眼镜笑了笑，活动了一下肩膀，“我好疲倦啊。”

两个人转身向马路走去，天气极好，解雨臣忽然觉得一阵轻松。

可能从现在开始，他的日程表里，只有一件重要的事情了。

这对于他来说，竟然是一种解脱。

第四十章　未解之谜

回北京的飞机上，两个人都很沉默。他们的穿着很休闲，但都有些疲惫。

良久，解雨臣忽然想到了什么，问黑眼镜："你在那个老宅里，到底看到了什么？"

"很久以前的那个黄铜箱子。"

"你也有那么想找回来的东西？"

"嗯，那个箱子牵扯到一个未解之谜。"黑眼镜笑着喝了一口啤酒道，"时间太久了，我都以为我不想知道了，可惜，都只是幻觉。"

"原始宗教体系，难道都是迷幻药的世界吗？"解雨臣看着窗外的云层，声音低得像是在自言自语。

"也许不是。也许那个时代和现在是不一样的，但是那些不一样都已经淹没在地壳里了。"黑眼镜说道，他手里拿着从古宅里顺出来的笔记本，正在看尤里的笔记。

"你离开古宅之后，还有看到那个箱子吗？"

黑眼镜看了看前方，似乎在前面的空位上看到了什么，但他没有说话。

两个人沉默了一会儿，黑眼镜问道："你对于原始宗教没有自己的见解吗？"

解雨臣也没有回答他，开始闭目养神。

黑眼镜没有追问，他知道解雨臣可能会在某个时间，忽然回答这个问题，所以他只要提问就可以了。对方不会忘记他的问题的，但对方会挑选回答的时间。

原始宗教到底是什么呢？

解雨臣闭着眼睛，内心闪过很多思绪。

说实话，原始宗教存在的时代，在历法上都处于神话时代前后。

如果把神话时代的故事，当作是浪漫主义的描绘的话，原始宗教就是当时的现实。人类文明在公元前3000年再往前，还有漫长的历史，那些历史几乎是从公元前10000年就开始了。

那些时间里发生了什么，谁也不知道，如黑眼镜所说，这些东西存在的证据，现在都在山底的深处，或者地下的深渊里，随着地壳运动，很多东西已经深入地壳，不可能再看到了。

在这些漫长的岁月里，人类先是创造出原始神灵和法术仪轨，后来慢慢发展出了各种各样的宗教，产生了各种各样的神。

这些神一开始的形象和现在完全不同。

人类赋予了这些古神很多浪漫主义人格化的色彩，但事实上，在地下洞穴里，在龙卷风里，当有人看到了某些无法理解的形象，而这些人又得以幸存下来的时候，其所描绘出的第一个形象，才可能是人们记忆中一些神的真正样貌。

原始宗教是研究这些真相的一个难得的入口，因为原始宗教几乎是一种活化石文化。

想着，解雨臣睡着了。

黑眼镜看了看他，也闭上了眼睛。

他回到了当年的热带雨林里，当地人告诉他，丛林里面有一个遗迹，人进入之后，经常会发生一些奇怪的事情。

这些年有十几个人，在这个遗迹里失踪了，于是当地人开始供奉这个遗迹。

在某个雨水特别多的夏天，那些人的尸体才陆续被发现，完好无损，都出现在遗迹四周的林子里。

尸体没有丝毫的腐烂，从身上的痕迹来看，他们显然在失踪之后仍然活了很长一段时间，身上有好多后续生活的痕迹。

但他们失踪之后去了哪儿，谁也不知道。他们似乎去了另外一个地方，而且活了下来，但一直被困在里面，直到死后才重新出现。

在对这些尸体进行解剖时，还发现了非常多可疑的和无法解释的细节。

比如说，他们的胃都变得非常小，而且身上有很多蚊虫叮咬的痕迹。但这些叮咬的痕迹，有一些是在皮肤下形成的。

当时有人对黑眼镜说，感觉在这些尸体生前活动的地方，蚊子是活在四维里的。

后来他们就发现了那个黄铜箱子。

箱子上有非常多已经看不清的浮雕，当时有一个说法，那些浮雕上的信息似乎在诠释箱子里有另外一个世界。

接着他们队伍里的人，也开始消失了。

这是一个漫长的故事。

也许，他们也进入了那个箱子。

可惜，箱子最后没有被带出来。

是什么时候丢失的呢？

黑眼镜也睡着了，他没有时间再想那个箱子了，他需要好好休息，因为他知道落地之后会发生什么。

活了那么长时间，终于等到了。

外面云海漂泊，日落下去，出现了瑰丽的黄昏，再之后，应该是漫长的黑夜。

第四十一章 尾声

1

伊萨基辅大教堂，阿夫多季尤什卡老太太正在祈祷。

整个大教堂里没有人，也只有老太太的这个家族，可以在这个时候清空教堂。

老太太明显更苍老了。

郑景银带着一个中国人走了进来，老太太站起来，看着他。

“听说你可以让我的孩子们都回来，对吗？多少钱？”

那个中国人看着四周的教堂：“我要这个教堂，可以吗？”

“这可比钱珍贵多了。”老太太面无表情地说道。

“放心，我会给你试用的。”中国人摸着边上的祈祷椅说。

2

河口古宅的大火已经扑灭了，村田看着几乎还是完好的房子。

无论发生多少事情，这幢宅子依然强悍地立在这里。他感慨，这样的日子，什么时候是个头呢？

那个阿夫多季家族，似乎又把这里挂牌出售了，不知道下一个主人是什么人。

他想着，忽然有日本的中介上门，对他点头。

“出售成功了。”

“辛苦了，这么快吗？”村田非常惊讶。

“是一个中国的公司。”中介说道，“他说他会负责修缮的费用，这里起火他有责任。”

中介给村田看对方的照片，村田看了一眼，就认出是之前那个他看不透的中国人，相对矮一点的那个。

这个老板看上去不太好伺候。

村田问道：“需要我做什么吗？”

“什么都不要做。”中介说道，“他说过一段时间，会带一些朋友过来旅游，保持客房干净就可以了。”

村田点头，叹了口气，大家似乎还是学不乖啊。

这时候，一个俄罗斯姑娘从外面的车上下来，她长得非常漂亮，穿着昂贵的大衣，面色复杂地看着这房子。

村田迎过去：“小姐。”

“在签约之前，这房子还是阿夫多季尤什卡家的吧。”俄罗斯姑娘说道，“让我进去，我要去找个东西。”

3

秘书把购房合同放到解雨臣的桌子上，他最后还要再看一遍。

此时他看着窗外，没有回头，秘书没有说话就走了出去。

窗外一片朦胧，今天北京有大雾。

他拿出手机，最后再和阿夫多季尤什卡确认眼疾专利的事情，对方并未回复他。

成功和失败总是一半一半的，他心里知道。

他静静地坐着，他很少有时间能那么安静地回顾自己的一生。

裁缝发来消息告诉他，关于那件衣服，还有很多细节不是很清楚，希望和他交流。

解雨臣回头看了看旁边桌子上放着的一个瓷瓶。

那个瓷瓶上有一个起舞的舞姬，青花画的图案。

千面

一

这是他第一次直面这么硬核的灵异事件，

他深吸了一口气，

看到在汽车后面的路边，黑暗中又出现了一个房顶。

就是他别墅的那个房顶，他的别墅跟过来了。

引子一 关于千面的研究

讲一下我身边一个非常神奇的行业。

面具，这个行业在古代叫作易容术，很多时候并不是如我们想象的，或是电视里说的那样，整张人皮从脸上撕下来。大部分时候，这种技术是通过将类似人皮的材料贴在关键部位，从而改变容貌。女性比男性更加擅长这个技术，按照理论来说是在对相貌结构的分辨上，女性比男性能力更强。比如说，我们在日常生活中，男性看到一些女性，会以为她们没有化妆，但是女性一眼就能看出对方在脸上做了修饰。当然关于这些我都没有看到过专业的论文，所以不可考证是否是真实的。

面具这个体系，目前有两个流派，我都接触过。阿透，是我师父之一，就是给我戴上三叔面具的那个女孩子。她有着非常深厚的美术功底，会使用大量的现代材料和现代化妆技术。张家则完全使用传统技术，几乎没有改良。所谓人皮面具，以前是不是用人皮做的，我没有细问过。但张家做面具用的特殊材料，配方只有他们知道。我则自创一派，用面粉或者福建肉燕的做法，可以做出临时的面具来，有效期取决于天气热度和我出汗多少。

这两个体系的源头，我估计都是一致的，阿透习得这种技术的经历，可以写一个很长的故事。她说她只听说，祖师爷是在边关起家的，早年给富人修窟，做佛像。富人们有一个不成文的规定，就是希望佛像的脸像自己，祖师爷在捏脸上逐渐展现出了天赋。打造佛像之前，要先做好准备，因为没有那么多材料可以用来做模具，所以起先是绷纸人做脸的模具，人皮面具由此开始成形。后来祖师爷家里有亲戚犯事，要出关，他铤而走险做了一张纸面具给亲戚贴在脸上，竟然真的混出去了。祖师爷自此名气渐大，就不做佛像了，光做送罪人出关的面具生意。后来材料改良，渐渐成了一门特殊的手艺。

这个手艺在当时只传外姓，不传本家，只为流传，子孙后代是不能连续两代做这个的。据说因为这个面具，阎王爷经常收错人，怪罪了下来，所以这一行人都命短。我想是因为这一行被灭口的概率太大，所以很多人不得善终。

张家的面具，用的应该就是这种古法，阿透的技术则是后来经过很多人改良过的。这项技术后来被应用在整容医学里，已经是一项非常专业的现代技术了。

在张家的面具里，有一个流派不得不说，就是张海琪下属的南洋档案馆的一支，他们有一个脏面的传统。南洋档案馆进行除恶、暗杀、突袭时，每个人会戴着自己设计的面具，这种面具不像人皮面具是用来伪装的，它只是用来遮掩面部和恐吓对手，我曾在南洋收藏过一个。这种面具制作非常精良，一般都是由制作者心中最恐惧的形象演变而来，目的是第一时间让被袭击者心里产生恐惧，所以样子都异常可怕。张海盐的脏面是一条蛇状的脸，非常逼真，戴着如同蛇头人一样。他还收集了很多其他人的脏面，让我印象最深刻的是一只鸟的面具，不知道是谁做的。从这张面具上我明白了绘画的妙处，原来一个恐惧鸟的人心中的鸟脸，和我们正常人看到的，是完全不同的。

那张脸恐怖得令人发指。

所以恐惧来源于内心，而不是具体的现实存在，你的大脑会把很多东西塑造得十分可怖和邪恶，远超你眼睛所看到的。

张起灵也有脏面，是张海盐为他做的，据说是一张没有五官的面具，看着犹如一个黑洞。张海盐说是只有混沌才能配得上族长，但我从未看他戴过。对于我来说，张起灵的脏面就是张秃子，他最害怕的应该是掉头发吧。

脏面蕴含着民俗美学，制作既精美，又有实用价值，是一种极其珍贵的艺术品。制作脏面需要很长时间，有时候甚至长达一生，脏面都在不停地被完善、丰富、修补。有些人一生有多个脏面，分成不同色系，可以搭配着衣服佩戴。我有一段时间深深着迷于这种面具。

接下来有机会，我会深入收集这方面的资料，收集一千个和面具有关的故事。

有一些人面，有一些脏面。统称为：千面。

引子二 阿透

解雨臣其人，时常想来，不知道该怎么去描述他。

大部分人无法感知解雨臣的情绪，我是可以感知到的，但十分轻微，这大概是从小相识，也熟悉老九门家族风格的缘故。

但这种感知又没有用，因为解雨臣的行为处事，和自己的情绪毫无关系。

有时候我觉得他是一个由很多原则堆砌而成的人。

人过于聪明就会变成这样，当时黑眼镜晃着解雨臣的肩膀这样和我说，把他摇晃得脑袋似乎都要掉下来了。

如果非要形容的话，解雨臣就是一个在大家狂欢烂醉之后，还能够拔掉所有电器的插头、拉掉电闸、检查煤气开关，然后把所有人一一送回家的人。

他也喝了不少酒，但是绝不会在人间沉醉。

他的活动范围比我大很多，我算是一个“国内蹲”，但他因为业务广泛，世界各地到处飞。也不像黑眼镜只在东南亚晃荡，他什么地方都去。

关于他的故事在业内有很多传说，因为多是在各种地界发生的，所以听上去都比较炫。

我和胖子听到这种传说，大多会呈现痴呆状，因为故事太离奇，无法共情。

他身边的人也都非常怪。

我称呼他们为旁观者联盟，因为所有人似乎都有种向死而生、疏离于人世的气质。如果把他团队里的人在我面前一字排开，就像是一群神仙在看我这个凡人的感觉。

阿透是怪中之怪。

童年的时候，阿透遭遇过严重的烧伤事故，做了植皮手术，植的皮肤来历成谜，而且上面布满了文身，所以阿透的双臂是一双花臂。

因为不喜欢上面文身的表现形式，阿透去学了美术，并且不停地完善文身。

花臂上的文身，有着一股特殊的气质。它一定来自一个非常特别的人，她不停地修改，就是希望自己的气息，能够压过这个人的气息。

她人生中最大的谜题，就是这双花臂的主人是谁。

在她十七岁的时候，她收到了一张纸条，就贴在她房间的窗户上。

她的房间在三楼，显然是有人爬到了她的窗口，贴上了那张纸条。

上面的文字是：

照顾好我的手，我未来会回来取。

能看得出来这明显是女孩子的字，那么她手臂上的皮肤，大概是这个女孩子的。当时她就明白了，给她皮肤的人，并没有死。

那对方为什么会在活着的情况下给自己捐献皮肤呢?

这里面应该隐藏了一个十分悲惨的故事。

阿透从此开始了寻找此人的旅途。

她和另外一个女孩的故事，我也是从她们的只言片语中一点一点拼凑出来的。而阿透也非常肯定一件事情：那个女孩就在她的附近，一直在注视着她。

她不愿意欠别人人情。

这双手上的皮肤，还给你。

她在自己的窗户上贴回了一张纸条，但是再也没有人回应。

第一章 甲方

这是十年前的事了，故事要慢慢讲。

阿透在看到那栋别墅的时候，是憧憬过有钱人的生活的。

这么大的地方，打扫起来应该非常累吧，不过，有钱人应该不会担心这个。阿透觉得自己很好笑，有钱人还会自己打扫别墅吗？估计会有很多清洁工，也许还有园丁什么的。

阿透决定恢复淡定。

别墅是新盖的。阿透知道这个老板名下有很多老建筑，似乎他有收集老建筑的习惯。姓谢还是姓解，她记不清楚了。老板是做古董生意的，年纪不大，应该是继承的产业。她多少知道一些所谓的“新贵”，这个年纪能这么有钱的，得涉足互联网行业才行。古董行业看天吃饭，又是资金密集型产业，不太可能少年暴富。就算是少年天才，也得真刀真枪有入市的第一桶金。

进入别墅，她的甲方和别墅的主人都在客厅里等她。她的甲方也是她的委托人，同时还是这个别墅主人的秘书之一。那是一个三十七八岁的女人，她们认识有一段时间了，但那是另外一个故事，和今天的故事关系不大。

别墅的主人穿着一件粉红色的衬衫。

看到他，阿透心里想，好看，颜色驾驭得不错。主要是，这张脸有点东西。

三个人坐下来，阿透就把手里的合同递了过去：“喏，实际业务，工商部门是不认可的，所以我写了顾问费，房屋装修顾问。如果没问题，签了合同我就开始干活了。”

解老板看了看甲方说：“她行不行？那么贵。”

“绝对可以。”

得到了甲方的肯定，解老板很快签下了名字。阿透掏出画板说道：“好了，先说好，我只能根据你们的描述画出那个人，你们描述得越精确，就越不浪费时间。我没有开天眼，没法猜你们见到的那个人长什么样。”

阿透有非常多能力，大多集中在美术方面，尤其是笔头功夫。通过别人的描述，速写出一张脸来，是她的众多能力之一。对，就是很多警匪片里，刑侦技术人员根据受害者口述，完成凶手画像的那种能力。只不过她是民间的。

这个解老板不知道想完成谁的画像，只有一面之缘的梦中情人？没有照片的多年之前的初恋？生意上的诈骗犯？无所谓，阿透不关心的，这种小活能够赚四万块，她很满足了。

“来吧。”阿透拿起铅笔，草草地打了一个人像的轮廓。

解老板看了看手表，对阿透说：“时间还没有到，我先和你说一下接下来工作的来龙去脉，可以吗？”

阿透点头，你是老板。

她注意到解老板的脖子上有一块湿疹，看起来皮肤状态不太好。

她胡思乱想着，压根不在乎解老板之后会说什么，这项工作其实不需要前因后果，但很多人有倾诉欲，很多人要整理自己的思路，她都可以理解。吧啦吧啦……随便他说什么，她可以放空，继续看这张脸。就凭这张脸，她甚至可以打五折接这个活。

“我不会和你说细节，比如告诉你眉毛是什么样之类的，这次不是这么来工作的，可能和你以往的工作方式不同。”解老板说道，“等一下你得自己看，看了之后画下来。”

“看什么？”阿透愣了一下。

“看你要画的那个东西。”解老板说。

阿透第一次有点疑惑，想了几秒：“你是说，等一下我要画的那个人，会到这里来？”

解老板点头。

阿透就笑了：“我对着他画？你以为我是街头画游客素描的？来自有钱人的误解？”

阿透觉得有点被侮辱了。不行，这张脸也架不住让她这么去赚这四万块。她看了看甲方，甲方应该也不知道自己的老板会来这么一出，她们认识这么久，甲方还是挺了解自己的。她没有立即走，是给甲方一个面子。

甲方没有说话，阿透发现甲方似乎有一些害怕。

解老板继续说：“这个房子不是老宅子，却存在一个按道理来说不应该发生的现象。我就实话实说了吧，每天晚上八点到十二点，这里的镇上都会断电，原因不清楚。在这四个小时里，会不定时地来电，不定时地断电。”

阿透不知道解老板想说什么，但她觉得浑身有些发凉。

“断电和来电的频率非常高，有时候，刚断电几分钟就会立即来电，一秒之后，又会断电。”

“嗯。”

“这几天，我都是一个人在这里办公。因为别墅靠海，所以周围没有其他照明，断电之后，四周一片漆黑，我就会坐在原地，等供电恢复。这几天，每一天都有断电、恢复、立即又断电的情况，灯会亮起一秒钟然后再次熄灭。”

“嗯。”

“那一秒钟时间，在灯光闪烁的瞬间，好几次我都看到这个房子里有一个人。”

“告辞。”阿透浑身的鸡皮疙瘩都起来了，她站起来就要走。

神经病啊，叫我来画鬼？！收你四万块，要我来画鬼，我宁可去画城市宣传画。

“我确定当时别墅里只有我一个人，等后来灯亮的时间长一些，我几次找遍别墅，都找不到那个人。那个人，只有在反复断电的那几秒里，才会出现。”

阿透说道：“解老板，你脑子不正常不要扯上我，玩笑不是这么开的。”

解老板看了看手表，也不去拦她。他讲的时候很平静，不像是在开玩笑。阿透来到门边，这时候，灯一下子灭了，阿透听到空调哑火的声音。

一座房子里有电器运转，会在环境里产生轻微的噪声。平时我们待着待着会焦虑，就是因为这些声音。长期处于这种环境中，我们其实已经适应了，听不出来了，但它确实存在，让人烦躁。

断电的瞬间，你才会感受到真正的安静，它一下子直逼过来，将你淹没。

“八点了。”解老板说道，“你没仔细看合同，你不能中断服务。我们在外面的车上等你，请你务必画下那个东西的脸。如果成功了，除了四万块奉上，我还能告诉你，你在找的那个人的消息。”

手机灯光亮起，解老板和甲方站起来，甲方率先跑了出去，解老板用手机照了照阿透。阿透脸色惨白，浑身冰冷，想大叫跑路，但心中另外一股欲望，把她死死地按在了椅子上。

她确实在找一个人，找了很久都没有找到。

她看了看四周，别墅里一片漆黑。这里怎么这么黑啊？别墅那么大，一个人住不害怕吗？她心说。

黑暗中，冰冷的气息袭来。

第二章 停电

解老板很快就走远了。现在，除了外面的月色透进来的一点点光，整个房间一片漆黑。阿透浑身瞬间起满了鸡皮疙瘩。

其实，一开始的几秒钟她还是有点蒙的，不明白为什么就剩她一个人了。在她意识到这个房子里只有她一个人的时候，强烈的恐惧如潮水一般涌来，她差点失控冲出去。

接着她想到这会不会是一个恶作剧，解老板他们上车就走了，她被留在了这里。

这个别墅离市区太远了，她肯定打不到车，公交车站也不知道在哪里。

灯呢？如果来电了，灯是双向开关，还得找到开关才能再次打开。哦，不过别墅的灯控应该不会那么“弱智”吧。

还有，解老板怎么知道自己在找人，似乎还知道在找的是什么人？

这件事情自己没对几个人说过，或者说，一直是自己亲力亲为在找。也不可能是甲方说的，她和甲方的关系没有好到分享这件事的程度。

自己找了那个人很久，一直没有消息，但是否值得为此在这里画鬼呢？毕竟自己找那个人只是出于兴趣和好奇。

她正想着，黑暗中忽然传出塑料袋被动了一下的声音。突如其来的声音，把阿透吓得几乎从椅子上跳起来。

她掏出手机，按亮屏幕，照向声音传来的方向，什么都没有。

客厅呈正方形，非常大，中间放着一张大长桌子，是能容纳十几个人聚餐的那种西餐桌，左边是开放式厨房，还有一个吧台，那是吃早餐的地方。靠墙是西厨设备和步入式冰箱，右边是一个下沉式的会客空间，里面有一台大电视和很多书架。

声音从开放式厨房那个方向传来，在手机微弱的光线下，阿透看到那边有很多塑料袋，都放在吧台上，里面应该是食材。

那个解老板说这几天他都住在这里，他是自己做饭？还挺禁欲的。不，不，应该有保姆，这些应该都是保姆买的菜。看他的手应该做不了饭。

自己是什么时候注意到他的手的？

不对，蔬菜为什么没有放进冰箱里？是水果吗？

到底在胡思乱想些什么！

阿透深吸了一口气，竭力让自己冷静下来。这时——

“啪”一声，“嘀”一声。

虽然声音不算大，但还是把她吓了一跳。

电力恢复了，空调开始运作，所有的灯瞬间点亮，强烈的亮光让阿透几乎睁不开眼睛。

好在她连黑暗都没有适应，所以没有目眩的感觉。整个空间变得亮堂起来，客厅的灯光是暖色调的，刚刚的阴霾一扫而空。

这客厅真大——再次看清客厅，阿透还是同样感叹，顿觉自己好没有出息。

客厅里没有任何怪物或者鬼魂出现，还是之前的样子。她目光扫过所有的角落，扫了两遍，什么都没有。

她松了口气，看了看门外，外面一片漆黑，看着有点恐怖，但强烈的照明光流让她觉得这个屋子很安全。

她镇定了一会儿，走到开放式厨房那里。有一个塑料袋掉到了地上，她捡了起来，里面是泡面。

她又看了看其他袋子，还是泡面。

这怎么行，没有营养。阿透叹气，男人多有钱都一样，呵。

还没接着往下想，“嘀”一声，所有的灯又灭了。阿透吓得手脚慌乱起来，很多塑料袋被她碰到了地上。她贴在冰箱上，大气都不敢出。

这个角落比刚才那个角落更加糟糕。刚才那个角落还有外面的月光，这个角落，因为靠近客厅的边角，什么光线都没有，绝对黑暗。

没等她反应过来，电力又恢复了，客厅又亮了起来，这个电力故障和抽筋似的，她心中暗骂。

接着下一秒钟，灯又灭了。阿透此时已经决定放弃了：算了，不找那个人了，甲方的关系也不好使了，四万块也不要了，没有车回去也没关系，自己在路上拦车。

再待下去要窒息了。

黑了有三分钟左右，阿透已经开始往门口摸去，灯又亮了。这一次是闪亮，只亮了一瞬。就在那一瞬间里，阿透看到，在自己面前大概一臂远的吧台上，站着一个人。

她在那一瞬间里，以自己艺术写生的习惯，直接抬头看向这个人的头部。

瞬间，她感知到这个人超出了常理的高，起码得有两米，所以他站在吧台上，高得脸都看不清楚了，显得更不像人类。

客厅里瞬间又陷入了黑暗，眼前什么也看不到了。

阿透之前完全没有想过，解老板说的事情会是真的。以前听鬼故事，虽然很吓人，但从来也没有见过鬼。

这是其一。

其二是，它怎么会离自己那么近，竟然在自己面前一伸手就能够触摸到的地方？

其三，它竟然会站在吧台上，这也太吓人了吧。

阿透无法抑制地尖叫起来，心说："千万别再来电了。"可话没说完，灯就亮了，她看到那个东西竟俯下身子来看她。

阿透赶紧拉开冰箱，将里面的隔断扯出来，自己躲了进去。

第三章 邪物

冰箱是真的大，大到能走进走出。她扯掉一边的隔断躲进去，皮肤贴着冰箱内壁，冷气也让她逐渐冷静了下来，她开始回忆刚才发生的事情。

——在灯光闪烁的瞬间，这栋别墅里多出来一个东西，似人非人。

冰箱里非常黑，外面似乎又断电了，她动也不敢动，生怕那东西会瞬间移动。或者，那东西现在已经在冰箱里了，就在她脸边贴着。

不对，黑暗里似乎确实有东西，就在她身边。她用力地把自己贴近冰箱内壁。

“嗡”一声，冰箱的压缩机启动了，又来电了。外面的灯全亮了，有光射进来，阿透愣了一下，立即就意识到，自己刚才没有把冰箱门关严。

光从门缝中射进来，她用余光能感觉到，缝隙的外面站着一个东西，那东西正瞄着缝隙。阿透尖叫起来，同时冰箱门被人从外面打开，冰箱灯亮起，光线完全照射进来。

是解老板，他就站在外面。

阿透继续尖叫，把能抓到的东西都丢了过去，解老板单手都接住了，说道：“请从我的冰箱里出来，你踩的东西是我朋友送我的调料，这东西我自己调不来的。”

阿透看了看自己的屁股下面，又是一堆塑料袋。他说的调料，是黑松露吗？她赶紧抬起屁股，黑松露可是非常昂贵的。她拿起来一包，发现是某种腌菜。

“方便面配料？”

解老板进来把她提起来放到一旁，开始把隔断插回去，接着整理冰箱。阿透大叫：“真的有个人！”

“我已经见过好几次了。”解老板把东西全部整理整齐后，将阿透拉出冰箱。

阿透看了看吧台，上面已经没有人了。电力供应好像稳定了，但是她仍旧不敢靠近吧台。

“放心，今晚不会再断电了，断电断得很规律。”解老板走出来，把衬衫挽起来，开始洗手，“你可以开始画了。”

“你们、你们为什么要出去，留我一个人？”阿透看到甲方也回来了。她脸色煞白，看着自己，一脸又抱歉但又不想待在这里的表情。

“超过两个人在，这东西就不会出现了。”解老板说道，“这别墅是别人抵债抵给我的，我暂时用来避开北京那边的事情，没想到会出现这种问题。”

说着他把画板和笔递给阿透：“听说你对人脸过目不忘，请吧。”

阿透绕过吧台，吧台上没有人站过的痕迹，她回到桌子边坐下，有另外两个人在这里，感觉好多了。她看着画板，觉得这事情很荒谬，但是她现在不敢一个人回去。

解老板非常娴熟地给她泡了一杯热咖啡。

“等一下，你说你能帮我找到人，你怎么知道我在找人？”她忽然想起这事来。

“有些人不能乱找，你虽然找不到他，但是他立即会知道你在找他。他会先对你好奇，再来观察你、试探你。如果你居心不良，也许他会在你找到他之前，就对你做点什么。”

解老板说道：“据我所知，你要找的那个人，也一直在观察你。我猜想，你是因为任性，觉得自己能够面对世界上的各种挑战，在毫无敬畏的好奇心驱使下，才去找这个人的。但是你有没有想过，他可能会对你不利？”

“我和你要找的人有业务联系，我可以帮你。当然我也有自己的目的，你得先帮我——”解老板敲了敲画板。

阿透妥协了，拿过画板，闭上眼睛，开始回忆之前的那个瞬间。

她能回忆起来，她有一种特殊的能力，就算当时没有看清，事后也可以在脑子里还原出当时那个瞬间，然后再次仔细观察。

她画了几笔，诧异地发现，那是一张普通的男人的脸。

没有任何特别之处，是人的脸。她对于人脸是有充分研究的，这张脸属于亚洲汉族，三十多岁，很普通。她很快画了下来，细节更多了，是南方的汉族，颧骨有点高。

这比鬼脸还吓人。

这人是谁?

显然解老板他们也不认识，阿透画完之后，他拍了一张照片，输入网上的人像识别系统。系统搜索图标转了半天圈圈，啥也没搜出来。

“你没有耍我吧？”解老板问，“这看上去是一个潮汕的渔民。”

阿透摇头。她仔细回忆，忽然抬头，指着房顶上的一个方位：“它出现的时候，并不是只有它一个，还有另外一个东西挂在那儿。”

别墅的挑高非常高，房顶有点像东南亚的茅草屋酒店的顶，上面装有灯组。

阿透指的地方是房梁，在这个角度看不出来什么。但在她的记忆里，灯光亮起的瞬间，房梁上还吊着一个东西。

解雨臣上梁查看，什么都没有。

第四章 三张画

阿透最终把当时的各种细节都画了出来，一张画纸都不够，一共画了三张画。

解老板看着三张画，陷入了沉思。阿透不知道他到底在想什么。

过了一会儿，解老板把三张画卷起来，对阿透和甲方道："我送你们回去吧。"

在路上，阿透知道了这位解老板名叫解雨臣，是开古董典当行的。

阿透坐在副驾驶座上，对解雨臣说道："你打算怎么办？这么大一房子闹鬼，租售都不太方便吧？放心，我口风紧，你赶紧出手。"

"这不是闹鬼。"解老板说道，"这栋房子里有一部分木头是用老船的龙骨做的。盖这栋房子的人，喜欢修旧如旧那一套东西。长条形的老木料，现在只有去南方海边买老船、拆龙骨，才能找到最好的。船这种东西，是有灵性的，这种现象可能和老船的材料有关。"

"那我们看到的是什么？"

"不知道，这个得专业人士才能判断。"解老板沉默了一会儿，接着说，"最奇怪的是房梁上还吊着东西。"

阿透也没追问，觉得越问越害怕，不如不知道算了。今晚估计不太好睡，明天还要早起，睡不着就完蛋了。

解老板转身对身后的甲方说道：“把我的手机号留给阿透，她如果有什么事，可以直接找我。”

甲方应了一声，阿透就愣住了：“什么事，我能发生什么事？”

“万一呢？你已经看见房间里的东西了，也许会沾上什么东西。”

阿透的心吊了起来，惊恐地看着解老板，心说：你为什么要说这个？你是恶趣味想吓唬我吗？我就……真的一定会被吓唬到的！

接下来的一路，阿透脑子里就全是那句话——也许会沾上什么东西，她一下子连后视镜都不敢看了，生怕有什么东西真的跟着来了。

她住在一个艺术区的厂房里，自己一个人在这里开美术工作室。她把厂房隔出来二层，层高不足两米，楼上作睡觉的地方。这个艺术区里其实住了不少人，但是她性格孤僻，谁都不认识。

走进厂房的时候，到账短信就到了。她看了看数字，叹了口气。

面前的厂房一片漆黑，她把灯按亮，今晚估计要全程开灯睡了。厕所在楼下，最好不要喝太多水吧。

厂房是她熟悉的环境，她看着自己的作品——都是一些版画和油画，还是心安的。

“丁丁！”她叫了一声，一只猫从一边的废纸堆里探出头来，看着她，这是一只大缅因。

丁丁非常黏人，阿透心里一暖。“丁丁会保护我的。”她心里说，在我睡着的时候，丁丁是一只神兽，会穿上靴子保护我。

呵呵呵，要是猫靠得住，男人也就靠得住了，阿透转瞬又朝自己翻了个白眼，几岁了。

这个时候，她忽然发现丁丁没有像往常一样过来黏她，而是在原地看着她。

不，不是看着她，是看着她身后的位置。而且，头慢慢地抬高，似乎她身后有什么非常高的东西。

阿透太了解自己的猫了，她瞬间僵在原地。但长期的独居生活让她有一种勇于面对的果敢，她立即回头。

身后什么都没有。

阿透看着面前空无一物的空气，再回头看猫，猫还是看着那个位置，没有看她。

她冲过去抱起猫，冲上楼，躲进了自己的被窝里。

解雨臣并没有走多远，他将车开出厂区后，就在一个路灯下停了下来。

后面的甲方也开了窗，点燃了一根烟。

解雨臣问她："你看得怎么样，这个人？"

甲方顺手用指甲去剥自己的下巴，很快就剥出了一个裂口，然后顺势把脸上的人皮面具撕了下来。

面具后是一张二十七八岁的女人的脸，不是甲方，比甲方要漂亮很多。

"似乎是个普通人。不过她没说想找我做什么，我还想再观察一下。"

"你还挺上心的。干脆别再见了，我帮你打发掉。"

"你是想留着自己用吧？"

"和你比起来，我这算正当生意吧。你知道的，我这里有朋友正面临一场大变革，正是用人之际。"

"吴家的事和我没有关系。"女人说道，"这个女孩子，我不会留给你的，我和她的渊源，比你想得要深。"

说着，那女人探身从解雨臣的手里把三张素描画拿了过来。

"我需要这三张画。我有种直觉，要想处理掉那个房子的问题，事情还是比较棘手的。"解老板说道，"而且，我付了钱的。"

"我来帮你解决。我需要一个理由，和这个女孩子相处。"女人下了车，脱掉高跟鞋，一手拎着鞋，一手捏着烟，往阿透家走去。

第五章 梁烟烟

阿透抱着猫躲在被子里，瑟瑟发抖。

她有种强烈的直觉，有东西进入了她的房子，虽然她看不见那个东西。

阿透是相信自己的直觉的，她认为这来自她熟悉的环境的细微改变，虽然很难被直接发现，但会引起人的不适感。人一旦感觉不舒服，肯定是哪里出问题了。

她太熟悉自己的猫了，它表现出来的状态是：有东西跟着她进入了这间屋子。

猫在被窝里被捂得很难受，她一不留神，猫就跑了。她抓了一下没抓住，也不敢出被窝，只能蜷缩得更紧，然后就听到猫落地后在地毯上磨爪子的声音。

阿透凝神静气，强迫自己冷静下来。被窝是软的，但她仍旧觉得芒刺在背。

很快她就发现不太对劲，猫又跳上了床垫，能感觉到猫在床垫上走动，但是，地毯上磨爪子的声音并没有停下来。

阿透的冷汗一下就下来了，这一次是彻彻底底的冷汗。

猫在她身边偶尔走动一下，磨爪子的声音也偶尔在地毯上出现一下。

很快，阿透意识到，磨爪子的是猫！声音很熟悉。这只猫最近几天，一直想抓那块地毯，自己不知道阻止了多少次。

那就是最糟糕的情况了——床上，自己身边，那个踩在床垫上的东西是什么？

正想着，忽然，边上的东西一下子靠近了她，“猫脚”踩到了她的手边，她的手隔着被子被踩了一下。接着，她感觉到被子被掀起了一条缝隙，有东西想要钻进来。

阿透汗毛直立，立即伸手扯住被子，把自己完全裹成一团。瞬间，床垫上的重量消失了，猫也不磨爪子了，四周恢复了死寂。

阿透冒着冷汗在被子里捂着，整个人开始发蒙，身上所有的感官都打开来，一分钟过得像是几个小时一样。

在这种煎熬之下，四周的黑暗慢慢变成了一个宇宙般的空洞。虽然身上有被子，但是自己的感官却似乎可以感知到周边的空间，她能察觉到有一个高大的东西，正站在床头俯视着她。

这种恍惚感，最终被门铃声打断了。

阿透瞬间从恍惚状态下恢复过来，没等恐惧重新袭来，她本能地一下掀开了被子。

突然，四周一片漆黑。断电了？她管不了了，凭着自己身体的条件反射，摸黑直接冲下了楼。

她猛地拉开门，外面路灯的灯光射过来，照出了门口的剪影——是个女人，提着高跟鞋。

“怎么不开灯？”那女人说道，“把灯打开。”说完，那女人吐了一口烟。

阿透就觉得有一股气——阳气，顺着烟直逼进房间，自己身上的鸡皮疙瘩全被压了下去。接着，整个厂房的灯也全部闪烁着亮了起来。

阿透呆立在当场。

女人穿着衬衫和包臀裙，外面披着短风衣，头发扎了起来。如果是平时，阿透能发现她的穿着和甲方一样，但此时她吓坏了。女人推开她走进去，看了看房子，又回头看了看她的花臂。

“你是谁？”阿透语无伦次。

女人把高跟鞋和脱下来的衣服放在一楼的沙发上：“我叫梁烟烟，解雨臣叫我来救你。”

阿透刚想说话，梁烟烟做了一个手势：“别动，别回头。”说着，她解开了自己衬衫领口的几个扣子，衣服领口一松，阿透就看到她的后背上也有文身，虽然只露出来一点点。

第六章　羁绊

解雨臣回到别墅，在门口看了看客厅，里面的灯还亮着。他不是不怕鬼，只是知道比鬼更可怕的是人心，他经历得多了，有时候更愿意处理那些不是人为的问题。他坐到院子里的躺椅上，戴上耳机，拨通了电话。

对面的人接通电话，电话里传来了开啤酒的声音。

“年纪一大把了，不怕痛风吗？”解雨臣问道。

“是苏打水。”对面就笑，是黑眼镜。

“应该查出结果了吧。”

“梁烟烟吗？外号叫作裁缝，你今天见到她长什么样子了？”

“二十七八岁，不难看。”

“哦，和我两个月前见她差不多，这应该不是她本来的脸，最近她基本都会用这张脸。但据说，大概每半年她就会换个样子——她有独门化妆技术，能改变相貌。很少见她主动找人，她找你，你很紧张吗？要继续查她的底吗？”

解雨臣忽略对面的调侃，说：“我一开始以为她对我有什么企图，现在我觉得不是，她是真的有事找我帮忙。”

“我看她又是医生，又是化妆师，又是个那种人，你看人准，你觉得她为什么要弄那么多身份？”

“她有那么多张脸，可以体验不同的社会生活，很正常，有一些人喜欢体验各种人生。她也很聪明，化妆、整容医生本质上是一种工作性质，她又经常替九门里的人动脸，对于那些奇奇怪怪、神神鬼鬼的事情或多或少都有了解，我觉得她有更多的职业都很正常。”

“听上去类似于女版的你。”

“嗯，我是被迫的，她是自己喜欢这种生活。”

“你要招揽她吗?”

“我对她没兴趣，我对另外一个人有兴趣。”解雨臣说。

“阿透吗？普通人。”

“看梁烟烟对她的态度，我觉得她不像普通人，你是不是偷懒了？”

“她们之间有很深的羁绊，我觉得你插不进去。”黑眼镜无奈地回答，见解雨臣没有回应，只好继续说道，“梁烟烟十六岁的时候——大概是十六岁，遭遇了大型火灾。那场火灾造成了六十个人死亡，整个厂区都烧完了。她烟雾中毒，被宣布死亡。阿透的父母当时也在那个厂里支边，发生火灾的时候，阿透才七八岁，双手皮肤全部被烧伤。当时阿透的爷爷奶奶权力很大，就逼迫梁烟烟的父母，捐献了梁烟烟的背部皮肤，给阿透进行植皮。”

“嗯？”

“听我说完。”黑眼镜喝了一口啤酒，“当时梁烟烟的背上有整片文身，也同时被移植给了阿透。后来梁烟烟在停尸房里活了过来，原来当时她的死亡是误诊。为了掩盖这件事情，发生了一连串冲突，但事情已经变成这样了，梁烟烟他们家只能息事宁人。”

两人沉默了几分钟。

“哇哦，上帝真是个好编剧。”解雨臣调侃。

“梁烟烟对阿透有特殊的感情，是很正常的。这个羁绊你插得进去吗?你还是去插手吴家的事吧，那个比较适合你。”

“所以，这姑娘的大花臂是意外给的。”

“是的，她后来嫌文身不够好看，自己学了美术，又做了加工。加工文身很难，她不停钻研，就成了这一行很有名的人。”

“阿透知道植皮的事儿吗？”解雨臣继续发问。

“植皮的事情发生在她七八岁的时候，她昏迷之后再醒来，事情已经全都解决了，所以具体发生了什么，阿透可能是不知道的。”

“你觉得梁烟烟有没有可能是想把自己的皮拿回来？”解雨臣问道。即使是给七八岁的小女孩的手臂植皮，所需面积不大，但在背上取皮，一定也是惨不忍睹的。当时梁烟烟才十几岁，她一定恨透了自己的人生。

“我——不知道。”黑眼镜老实回答，“有研究表明，器官移植的捐献者对于被捐献者，都会产生特殊的感情，你可以去研究一下。怎么，你对阿透有兴趣？”

“我需要她这么一个人，帮我完成一些事情。”

黑眼镜就笑了：“资本家。”

解雨臣挂了电话，露出了很感兴趣的表情。

另一边，阿透的房间。

“解老板推荐你过来，我得问个价。我小本生意，请不起大神。”阿透冷静下来，对梁烟烟说道。

梁烟烟看了看她的作品：“解雨臣已经付过钱了，你不用给钱，给一张画就行。”

“啊，要画什么？”阿透松了口气，但也很意外。

“我想好后告诉你，你先告诉我，我这几天睡哪儿？”说着，梁烟烟拿出阿透刚才在别墅里画的素描，指了指画中的房梁和吊着的那个东西，“然后我有正事要和你说。”

第七章 猫

阿透给梁烟烟安排妥当，心里终于舒坦了起来，她自己睡楼下沙发，让梁烟烟睡楼上的床。不是阿透客气，是那个床她实在是不太敢睡了。

不知道为什么，梁烟烟进来之后，阿透就感觉房间恢复了正常，梁烟烟像是驱魔驱鬼的法师一样。猫虽然还在二楼，但是她立即就觉得，房间里的那个东西不见了。

但她仍旧不敢上去二楼。

二人坐在一楼的沙发上。梁烟烟人如其名，进来之后一根接一根地抽烟，两个人不知道抽了多少。梁烟烟指着阿透的画问道："你只看了一秒钟，就能记住那么多细节？"

"这其实不难，很多画画的人都可以做到。普通人不画画，所以他们不记忆空间结构和线条，但是我们习惯了。"

"这能持续多久？"

"如果没有新的和绘画有关的工作进来，可以一直记着。但如果要画一个其他东西，你投入进去了，这些信息都会忘记。"

梁烟烟似信非信。

看梁烟烟陷入了沉默，阿透不知道她在想什么，就小声问道："跟着我的是什么东西？它还在不在？今晚咱们能完事吗？"

“那东西未必是鬼。放心，我会陪你一段时间。”

“那会是什么？”阿透看向自己的画，画上那个两米多高的奇怪的人，似乎正从画里看着她。

梁烟烟又忍不住看向她手臂上露出的文身，漫不经心地说道：“1924年，德国波尔卡诺小镇旅店的阁楼房间327号房，有一个人上吊死亡。这个房间从1805年开始营业以来，已经有二十三个人在里面上吊，原因不明。似乎只要住进这个房间，就会被什么力量影响，寻求上吊死亡。而1924年的这次上吊事件发生的时候，327号房其实已经被改成了酒店的一个楼梯间，但是就在那个房间的原位置上，还是有一个人上吊自杀了。很多人都尝试查清楚这个位置到底发生了什么，但毫无结果。酒店在20世纪40年代被完全拆毁，327号房的砖被转卖到其他地方，散落在波尔卡诺镇附近的很多建筑物里。结果在20世纪40年代之后，波尔卡诺镇附近，上吊自杀的人数增长了四倍。”

“什么意思？”

“有时候会有力量影响你的脑子。327号房的那些砖是这样，别墅里的那根房梁也是这样，只不过有时候对你的影响是好的，有时候是要害你的。”

“其实有问题的是房梁？我听不懂。”阿透其实听懂了，但是她希望对方解释得再清楚点。

梁烟烟没有回答，而是皱起了眉头：“你养猫？”她看到了猫砂盆。

阿透点头，心说怎么又扯开了。

“你的猫呢，怎么没看见？”

“在二楼呢。”

梁烟烟回头看向二楼，正看到一个猫头从二楼的栏杆空隙探出来，盯着下面，她的脸色瞬间就变了。

看到自己的猫，阿透心里一软，对猫做了一个“过来”的动作，但是猫没有动，只是好奇地看着她们。

“它叫什么名字，应人吗？”梁烟烟问阿透。

“叫丁丁，叫它会有反应。”

“丁丁。”梁烟烟叫了一声猫的名字，丁丁还是没有动。

“你喜欢你的猫吗？”梁烟烟接着问。

“怎么了？我现在和它相依为命。”

“你的猫已经死了。”

阿透愣了一下，难以置信，再次看向丁丁，丁丁依旧一动不动，直勾勾地看着她们。阿透知道猫有一动不动地看着某个东西的能力，觉得梁烟烟是在开玩笑，她拍了一下手，想吸引丁丁的注意力。

丁丁还是没有动，阿透的冷汗就下来了，她开始意识到，猫的确不太对劲。

她想立即上楼去看丁丁到底怎么了，但被梁烟烟拉住了，梁烟烟说道：“来得比我想的要快。”

梁烟烟说完从边上扯了一个垃圾袋就往楼上走：“把头转过去。”

“它死了？丁丁真的死了？我得看看它。”

阿透非常想看，但梁烟烟在楼梯上转过头对她说：“你要看它的话，等一下我的头也会卡在栏杆里看着你。”阿透没听懂是什么意思，但显然梁烟烟不想让她跟上去。没等阿透回话，梁烟烟已经开始往上走了，阿透只好作罢。

很快，梁烟烟提着垃圾袋下来了，垃圾袋沉甸甸的。阿透这才看了一眼楼上，丁丁的头已经不在那里了。她又看向垃圾袋，脑子里一片空白。

梁烟烟吩咐她道：“把你的画架子拆了，我要在外面点一堆大火。”

火熊熊燃起，塑料袋瞬间化为一团溶胶，空气中弥漫着塑料被烧焦的味道。阿透蹲在很远的地方，梁烟烟没有让她靠近。冷风中，阿透逐渐清醒了过来。

因为没有办法确定猫的状态，所以她不知道自己是应该难过，还是应该疑惑。但阿透不是那种会在混乱中困顿很久的人，她深吸了几口气，给自己点上烟，就往屋子里走去。

梁烟烟有点好奇地看着她，她发现阿透的背没有刚才的蜷缩感了，已经完全舒展开来。

“性格上有点问题啊。”梁烟烟心里说，这样的女孩子，做事情比较冲动，但也难以被打败。

阿透走进房子里，梁烟烟也跟了进来。阿透要上楼，再次被梁烟烟拉住了。阿透抓住梁烟烟的手把她扯开，用了很大的力气。梁烟烟皱了一下眉，松开手，阿透就看到梁烟烟手上有了一道抓痕。

“对不起，但我得上去看看。我这个人只相信自己的眼睛。”阿透松开手。

“猫死了。”梁烟烟说道。

“你没让我看见。”

两人沉默了一会儿，梁烟烟带头上楼。

“好吧，你自己要上去看的。”梁烟烟说道，“这样，你跟着我，我们到楼梯一半的地方，你偷看一眼。”阿透点头。

阿透鼓起勇气往上走，跟着梁烟烟走到一半的地方，她们偷看了一下，发现二楼平台什么都没有。梁烟烟继续往上，回头看了她一眼，示意她在这里看看就可以了，但阿透还是快步跟了上去。

这一次梁烟烟没有拦她，到了平台上，发现上面确实什么都没有，她才松了口气。

就在这个时候，一楼的门被打开了，她回头看楼下，就看到梁烟烟走了进来，她愣了一下。

阿透非常迷惑，梁烟烟怎么刚进来？她怎么在下面？等等，那刚才和自己一起上来的是什么？

阿透忽然冒出一身冷汗，立即回头看向身后，就看到带着她上来的“梁烟烟”几乎就贴在她身后站着，个子变得很高很高。

第八章 对抗

阿透瞬间呆住了，她就这么看着那个奇长无比的人，长到脸都看不到。就在这个时候，她背后风起，梁烟烟直接从一楼翻上二楼，从栏杆外面抱住阿透，然后一个翻身，把阿透从二楼拽了出去。

两个人落在了一楼的沙发上。阿透感觉一阵天旋地转，刚回神，就看到那东西从二楼探下头来。它太长了，以至于头几乎探到了沙发的前面，脸也变回了阿透在别墅看到的那张男人的脸。

梁烟烟瞪着那东西，大喝了一声："滚！"阿透就感觉到一股热气从梁烟烟身上散发出来，瞬间那张脸就被冲散，消失了。

两个人躺在沙发上，不停地喘气，喘了很久，不适感才开始产生。阿透一身冷汗，梁烟烟则一身热汗。

阿透看着二楼："它呢？"

"还在上面。"

"我不行了，这里我待不下去了。"阿透爬起来。开什么玩笑，还在上面，这是鬼，是异形……会攻击，还有欺骗性，这谁受得了？自己连真实和假象都分不清楚了。

"它从别墅跟着你来到了这里，无论你走到哪里，它都会跟着你，你只有和我在一起才是最安全的。你再不听话，我就和解雨臣说，把你和我的合约解除了。”梁烟烟看到阿透手臂上戴着一圈皮筋，就顺手撸下来给自己扎上头发，她自己的刚刚断了。

“而且，我和你说，人生遇到了困难，最好待在离困难最近的地方，去对抗它、解决它。如果你远离了，你就不会如坐针毡，也就不会有压力去解决它。”

没有被困难经久折磨过的人不会有如此感悟，阿透想听梁烟烟的话，但是身体却很诚实，她的脑袋和身体朝向了不同的方向。

“七天时间，我会和你一起解决这件事情，你的生活会恢复正常。说不定我们会成为闺密，我会敲解雨臣一大笔钱，这么多好处，何乐不为。你刚才看到了，我在这里，你就是安全的，放心！”

想起刚才的画面，阿透觉得浑身发冷。她看看二楼又看看门口，虽然感觉非常不舒服，但她还是坐回到沙发上，然后掩面。

“猫呢？”

“猫真的死了。”

那些是真的？失去猫的痛苦、巨大的恐惧和无助感，让她哽咽起来。

梁烟烟没有打扰她，她靠着门，看着阿透，眼神最后还是停留在阿透手臂的文身上。

梁烟烟最终没有睡在二楼，而是睡在了一楼的沙发上。

两个人背对背挤在一起。阿透问梁烟烟："烟姐，你是法师吗？"

“我不是，至于我做什么工作，很难形容。”梁烟烟看着二楼的黑暗说。

“那你为什么那么厉害？”

“你在面试我吗？”

“不——不是。”

“睡吧。”梁烟烟说道，“晚上听见任何声音，都不要睁开眼睛，接着睡就没事了。”

这一晚，阿透不知道自己是怎么睡着的，梁烟烟的体温很高，她感觉有种能量一直笼罩着她，竟然让她睡得比平时还好。她醒过来的时候，梁烟烟还没有醒。阿透小心翼翼地坐起来，做了一番心理建设之后，才看向二楼。

外面的阳光射了进来，二楼似乎没有那么可怕了。

阳光下，她又看了看梁烟烟，这才发现梁烟烟长着一张妩媚而可爱的脸，一点也没有昨晚夜色下那种冰冷的气场了。

她想：吃饭吧。

不管有什么事，先吃饭再说。

第九章 文身

早餐是在外面吃的，有糖油饼和豆浆。

阿透喜欢到摊子上吃早餐，在家里吃，吃完还是犯困，在摊子上吃，有人气。早起的人那么多，吃完回去也精神了，可以开始工作了。

梁烟烟没有带其他衣服，就从阿透的衣服里挑了几件大一点的穿上，仍旧是有些小。阿透有很多款式的皮衣，梁烟烟穿着很好看。

早上起来时，两个人随便在镜子前化了一下妆，梁烟烟只是在脸上随意描了几笔，就没有昨天晚上卸了妆之后显得那么可爱了。

“你很会化妆。”吃早饭的时候，阿透对梁烟烟说道。

“你觉得这是化妆？”梁烟烟看着一次性筷子，非常仔细，确定没有什么污迹之后，才下筷子夹了一个小笼包。

“嗯，简单几笔就改变了你整个气质，我觉得好厉害。”

“其实要改变状态，光靠描描画画是不够的，还要靠整体的修整，甚至对身体的修整。”梁烟烟看着阿透，忽然做了一个可爱的表情，然后又做了一个很男性化的表情，接着又做了一个衰弱的表情。

她表现得惟妙惟肖，阿透都看呆了。

“你其实是演员？”

“你觉得是控制脸部导致的变化，让我变成了不同气质的人，但事实上，我身体的所有细节都改变了，所以你才会觉得没有破绽。”梁烟烟说道，她吃了一个包子就不吃了，“不干净。”

“早餐店，你觉得能干净到哪儿去。”阿透继续吃，“你学过表演吗？”

“我不是演员，我做的事情比这些要难得多，也危险得多。”梁烟烟点上烟，看着边上人来人往的街道。

两个人都沉默下来。

阿透把两个糖油饼、一屉小笼包、一根油条、一杯豆浆全部吃完后，满足地伸了个懒腰。

梁烟烟突然问道：“你身上的文身是从哪儿来的？”

“啊？”阿透说道，“我自己文的，怎么，你不喜欢不良少女？从气质上来说，你有比我好吗？你也有文身啊。”

“文身的主要心理暗示是宣誓自己身体的主权，有文身的人是想告诉所有人，她的身体是属于她自己的。在中国的传统家庭里，很多孩子只有通过这一条路，才能向父母宣告自己的自由意志。”梁烟烟说道，“我看你刚才还在装可爱，行为和这个理论不匹配。我文身，因为我就是这么一个孩子。你呢？”

“我啊，我就是单纯地觉得好看。”阿透说道。她手上的文身，故事很复杂，她不想提及。

梁烟烟笑了笑，忽然问道：“你喜欢在人体上绘画，化妆、文身都是重塑人体的过程，包括肢体控制。你似乎对此很感兴趣，想学吗？有空我可以教你。”

“你怎么看出来的？”

“我在你家里看过你的作品，你在油画布上画的那些作品，远没有你文在手上的生动。你画在素描本上的自己，也不是你自己，上面修正了很多地方，而且涉及各种可能性，说明你不喜欢做自己，而是喜欢做别人。而且，不是某种单一的人生，你内心里渴望的是无数种人生。”梁烟烟说道，“你是个极度贪婪的女人。”

阿透看着梁烟烟，没有接话，她有一些震惊。

说实话，她没有思考过这个问题，但经梁烟烟一说，她觉得好像是那么回事。

阿透结了账，看着梁烟烟说：“现在，我们要去抓那个东西了吗？要不要去买点装备？”

“先等人。”梁烟烟说道，“解雨臣都给我们准备好了。”

“还有队员？”阿透更惊讶了。

这个时候，边上的座位坐下来一个人，左右手一共拎着四瓶啤酒，放到了早餐店的桌上。阿透抬头，看到来人戴着黑色墨镜。

“您诸位早啊，向你们问好。要不要来一杯？”说着，来人对阿透笑了一下。

梁烟烟一把将黑眼镜那边的凳子抽走，没让黑眼镜坐下来：“解雨臣让你来抢人了？东西放下就走，你不走，我走。”

“怎么还急了？说话那么冲。”黑眼镜放下身上特别鼓胀的包，“真不要我帮忙？免费的。”

第十章 准备

梁烟烟没有理他，黑眼镜打开包，把东西拿出来，都用报纸包得特别好，特别整齐。梁烟烟掂量了一下，拿了其中两包东西，就拉着阿透离开了。黑眼镜看着她们离开，喝了一口啤酒，慢慢跟了上去。

在阿透租的房子的隔壁楼栋，有一个摄影棚，黑眼镜来到摄影棚二楼，正好能看到阿透家二楼的窗户。摄影棚应该是歇业了，没有人，二楼落了一层灰，就一套沙发和一个书架，书架上几乎都是摄影方面的书，还有很多杂志。这是个等待室，是拍摄者助理等待拍摄完成的地方。

黑眼镜把沙发搬到对着阿透家二楼的窗户前，坐到沙发上，就开始拨电话。

“相处得挺好的。”黑眼镜说道，“阿透似乎被她征服了，我看你没什么希望了。人家住对方客厅里挖人，你一个大老板远程遥控，诚意就天差地别了。”

“阿透不会被征服的，这个女孩子和普通人是不一样的。”对面是解雨臣，他说道，“不要被她的表面骗了。”

“你何时这么了解她的？听说你们就相处了几个小时。”

“我见过的人很多，有些人是真的胆小，但阿透不是。她和我们认识的一个人很像，她一直在努力扮演一个普通人，胆小，碎碎念，但事实上，她能掌控任何场面。”

“这么高的评价。”黑眼镜就笑。

“这不是我对她的评价，是另外一个人说的。你应该猜得到是谁。”

“那个姓屠的吗？如果你和那家伙合作，我就不接你的生意了。”

“放心。”

黑眼镜挂掉电话，就看到梁烟烟走上了二楼，阿透没有上来。

他喝着酒，准备看好戏。

阿透在楼下拆梁烟烟拿回来的两包东西，里面都是锡纸，还有一些奇怪的金属色的漆。梁烟烟在楼上说道：“把地上都铺满锡纸，然后准备一些粉底液，我们要在身上做一些文章。”

阿透立即照办，好不容易才把楼下铺完。这时，梁烟烟走了下来，随后两个人在裸露的皮肤上，都涂了粉底液。

梁烟烟对阿透说：“再用这种金属漆，在我们身上画一些纹路，稍微密集一点。”

“啊？为什么？”

“今天晚上肯定会发生冲突。这种油漆里有特殊的材料，可以保护我们。”

“哦。”阿透不疑有他，拿出自己的油画笔蘸了点油漆，看着梁烟烟问，“你要画什么图案？”

“随便。”

阿透想了想，就开始画，画了很多扭曲的圆圈和线条。

梁烟烟看了看便问她：“这是什么？”

“凡·高的《星空》。”

很快阿透便给梁烟烟画好了，然后又给自己画。画完之后，两人站在全身镜面前，阿透就笑了。

完全没有自己以为的惊艳的感觉，就是，好笑而已。

现在也不能出门了，别人会以为她们是银色的阿凡达。

两个人坐了下来，看了看手表，现在离天黑还有八个小时，离睡觉还有十三个小时。

梁烟烟看着她："聊聊天吧，我有很多好奇的事情想问，你也可以问我，怎么样？"

"好。"

"我先问吧。听说你在找一个人，是吗？你找这人做什么？"

第十一章 生变

阿透有些意外，这件事情果然引起了风雨，不然怎么是个人就都知道了。

她确实想找一个人，她是在主课老师那儿听到的传说，说北京有一个女医生，可以给人重做一张脸。她亲眼看过照片，那个毁容的人，半张脸连同骨头都已经没有了。女医生用塑胶和钢钉修复了骨骼，从臀部取了肌肉，然后在上面覆盖上背部的皮肤。那张毁容的脸被修复如初，完全看不出来是整过容的。

整个过程只用了二十四台手术就完成了。这是第一个传说。

第二个传说，曾经有人让她切开自己的面部，把自己的面部骨骼修改成敦煌壁画上佛像的样子，然后再自然地缝合起来。

第二个传说一直找不到任何资料证明，但阿透看过一张照片，照片上的人就是一尊活的敦煌佛像，穿着佛像的衣服。

这些传说当然让人印象深刻，却不是最吸引阿透的。最吸引她的是老师的最后一句话：这个人是因为自己的身体毁容，才开始学习人体修复这一行的。

她的身上有着世界上最可怕的两道伤疤。

“因为两道伤疤。”阿透说道。

“哦？”梁烟烟看着阿透，“伤疤对你来说，意味着什么？”

“我不想说。”阿透说道，“这是我的秘密。”

“很复杂吗？”

“很复杂。”阿透也看着梁烟烟，“当然，只和我私人的事情有关。”

梁烟烟没有再问下去，只是看着阿透的眼睛，阿透被她看得有点不自在。

“也许，以后我们再熟悉一些，我会告诉你。”

“这样的人会给很多人修改脸部，做地下手术涉嫌违法，肯定不会让你轻易找到的。”梁烟烟道，“我以为你是因为以前和她认识，才要找她。”梁烟烟说着看了看手表，又看了看阿透的手臂，似乎在思索什么。

“就是私事。”阿透似是决心要结束这个话题。

两个人又对视一眼，都沉默了一下。

“这么干聊也没意思，做点什么打发时间吧——画我。”梁烟烟把画板递给阿透，然后把外套脱了，整个人靠到沙发上。

阳光照在梁烟烟身上，地上的锡纸反射出的光非常强烈，梁烟烟身上的油漆在阳光下变成了金色，她看起来仿佛是希腊神话里的某个神祇。

美是很美，阿透却想拒绝，哪有说画就画的。但转念一想，画画就可以不用找那么多话题了，也是自己擅长的。算了，画吧。

阿透开始画梁烟烟，梁烟烟却小心翼翼地爬了起来，对她做了一个“嘘”的口型。阿透才刚打了一个轮廓，见状便停了下来，就看到天色忽然快速黑了下来。

“刚才还是大太阳，怎么就要下雨了？”阿透心说。她放下画板，走到门口的时候，发现外面全黑了，黑暗中还有一层浓浓的雾气。

同时，在隔壁的楼里，黑眼镜戴着耳机，听着从他放在油漆桶里的窃听器中传出来的声音，里面突然传出强烈的干扰。他抬头看了看窗外，窗外阳光明媚。

窃听器里很快就什么都听不到了，传来的最后一句话已经听不清是谁说的：“你听到猫叫了吗？”

黑眼镜摘掉耳机，思索了一下，就看到对面的窗户里，忽然出现了一个黑影。这个黑影非常高，只能弯腰看着窗外，姿势诡异。

黑眼镜举了举手中的啤酒，对黑影笑了笑。

第十二章 幻境

阿透与梁烟烟走到窗边，外面一片雾蒙蒙的，刚才的阳光明媚一下子就变成了大雾天。阿透摸了一下雾气，发现什么都感觉不到，这层雾似乎就是一层灰色。

“这是怎么回事？”

“提前开始了。”梁烟烟说道，“你听听。”

外面特别安静，鸟叫、远处的车喇叭声、隔壁的声音，全部消失了，从来没有这么安静过。

阿透开始明白四周不太对劲，这里已经不是自己居住的地方了。这里是哪里？虽然一切都是她熟悉的，但她本能地发觉，所有的气息都不一样了。

“我们这是在哪里？”

“我们就在你家里，但你家可能——”梁烟烟看了看二楼，有一个影子忽然闪过，她把阿透往自己身后一推。两人同时听到，从二楼传来一声猫叫。

阿透愣了一下，她认得那声音，那是丁丁的声音。接着，似乎有一只猫在二楼栏杆后面出现了一下。这一次阿透完全没有动，她不是恐怖片里的无脑女主，她明白这不正常。

“你说那东西影响我们的大脑，会从最亲近的东西开始？”

"对。"

"你听见猫叫声了吗？"

梁烟烟点头。

"猫已经死了，对吧？"

"对。"

"那这就是幻觉。"阿透说道，"对吗？"

"不知道，我并不清楚你惹的具体是什么东西。"梁烟烟说道。

就在这个时候，梁烟烟看到在她们正对面的全身镜里，反射出了她们两个人的样子：阿透被她护在身后，阿透的身后是窗户，而窗户的外面，不知道什么时候站了一个人。那个人只露出了半边脸，另外半边被阿透挡住了。她立即转身，把阿透拽了过来，却发现窗外什么都没有。

"怎么了？"阿透被惊到了。

梁烟烟没有说话，立即把窗户关上了。她拿出手机，拨了解雨臣的电话，还好手机显示信号是满的。很快，电话就接通了，但电话里传来的并不是解雨臣的声音，而是一个老人的声音。老人的口音很重，说的似乎是潮汕话，梁烟烟听不懂，但听起来似乎是在骂人。

电话里一直在说话，梁烟烟按了好久都挂不掉，只得将电话扣上，塞进了沙发下面——声音小了很多。接着她看向阿透："有个坏消息，这东西，好像一定要杀掉你。"

"为什么啊，我只是去帮解老板画画的，房梁不在我的房子里，房子也不是我的，为什么要杀我啊？"阿透觉得特别不公平。

梁烟烟走到沙发前，从茶几上拿起那张画，然后看着阿透，阿透被她看得发毛。梁烟烟猜测道："也许和画有关。"

阿透点头，梁烟烟立即把画点燃了。画烧得极快，梁烟烟将画丢进垃圾桶，接着把茶水倒进去。

火灭的时候，画也差不多烧尽了。

结果，天色更加暗了，直接变成了晚上。阿透把灯打开，就发现窗户外面，没有一户人家是开灯的，四周所有的房子里都是一片漆黑。

突然，有灯光射了过来，隔壁楼里有灯还亮着。

梁烟烟拉住阿透的手，披上衣服走到屋外，外面的凉意非常不寻常，两个人都起了鸡皮疙瘩。梁烟烟捡起石头，想丢向隔壁的窗户，但是她立即控制住了自己，拉着阿透又退了回去。

她们两个人都看到，有一个奇长的人的上半身，从她们二楼的窗户里探了出来，正爬向黑眼镜的窗户。

它的上半身就像一座桥一样，横在两栋房子中间。

第十三章 长条形的人

梁烟烟拽着阿透缩回来躲着，贴着墙根蹲了下来。

猫一直在屋子里叫，但是阿透本能地知道，那不是她的猫。

阿透这一次看得非常清楚，这就是一个很高的人，想要爬到对面去。她看着梁烟烟，想要询问，梁烟烟摇头，让她不要说话。

四周一片漆黑，仿佛已经到了深夜，除了远处的一条马路，什么都看不见。整个厂区虽然不那么景气，但人非常多，如果不到深夜三四点钟，这里是不会这么安静的。

远处的马路上没有车，上面的路灯非常亮，阿透有时候失眠，在门口抽烟时，看到的就是这副情景。

发了一会儿呆，梁烟烟拉着阿透往外走了二十多米，阿透问道："怎么了？那东西要去隔壁？"

"它的注意力好像被隔壁的瞎子吸引住了，对我来说是个好机会。"梁烟烟点起一根烟，这根烟是红色的，非常惹眼。

"这是什么？"

"传说这是用某种特殊身份的人的血浸透过的烟，辟邪很猛。"

"你要做什么？"

"试试能不能弄死那东西。"梁烟烟看着阿透，"这一根，可以换一根金条，解雨臣如果不给我报销，你要为我做证。"

阿透云里雾里，只能点头。

梁烟烟抽了一口，拉起阿透："你得跟住我，不能落单。"

两个人贴着墙根移动到墙的边缘，探头去看两栋房子中间的弄堂，那东西还横在两栋房子中间，似乎一直在观察对面的黑眼镜，但并没有进入对面的窗户。

那情景太诡异了，就像一条巨大的深海鳗鱼从她们的房间窗户探头出来。

阿透看了一眼就缩了回来，梁烟烟做了一个手势让她待在原地，又狠狠地吸了一口烟，然后走了出去。

横在两栋房子中间的长条形家伙立即发现了她。阿透探头出去偷窥，就看到梁烟烟踩着墙壁，两下蹿上二楼的窗沿，单手翻上去，一下就到了窗边，对着那长条形的东西就把烟吐了过去。

那东西似乎被惊扰了，瞬间扭曲了起来，阿透竟然听到那东西发出了类似于方言的咒骂。

梁烟烟又迅速抽了一口烟，那东西刚停下来，她再次吐烟，那东西扭曲得更加厉害，似乎十分痛苦。

就在阿透觉得有效的时候，那东西忽然伸手按住梁烟烟的胸口，力气非常大，梁烟烟被这一推，重重压在黑眼镜的窗玻璃上。她大骂一声，把烟屁股插进了那东西的眼睛里，那东西疼得疯狂扭曲，发出了一连串方言一样的咒骂，接着直接松手，瞬间缩回了阿透家的二楼。

梁烟烟吃痛，把不住窗沿，掉落下来，就在她觉得自己要摔断尾椎骨的时候，阿透冲了过来，一下把她接住了。两个人一起摔到弄堂的水泥地上，皮都擦破了。

阿透的后脑勺撞到地上，发出可怕的声音，她心说脑浆恐怕要撞成糊状了。她"哎哟"叫出声来，眼泪差点流出来。

两个人捂住各自的伤口站起来，阿透就问道："赢了吗？"

梁烟烟看了看手腕上的擦伤，见地上的烟头还在，捡起来又抽了一口，吐向阿透。阿透咳嗽了一声，梁烟烟就看到，阿透身后有一团东西瞬间隐入了空气中。刚才那东西竟然又悄无声息地偷袭过来，被烟一吓，又快速退了。

这么想让她死吗？居然寸步不让。

梁烟烟非常疑惑。

阿透看到梁烟烟的眼神，立即回头，却什么都没有看到。

梁烟烟皱眉，看得出她肋骨很疼。阿透去扶她，她推开阿透。“肋骨断了。”她站不住，一下子跪倒在地，“去敲隔壁的门。”

“啊？”

“我们两个人不够，我们需要那个瞎子帮忙，快。”

阿透扶着梁烟烟过去，死命敲隔壁的门，但敲了半天，没有人来开门。

她冲回去看向二楼的窗户，黑眼镜就在窗口喝酒，但似乎什么都听不见，也什么都看不见。

“这是怎么回事，这哥们儿真的是瞎的吗？”阿透骂道。

梁烟烟说道：“估计他看到的世界，和我们所处的已经不一样了，不然他不会无动于衷的。”

阿透继续敲门，但是依然没有人来开门。

“怎么办？”

她回头看着梁烟烟，梁烟烟看着手里已经烧得非常短的烟头，捂着肋骨，似乎在思索什么。她忽然抬头对阿透说：“你可一定要为我做证，让解雨臣给我报销。”说着，她从口袋里掏出了一盒烟，里面的烟全部都是红色的。

“你要做什么?”

“别说话，让我思考一下。”

解雨臣的手机“叮咚”响了一声，他看了一眼，是微信，委托别人查的那张画，有了结果。

对方发来一张黑白的报纸照片，是一份广东的镇机关报纸，里面有一则新闻，被红笔圈了出来。上面有一张合影，合影中的一个人非常高，一看就和其他人不同。

报纸是十六年前的，标题是——高烧醒来之后，人持续长高，并且能凭肉眼看到人体的疾病，医疗组下乡检查后，疑为脑垂体疾病。

这个高个子的脸，和阿透所画的人脸，一模一样。

他发消息给黑眼镜，发现消息被退了回来，心中顿时觉得奇怪，于是开始拨电话。

与此同时，他继续盯着那则新闻，上面有那支下乡医疗队负责人的名字，是潘播达医生。解雨臣搜索了一下，网上有不少他的论文，内容都是关于罕见病的，但基本上发表于十六年之前，似乎带着这个医疗组下乡之后，就没有更多关于他的消息了。

解雨臣看到，那张合影的背景里，还有一棵树，树上吊着一个长条形的麻袋。

第十四章　旧照片

解雨臣将照片放大，一边仔细去看大树上挂着的那个麻袋，一边继续拨打黑眼镜的电话，还是没有人接。他把阿透所画的那个悬挂在横梁上的东西，和这个麻袋对比，虽然两者都很模糊，但一眼就能判断出，这是同一个东西。

事情发展到现在，虽然还不知道是怎么回事，但也算是有一个很大的进展了。

电话还是没有打通。

在解雨臣看来，黑眼镜有个“特异功能”，就是随时随地会接电话。就算是在熟睡中，电话一响他立刻就醒，如果有活儿立即就会起床，毫不含糊。

他不接电话的情况太少见了。黑眼镜只是去监视的，怎么可能不接电话？

解雨臣突然想起这别墅抵押给他的时候，抵押人的表情很奇怪。他当时以为是房子的基础设施有问题，对方担心抵押不出好价钱，但现在看来，这别墅背后有很大的故事。

他有些心神不宁，把照片导入电脑，一边滑动鼠标，想看看照片的边边角角中还有没有线索，一边继续拨打电话。

忽然，他眯起眼睛，一下坐直了。他看到在照片里树的后面，有一幢房子的模糊形状。

他把照片的这个部分放大到铺满整个屏幕，那确实是一幢房子，而且形状怎么看怎么像他现在住的这一栋别墅。

照片中，那栋建筑更老，有民国时期的建筑风格，屋顶的飞檐上还有一些闽南风格的装饰。

应该是当时下南洋的豪绅留下来的老宅，这些老宅一般都是由国外设计师设计，然后由中国的工匠建造的。

这张照片里的老房子在广东的海边，快一百年前的建筑了，怎么会和自己现在住的现代别墅那么相似？

解雨臣看着照片沉思了一会儿，心中开始出现一个可怕的联想。

他把照片放大，打印出来，来到别墅外面，走到比较远的地方，找角度将照片里的房子和眼前的别墅作对比。

太像了。

接手这幢别墅的时候，他就感觉到这幢别墅有一股暮气，一种陈旧的气息，这是其中一个他不满意的地方，但当时没有找出原因。

他站在相同的角度对比了几个细节，后背开始有些发凉。

一模一样，绝对不是巧合。

就算重新盖，用同一张设计图，也不会这么像。

外观上唯一的区别，是老照片上房子的一处屋檐有龙盘的装饰。那边的建筑，屋檐飞起的那个角上的装饰会比较夸张，龙须很多，而且会夸张地往屋脊上延伸。而自己这幢别墅的同一部位，是东南亚风格的茅草顶，用的是现代的木结构做的装饰，没有龙盘。

解雨臣看了看院子里的大树，是棵香樟树。他跃起后，单手挂在一根树枝上翻上去，踩着树枝跳到屋脊上，来到屋顶的位置，开始扯屋顶的茅草。

很快，他就看到茅草下面露出了瓦片，是那种老瓦片。

他扯掉大片的茅草，撬掉木头装饰，就看到龙盘装饰出现在茅草里面，和老照片上的一模一样。

他明白了。

自己住的根本不是什么新房子。

有人把广东海边的老房子整体拆卸后，在这里重新搭建起来，然后伪装成一座现代化的新房子，再原封不动地抵押给了自己。

这老房子的问题，估计是有什么邪性，整体搬迁又抵押给自己，也把问题带到了自己这里。

这是搞什么鬼?

解雨臣看了看手机，电话还是没有打通，他转拨了抵押者的电话，发现对方的电话号码已经注销了。

他又拨打梁烟烟的电话。这次，电话很快被接通了，梁烟烟的声音传来："我没见到他，我现在在阿透家里，你过来吗？这里有一些问题，你过来我们一起商量。"

解雨臣没有应答，而是直接挂了电话。他一听就知道，对面的人不是梁烟烟。

梁烟烟和阿透，应该也已经出事了。

大意了，这不是一栋简单的邪性别墅。

有人搬了一座凶宅过来给他，设了一个大局。

第十五章 好奇害死猫

没有头绪，只能从头开始查，首先得知道更多的这张照片背后的信息。

解雨臣看着照片，有点不悦，因为自己的疏忽才有了这些麻烦。

通过卫生系统，很容易就能问到当年在广东渔村发生的事情。解雨臣坐在别墅门口的台阶上，一边安排自己公司的员工收集情报，找出照片上的当事人，寻找他们现在的联系方式，一边一个接一个地打电话。有野猫过来，他一边打着电话一边用狗尾巴草逗猫，猫在他面前翻滚。打了好几个小时，他终于联系到了当时的一个当事人。

对方的声音一听就很谨慎，还一再追问他是谁，解雨臣用了一个假名。他有很强的沟通经验，一听这种谨慎的态度，就知道对方不太容易说实话，只是碍于领导的面子才接他的电话，所以他决定先掩盖关键问题，从周边开始问起。因为周边问题往往不会那么让人敏感，但是如果提问的角度够刁钻，对方就不得不使用关键信息回答你。

解雨臣把狗尾巴草插在一边的台阶缝隙里，位置比猫高，猫不得不一直蹦着去够，他开始专心提问："我看到一张你们医疗组下乡时的合影，我打听到当时带队的是潘播达医生，我看过他的一些论文，想请教他一些问题。"

"你看过他的一些论文，你从哪里看的？"

“什么时候的论文？”

解雨臣一下警惕起来，对方追问了两个问题，似乎有所怀疑。事实上，他并没有看过，但他不能犹豫，于是立马回答道：“就在他去照片上那个村子做了调研之后，有论文发表。”

“你是个骗子，他根本没回来，他死了，整个医疗队都死了，全部死在了那个村子里。”说完，对方就把电话挂断了。

解雨臣摸了摸下巴，自己没有想到这一层，难怪对方会起疑。他想了想怎么挽回，又打了过去。

对方还是接了起来：“你还想干什么？”

“我想澄清一下，您也知道我是谁介绍的，我没有骗您，可能是我这里的资料搞错了。您不看僧面看佛面，等我说完再挂，好吗？”

对方沉默了一下，叹了口气，说道：“行，你说吧。”

“我确实看到了一篇论文，里面的内容就是关于在那个村子里发现的罕见病例。我估计可能是潘播达医生在村子里的时候，就开始撰写了。我以为这篇论文发表了，如今看来，可能并没有发表，只是传到了我这里。我对于那种疾病非常感兴趣，因为我现在就是这种病的患者，我希望知道当时的治疗结果。”

对方就笑了：“你放心，你的病和村子里那个人得的病，肯定不是同一种病，那个村子里发生的事情，救不了你。”

解雨臣道：“我看到患者的照片，觉得患病的表现是相似的。”

“那张照片很模糊，你看不清楚的。那个村子里发生的事情，你靠照片是推测不出来的。”对方说道，“我建议你啊，少看那个人的脸，你看得越清楚，就越有可能有坏事要发生。”

解雨臣皱眉，道：“听上去有故事。”

“没有故事，只是个医疗事故。你问完了吗？”

“如果那支队伍的人都死了，那么您是？我听说您也是队伍里的一员，您也去了那个村子。”

“我提前走了，因为我没有好奇心，我也不想有什么成果，我就想混日子。我本身就是在当地另外一个村子里长大的，我不觉得海边的村子有什么稀奇的。”对方说道，“那个村子你就别去了，浪费时间。”

解雨臣没理，而是继续加砝码：“那个村子里有一栋很大的房子，民国时候的。”

对方沉默了，过了一会儿才问道：“你到底想问什么？你不是病人，对不对？”

“我同时也是一个收集古宅的，我姓解，叫解雨臣，你可以在网上查一下我的信息，我收集了很多古建筑。”解雨臣决定孤注一掷，“如果不能治病，我想把这栋宅子买下来。你能帮我联系到人吗？我可以给你百分之二十的佣金。”

“那是多少钱？”

“我估计得有十五万。”

“你别买那栋宅子，他们全死在那栋宅子里。兄弟，不管你是谁，我话说到这儿了，好奇害死猫。”说完，对方就忙不迭地挂断了。

解雨臣继续拨过去，向犹太人学习，锲而不舍可以解决这个世界上一半的问题。但是对方这一次直接关机了——科学技术解决另一半。

他看了看猫，猫已经玩累了，正坐着看亮起来的路灯——灯下全是飞虫。此时暮色降临，他回头看了看那栋别墅，那别墅似乎是一个巨大的生物。

事情越来越有意思了。

有人抵押了一幢凶宅给自己，还不是一般的凶宅，罕见病，发烧之后不断长高的人，下乡医疗队队员全部在这个宅子里死亡。

这别墅背后的故事能写一部长篇小说，那阿透，可能真的被自己连累了。

他看了看别墅，那别墅似乎也正注视着自己。

“小看你了。”解雨臣说道，“我们重新认识一下。”

他站起来开始围着别墅走，仔细观察。

一路过去，就看到别墅后面院子的草丛里，苍蝇特别多。那个院子和外面的马路被篱笆隔开了，后院本来是草坪，由于没人修剪，已经长满了杂草，如今里面全是苍蝇。

他几乎没有到过后面，因为从前院到后院要经过一个室内游泳池，那个泳池没有清理过，全部发霉了。这一次他从外面绕到了后院，没想到后院这么脏。

他走进草丛，打开手机上的手电筒，就看到一堆一堆的猫骨头，还有腐烂的猫尸体——都是附近的野猫，全部散落在草丛里。

第十六章　灵异事件

解雨臣看着猫的尸体，心里琢磨：这别墅恐怕已经杀了不少东西了，似乎在它附近，稍微大型一点的动物都活不下去。

猫的尸体的腐烂程度不一样，说明猫是一只一只来到别墅附近，然后因为某种原因相继死去的。

路过这里的野猫，一只一只地被捕猎。

这幢别墅有生命吗？解雨臣有一些这方面的经验，他经常被委托处理一些棘手的货物，知道有一种现象叫作伪智慧现象。就是从所有的外在迹象看上去，这个东西是有生命的，但实际上它是一种现象的集合体。在生物界，蚂蚁和蜜蜂的群体所表现出的智慧就属于这种现象——单只蚂蚁和蜜蜂是没有智慧的，它们的智力主要体现在整个蚂蚁群和蜜蜂群处理问题的方式上，这让整个群体看上去是有智慧的。而非生物领域，比如火场的鬼火，因为二氧化碳的干涉，火苗的行进路线就像是故意绕开了人类一样，神出鬼没。

很多时候，邪恶的力量就是这么被误传，衍生出了鬼魂、妖怪这样的传说。解雨臣曾经遇到过一幢楼，连续三十年不停地整层整层地死人，后来发现是有人在楼的承重柱内，埋了放射性金属块，最后查明是物理研究所的管理员以此报复社会。

但是这一次似乎不太一样，到底是哪种解释，还要进一步探索。

刚才被他逗的小野猫跟了过来，小野猫不怕尸体，它死死地盯着别墅。解雨臣站在它后面，要说手上沾的血，恐怕这别墅再凶也比不过他吧。

查了那么多凶险诡谲的事情，竟然没有任何一个的危害超过自己，实在是太悲哀了。

但解雨臣不会赌气继续住在这里，他提溜起小野猫，心说你走运了，你的同胞兄弟姐妹就没你那么走运，带你去安全的区域吧。

解雨臣驱车前往阿透家，开着开着，天越来越黑，这条路的长度明显超过了他去阿透家的距离。他意识到情况有点不对了，但他没有停车。

他发现从十七分钟之前，就总是能在后视镜里，看到那栋别墅的房顶在路边的树后一掠而过，似乎那幢别墅一直在跟着他，一次一次地出现在他前面，然后飞掠而过。

要对我下手了吗？解雨臣心里想着。

这时候，他看到猫一直看着后座，似乎后座上有什么东西。

他透过后视镜，看到后座坐着一个人，但看不到脸。解雨臣摸了摸猫的头，就看到后座的人开始往前探过脸来。那是一张青色的脸，换成普通人早就被吓死了，但解雨臣非常冷静，他发现这个突然出现的人很眼熟。

解雨臣镇定地看了他一眼，不紧不慢地掏出手机，调出手机里十六年前村子里的合影，对比了一下，发现脸竟然是潘播达医生的面孔。

那人看着他，他也不理会，甚至那人把脸探到了他的脸边上，他仍旧稳稳地开着车。

就这么开了十几分钟，如果是普通人早崩溃了，但解雨臣开车，打转向灯、远近光，一个动作都没有漏下，似乎边上那个人完全不存在。

两方就这样僵持着，解雨臣开着开着都笑了，觉得有点尴尬。

这时候，他又看到前面路边站着两个身形熟悉的女人，在朝他挥手。

解雨臣慢慢开过去，就看到梁烟烟和阿透互相搀扶着。他把车缓缓地停下来，再看后座，已经空了，那青面人不见了。

猫扒到副驾的窗户上往窗外看，解雨臣摇下车窗，梁烟烟和阿透惊恐地看着他："老板，你怎么来了？"

解雨臣看了看她们身后，竟然看到阿透的房子在远处亮着灯。解雨臣想了想，看阿透想上车，就把车门锁上，油门一踩，扬长而去。

先看一看，无逻辑的行为会对现在的局面产生什么影响吧。

往前开了大概三千米，前面又出现了两个人，离近了发现还是阿透和梁烟烟。但这一次，她们笔直地站在那里，犹如鬼魅一样，一动不动。

连演都不想演了吗？

他看着那两个人，那两个人也看着他。

解雨臣远远地停下车，阿透和梁烟烟并没有走过来，而是在远处默默地看着他的方向。

解雨臣下了车，看了看天，天上没有月亮，也没有星星，只有车灯照出来的一段路是亮的。他往前走了几步，回头的时候，忽然发现自己的车灯一下子变得很远很远，似乎离自己有几百米的距离。

但他才走了几步而已。

这是他第一次直面这么硬核的灵异事件，他深吸了一口气，看到在汽车后面的路边，黑暗中又出现了一个房顶。

就是他那栋别墅的房顶，他的别墅跟过来了。

第十七章　一桩旧事

每次要面对棘手的情况之前，梁烟烟都要回忆生命中的几个小时。

那是她被剥皮的几个小时。

梁烟烟还记得自己刚从剥皮手术中醒过来时的感觉。她原本处于完全虚无的状态里，只有一丝感觉，自我仍旧存在于特别深的潜意识里，无法唤起思考，也无法明白自己的处境，只有背部隐约有一丝不适感。四肢和皮肤的所有感觉则是冰冷，一种无法言喻的冰冷，极难忍受。

慢慢地，背部的不适感开始放大，这种感觉冲破了压抑她思绪的黑雾，像一种清醒地从睡梦中醒来的感觉。接着，不适感开始变成了疼痛，疼痛变成了剧痛，剧痛让她的思绪冲向全身，她一下子醒了过来。

因为她被误认为是一具尸体，所以没有做心电监护，也没有打麻药，只连接了呼吸机。当梁烟烟睁开眼睛的时候，所有人都吓得后退了好几步。

梁烟烟当时并不能动弹，只能听到慌乱的声音，感觉有乱七八糟的光线在四周晃动，她以为自己是在被抢救。

接着她被戴上了心电监护仪，她意识到自己没有死，心中求生的斗志被点燃了。她从小就是不服输的人，所以咬着牙打算坚持，就听到有人说："两台手术同时进行，那边已经缝合了，怎么办？不能再取下来了，取下来皮就废了。"

“那边继续进行，就说捐皮的人是在手术之后醒过来的。”有一个人回道，“先保一个。”

“这里取了那么多皮，这女孩子——”

“按道理，如果捐献者没死，清醒了，她是可以直接否决器官捐赠的。她就算想让这批皮废掉，也是她的自由。我们能做的，就是在没有人下第二个命令之前，把第一个命令完成好。”有一个人说道。

“可是她似乎是清醒的。”

“镇静剂。老漆，做好手术，其他事情我来扛。”那个人说道，“我回现场继续处理，给她镇痛。”

接着手术室陷入了沉默，很久，才有另外一个人说道：“可惜了这么好看的文身。听说她的父母一开始是不愿意捐皮的，是有人给了一大笔钱，她爸爸才愿意卖掉女儿尸体上的皮。接下来，估计要有人伦的灾难——”

“嘘，她可能能听见。”一个人说道，整个手术室又安静了下来。

没有人意识到梁烟烟是完全清醒的，她清晰地知道，那个做了决定回去现场的人是谁。他是父亲之前的一个领导，那个领导希望梁烟烟可以和自己的儿子凑成一对。梁烟烟为了避开领导的施压，才去文了这一身的文身。

她在那个时候并不完全明白发生了什么，一直到她再次醒来，看到父母支支吾吾的，她立即嘶喊着要看自己的后背。

从此之后，她再也没有见过自己的父亲。她的母亲没过几年就去世了，父亲倒是一直活着，但现在是死是活，她也不知道。

那是她人生第一次明白得罪人会有这样的后果，也是第一次明白世界上有真正的坏人。普通人可能需要花十年时间才会明白的道理，她一夜之间全明白了。

当她从手术台上醒来的时候，本以为自己终于逃过了一劫，但事实上，噩梦才真正开始。

那天之后，她对于所有似乎“过去了”、似乎“成功了”、似乎“逃脱了”的感觉，都心生恐惧。只要遇到那样的时刻，她永远都会在夜里恐惧得彻夜难眠，不知道接下去会有什么转折。但这也让她学会了，永远不要享受成功的喜悦。相反，一定要待在痛苦和压力的边上，让自己因为无法忍受而不得不去解决它。不能逃避，也不能暂时离开。

而当她面对最棘手的局面时，那几个小时，反而会给她力量。

到底是什么力量，她说不清楚，但是，只要想起来，她内心所有的恐惧，都会不复存在。

第十八章 直面

梁烟烟一根接一根地抽烟，是那种红色的烟，已经把一包烟都抽完了。

阿透显得有点不知所措："如果真的这么焦虑，我们就跑吧，你这么抽不会得病吗？"

"你摸我一下。"梁烟烟对阿透说道。

"怎么了？"

"摸一下。"

阿透把手放到梁烟烟的脖子上，立刻感觉到她的体温很高。

"发烧了？"

"这个烟里的物质，进到我的血液里了。"

"还可以这样用？"

"可厉害了。"梁烟烟说道，她抽完了最后一根烟，然后看着阿透。

"现在你有两个选择，一个是和我一起回你的房子，我要孤注一掷。一个是现在你开始跑，但我觉得跑没什么用。"

"我跟你走。"

"你不害怕了？"

"累了，毁灭吧。"阿透说道，"你能打赢吗？"

"以往都是能打赢的，这一次不一定。这一次的东西很奇怪，不知道是什么。”

两个人互相搀扶着重新回到房子里，阿透其实不知道自己在做什么。

她也没有什么勇气，就是真的累了，她想回家，然后要死要活就随缘吧。

阿透把梁烟烟扶到沙发上，然后看向二楼。二楼什么都没有，灯灭了，房间里很黑，只有对面窗户的灯光照进来的微弱光线。

梁烟烟脱掉衣服，从沙发下面掏出手机，手机竟然还在通话中。她用手机的光照自己的肋骨，看到肋骨处凹陷进去一块。

如果这里再遭受撞击，肋骨会插进肺里。她看了看四周，拿出没有用完的锡纸，把阿透的快递纸盒撕下来几块，用锡纸裹在自己受伤的地方。

“你有没有止疼药？”梁烟烟问阿透。

阿透去洗手间的梳妆镜区域翻找，找出了一板药：“过期了。”

梁烟烟走过去拿过来，掰出三颗就吞了下去。

“记住，等一下的那个我，不是真正的我。如果你觉得有危险，就离开我跑掉。”梁烟烟说着打开了洗漱台的水龙头，在洗漱池中放满水，把毛巾浸湿，而后躺回到沙发上，用湿毛巾蒙上了自己的脸。

“什么意思？”

“没什么，我很热，我一热性格就会变坏。”

梁烟烟很快出现呼吸障碍，湿毛巾吸附在她的脸上，她的脖子上也开始暴出青筋，但她一动不动。

梁烟烟再次站起来的时候，阿透觉得她似乎有点熟悉。

阿透从小就对人的肢体形态非常敏感，对自己的感觉也很自信，她看着此刻的梁烟烟，忽然觉得她变成了自己认识的一个人。

但同时产生的，不是好奇而是害怕。阿透忽然觉得，面前的这个人让她有点害怕。

梁烟烟在原地站了很久，回头看了看阿透。阿透立即就觉得，面前的这个人，似乎变成了和那个长条形的人一样的东西，它们散发着同一种味道。

梁烟烟回头看了一眼阿透，然后走过去，抓住阿透的手臂，看着她手臂上的文身。

“你没事吧？”阿透问道。

梁烟烟看到了很多修补的痕迹，这些文身已经不是在她背上时的样子了。

梁烟烟把阿透的手臂靠近自己的脸，用脸贴着手臂上的文身，对阿透道：“你让这些图案变得更漂亮了。”

“对于我来说，这些是我皮肤的底色。”

“还真是，自己的东西当然会很在乎，我也一样。”梁烟烟朝她笑了笑，然后放下阿透的手，转身走上二楼。

阿透看着她上去，二楼非常安静。梁烟烟上去之后，大概有五分钟时间，什么都没有发生，还是非常安静。

此时阿透在想，梁烟烟是不是已经死了？如果梁烟烟没有下来，自己的处境岂不是更艰难了？

然而，事情并没有朝她预料的方向发展。正当她在楼下茫然失措的时候，二楼突然传来一声巨响，所有的玻璃都被震碎了。

阿透被震倒在沙发上，耳朵里产生了巨大的蜂鸣。接着她就看到，外面的天开始亮了起来。极难形容在那种阴霾之下，忽然出现蓝天白云的感觉。一切似乎都没有发生过，一切不好的、灰暗的、可怕的东西，在那一瞬间都不见了。

接着，梁烟烟从二楼走了下来，外面的阳光正好照进来，整个世界一下子亮了起来。无数声音从四周传来，这是人间嘈杂的烟火气。

阿透甚至看到有麻雀从外面的天空飞过。

什么鬼？阿透心里想，到底发生了什么？

窗户上所有的玻璃都碎了，二楼似乎发生了巨大的爆炸。

梁烟烟坐到目瞪口呆的阿透身边，点上一根烟，摸了摸她的头发。

阿透看着她，刚想笑一下，就听到她说：“先别高兴，还没完全解决。麻烦你叫个救护车。”

说完，梁烟烟看着外面的蓝天，慢慢闭上了眼睛，开始养神。

爆炸发生的时候，解雨臣正坐在那幢凶宅前。他那时走到房子的黑影前面，确定那就是他的别墅。

那别墅是想让他重新进去。

解雨臣还在犹豫，但现在显然没有更好的解决办法。

他在门前待了很久。

正想着对策，天上的黑暗忽然一下散开，蓝天出现了。下一瞬间，他发现自己仍旧在驾驶座上开车，前面出现了一辆大卡车，他急打方向盘，和大卡车擦了一下边，车体直接被掀翻，飞了出去。解雨臣在车子翻转的时候，一把抓住了猫，接着安全气囊就打开了。

第十九章　医院

梁烟烟躺在病床上，阿透守在床边。周围都是人，有病人，还有大夫、护士走来走去，非常嘈杂。这种嘈杂曾经让阿透觉得烦躁，如今却让她感到格外有安全感。

窗外的天气特别好，现在才临近傍晚，日头还很高。她们看似经历了一晚上的恐怖事件，实则只过去了几个小时。

梁烟烟的住院费花掉了解雨臣给阿透的酬金的一半。她想想觉得是值得的，也不想让解雨臣报销了，虽然祸事是从他的别墅里引出来的。

她希望能为梁烟烟付出一点，这样心里有点支撑。

到底发生了什么事情？她尝试着去理解，把事情的前后经过又重新琢磨了一遍。但她心里没有任何章法，包括最后在二楼发生的爆炸。

是梁烟烟生气了，气炸的？

她被自己的胡思乱想逗笑了。

心神回复过来之后，她发现自己身上全是伤口，也不知道是什么时候弄伤的，她贴了很多创可贴。看着梁烟烟，她觉得医生马上就要过来把她叫醒进行问诊了，就去厕所里整理了一下自己，本想涂个口红显得气色好一点，但想到梁烟烟看到了可能会觉得自己没心肝，就没涂。

让她比较在意的，还有梁烟烟上楼之前的那个瞬间给她的感觉，她当时觉得这个女人很熟悉，似乎是见过的。

这个感觉让她非常在意，她一直在回忆，但就是回忆不起来。而且，刚才护士给梁烟烟换衣服的时候，她听到护士惊呼了一声，便问护士怎么了，护士却没有回答，这也让她觉得有点奇怪。

梁烟烟被医生拍醒时非常虚弱，但注射葡萄糖还是有用的，她的眼神已经恢复正常了。问诊之后，她就摸向自己放在床边的衣服，想下床去阳台抽烟。

“这样不好吧？”阿透说道。

“将心比心，如果是你，你憋得住吗？”梁烟烟问她，把手伸向她。

阿透想了想，确实，健康生活说说容易，某些时候，没有烟还真是过不去。于是伸手搀扶着梁烟烟去了阳台，帮她掏出烟。

两个人在阳台上各点了一支。两个这样的女孩子抽烟，而且还是在医院里，病房里的其他病人纷纷侧目。

几口抽完烟，梁烟烟拿出口红涂了涂，然后递给阿透。阿透看了看色号，也涂了涂。

梁烟烟开始翻看自己的手机，阿透瞥到无数的未读消息和邮件。

梁烟烟看到了解雨臣给她发的短信，大段大段的，还有彩信。

“这个解老板，是不是有倾诉癖好？”

“他是在给我发资料，是盲打的，他当时应该是在非常高压的环境里，只能发短信。”梁烟烟打开了彩信，上面是一张合影。

彩信的附带文字是：此事不小，酬劳五倍，请一定解决，千万小心。

后面的文字里是广东的村子、潘播达、老宅子的信息，非常详细，把一切都说明白了。

梁烟烟说道：“我们得去广东的一个村子。我只是暂时驱散了这个东西，它到底是什么我也不知道，也不知道它什么时候还会再出现。我们得去查查，有没有来龙去脉。”

“我们？”

“它针对的人是你。”

阿透长叹一声，那她后面的几个活都泡汤了。这到底算什么事啊！

“别担心，解老板加单了，这一单做完估计我能休息半年。”梁烟烟拨通了解雨臣的电话，解雨臣还是没有接。“这事看来很大，他应该会补偿你。”

“可是，去查什么呢？”

“你看过鬼片吗？”

“看过。”

“如果你房子里的东西是一股邪恶力量，那么邪恶力量作恶，会有某种起因，找到了起因，才能找到解决的方法。所以调查什么我不知道，但什么都不查，你的事情大概率解决不了。”

阿透似懂非懂，她想了想：“那你之前到底打赢没有？”

“我不知道那是什么东西，所以我不知道有没有打赢。”梁烟烟说道，“这么说吧，我们得去村里，查查那到底是什么东西，然后就可以对症下药了。”

她和阿透互相加了联系方式，然后把解雨臣的消息一条一条转发过去：“自己做功课。”

解雨臣醒过来的时候，第一句话是一个车牌号，此时，他的眼睛还不能完全睁开。

“什么？”边上的医生问。

“这是肇事车辆的车牌，出事故的时候，他应该在错误的车道，朝我迎面撞来。我估计他不会留在现场，你可以通报交警。”

“哦。”医生听得一愣一愣的。

“有什么坏消息要告诉我吗？”

“你的车那么贵，没事。”

解雨臣叹了口气，医生继续说道：“有个人来看过你，给你留了个纸条。”

“请念给我听。”

“对不起，猫没保住，阿透和梁烟烟安全了。”医生念了纸条上的字，喃喃道，“怎么，养了很久的猫吗？猫在车上得有特殊的安全措施。”

“是野猫。”解雨臣说道。

“车上怎么会有野猫？”

“无关紧要了。”

解雨臣的身体开始恢复，他默默数数，数到三十的时候，终于感受到自己身体的全部。他尝试着坐了起来，但浑身剧痛，这个时候，他听到了手机震动的声音。

“麻烦把我的手机按开免提。”

“对不起，你的手机已经完全变形了。”

忽地，解雨臣睁开眼睛，他发现自己不是在医院里，或者说，自己是在医院里，但他的身边，还有什么东西躺着。

他定神去看，竟然是那个长条形的人。同时他还看到，旁边有个医生在给这个长条形的人量体温。而这个医生的脸，竟然就是老照片里的那个医生——潘播达的脸。

长条人背对着他睡着，因为身体太长以至于整个人都蜷缩着，腿盘在床的外面。

解雨臣愣了一下，然后想马上跳起来。但此刻他的身体完全不受控制，纹丝不动。

冷静了一下，解雨臣发现自己确实无法动弹，他转而看向四周，竟然听到了海浪声，和广东话的声音。

他还看到几个医生走过，都是老照片上的人，穿的衣服也和老照片上的一模一样。

这一切都发生在他的左边。

而在他的右边，医生说道：“是一个叫梁烟烟的人打的电话。”

他想转头看向右边，但转不过去，只有眼睛能转动，余光可以看到，右边是一个正常的现代医生，他认识。

以他的床为中心，似乎左右分割成了两个不同的空间。

解雨臣向医生问道：“你对我做了什么？”

第二十章 草屿渔村

解雨臣还是没有接电话，阿透看梁烟烟把电话挂断，把口红插进香烟盒里。

“我们暂时得自费了。”梁烟烟对阿透说，“住院一共花了多少，我打给你。”

“不用，你这是工伤。我、我负责吧。”

“你不是我老板，解雨臣是，那你先留着发票吧。”梁烟烟忽然想起了什么，“那个瞎子呢？”

“我叫了救护车之后就去找他了，他帮我把你送到了这里，然后又接了个电话，急匆匆就走了。”

“急匆匆的？”梁烟烟又拨了黑眼镜的电话，对方倒是很快就接了。梁烟烟说：“我们要去广东，我把地址发你，你能安排最快的行程吗？”

“啊，你没事了。”对面传来似笑非笑的声音。

“我联系不到解雨臣，你帮我处理？”

“他有其他事情去忙了，我会给你们准备好机票送过来。”

这时候就听到背景里传来了机场的广播声。

“你是不是现在就要登机去广州了？”梁烟烟忽然警觉起来。

“啊，这件事情比较凶险，我们就摒弃前嫌合作吧。我不想再一天收两具尸，当然，你的收入得按比例划给我一部分。”

“屁啊，老娘不需要你帮忙，你抢生意啊！”

对方就笑着唱了一句：“哎嘿，呵嘿嘿，嘿嘿嘿。”电话就被挂断了。

梁烟烟捂住肋骨，气得够呛。阿透看着她，她道：“我们自己订机票。”

“这个人又是什么角色？”

“这个人，你还是不要知道的好。”梁烟烟收起电话，一脸不爽。

长话短说，梁烟烟一路拖着阿透赶到机场，订了最近的一班飞广州的机票，是晚上九点的。她们在机场租了轮椅，梁烟烟因为有伤，被升到了头等舱，阿透在经济舱。这一次是梁烟烟刷的卡，卡是黑色的，再看看自己的信用卡，阿透心里有一丝凄苦。

在小说里，很多时候，冒险的开始都是专注于未来会发生的命运变迁，自己却只担心信用卡额度够不够完成这次探险。

穷困真是破坏一切美好愿景的存在。

从她的位置看不到梁烟烟。她听着音乐，想着之前想找的那个传奇人物，觉得自己的经历现在也开始传奇起来了，虽然好像并没有想象中那么愉悦。

不过在路上看完了解雨臣的资料后，她惊讶地发现，这件事并不像她之前想的那样没有逻辑，背后竟然有一条清晰的线。

她总结了几个谜题：第一，是谁把这个凶宅从广东的海边搬到这里抵押给解老板的？这个人是想杀解老板吗？

第二，如果是这样的话，解老板和她，还有梁烟烟，都进过那个凶宅，从刚才的经历来看，他们已经中招了。那么他们现在是一个阵营的，只有那个戴墨镜的是编外的。

第三，按照解老板的分析，还有梁烟烟的经验，这件事，如果不能找出原因，完全解决背后的问题，那么这怪物对自己的袭击是不会停止的。

这里有一个很有意思的知识点，是她从解雨臣的资料里学会的，就是这种事情，它未必是闹鬼，而很可能是一种特别险恶的自然现象，这种自然现象一定是由某种原因造成的，起因往往非常奇怪和复杂。比如说，有人在北京干过这么一件事：大概在四十年前，一个北京的倒爷，为了求子，在院子里埋了三个东南亚的雕像，这三个雕像后来导致七个人死亡。虽然没有人知道这三个东南亚雕像为什么能导致人陆续死亡，但是通过调查，发现院子下面埋着东西，并且将其挖出来送回了东南亚的庙宇后，确实解决了人离奇死亡的问题。

后来再进行详细调查，就发现那三个东南亚的雕像，是用大象石雕刻出来的，也就是大象的尸体干化之后，形成了巨大如岩石的干肉块，然后再将其雕刻成雕像。大象石里面有一种特殊的寄生虫卵，埋在北京的地下后，这些卵就孵化了，在地下形成了一个很大的巢，后来经过一年多的努力，才把这事彻底解决。

所以，解雨臣说，总归会有一个原因，要趁大家都还没有完全中招的时候，查出这个原因，解决这个问题。

落地广州之后，她们包了一辆车，直接开往那个海边的村子。村子在汕尾的甲子角附近，离机场有两个多小时的路程。听说那里大片区域杂草丛生，很多村子都被草埋了，所以那一带又被叫作草屿。

到了村子，车子还得跟着她们，不然她们就回不去了。阿透自告奋勇负担车钱，内心却瑟瑟发抖，犹如局促的家庭主妇。

两个人从车上下来，阿透顿时就后悔了，进村的路上全是茂盛的杂草，几乎要没过人的膝盖。肉眼可见的飞虫，在车灯前密密麻麻地飞着，不时就冲到她们嘴巴里。

车上有两个手电筒，司机拿了一个，梁烟烟拿了一个。梁烟烟照了照四周，就看到有一辆摩托车停在一边。

“这是那个瞎子的车，他已经进去三个小时了，还没走，应该是还没有进展。”梁烟烟说道，“我得找到他，不能让他抢在我们前面。”

阿透觉得又卷入了一个好像和自己非常有关，但实际上又和自己无关的竞争中去了。

她想说点什么，可还没开口，梁烟烟已经抬脚进村了。

她赶紧跟上去，很快就发现自己不应该穿露脚踝的裤子，草刮得皮肤生疼。梁烟烟穿的衣服也是她的，因为比她高，而且腿比她长，所以明显露得更多。梁烟烟就把袜子翻到外面，直接包住脚踝。阿透没有穿袜子，正无可奈何之时，司机大哥表示要跟着进去，说可以给她们带路。他从车上拿出一卷餐巾纸，给阿透包住脚踝，然后用胶带绑住。

他俩跟上去的时候，梁烟烟已经走进去很深了，只能看见前面草中有手电光闪动。阿透加快步伐追了上去，很快，她看到一面墙，上面写着：

活神仙居所，问天取药，治病救人！！！

第二十一章 长神仙

旁边的墙上有壁画，画的是很多神仙。这并不是古代壁画，而是乡民自己画上去的，画面非常粗糙，用色也很大胆。阿透是学美术的，她其实非常喜欢这种没有基础的非工笔画风，因为那展示出一种真实、一种生命力。

这些神仙无一例外，身高都在两米左右，因为墙大概就是两米高，所以这些神仙都有一种顶格站着的感觉。这是一种诡异的艺术表现方式，画面竟然展现出一种张力。

“看样子，那个高个子怪人，在这里是被当作神仙的。”阿透说道。

“这个村子之前出过一个很厉害的算命的，是一个两米多高的男的，算得非常灵。后来不知道为什么，有人开始说他是骗子，最后他就死掉了。”司机大哥说道，“最早的时候，说那个人是大神仙下凡，他算命不算过去未来，就算你有没有病，不仅能算，还能帮你治，据说能治百病。我听家里长辈说过，那个男的本来很普通，忽然有一天开始一直长高，一直长高。越高，他就越神，看东西就越准。”

阿透问他道：“这是多久之前的事了？”

“我不记得了，反正我爸爸是很熟悉这件事的。”大哥继续说，“这个人早先留了话，说他要是死了，村子里就不能住人了。村里人都信他，所以他死了之后，村子里的大部分人都搬走了，有少数没走的，后来好像也都死了。这个人外号叫‘长神仙’，本名好像叫作黄赛顺。”

这人就是之前一直要杀自己的东西吗——那不是鬼，却非常像鬼的东西。

听上去这里的人多少都认为这人是个神仙，可他为什么会有那么大的凶性？

想着，阿透看到梁烟烟停了下来，她边上好像站着一个特别高的东西。阿透吓了一跳，拿过司机大哥的手电筒一照，发现是一棵大树。

树非常高，在中国，这样高的树不常见。阿透看了看四周，发现这样的大树不止一棵。

“这儿的树都长得高，都说山里有一棵特别高的，就是长神仙的原形，长神仙其实是树仙。他们都不砍树，所以大树能一直长一直长。当时看长神仙是这里的一个旅游项目，很多人慕名来看长神仙，然后祭拜大树，村民赚了很多钱。”

说着他们已经进入了村里。村子并不荒凉，只是看着非常破败。但因为村里的房屋大多是用水泥钢筋做建筑材料，所以房体几乎都还很完整，只是玻璃都碎得差不多了。村子里的路是柏油路，看得出这个村子当年确实很富裕，现在柏油路已经到处开裂，长满了杂草。

村子后面就是海，能听到海浪的声音。梁烟烟肋骨疼，继续吃药，阿透算了算，一路过来这已经是她第三次这样吃药了。

不能这么吃吧，阿透心里想，梁烟烟不像一个不懂事的人，这么吃药，似乎是对自己身体的一种肆意妄为，本质上是出于自我厌恶。

阿透想关心一下这个女燕赤霞一样的人物，但她找不到任何切入点。反而是大哥说道：“小姑娘，你这么吃药，肝会吃坏的哦。”

梁烟烟压根没理，拿出手机看了看，手机信号显示是2G的，有一条短信，她打开一看，是黑眼镜发的。

“这个村子有很大问题，荒废是有原因的，入夜之后不要进入。”

阿透在边上探头看梁烟烟的手机。

“他这是警告我们？”

“也可能是忽悠。”

梁烟烟往下划，就看到还有一条短信：“如果觉得我在忽悠你们，非要进入，就打我电话来和我会合，我铃声开到最大了。但别老打，电不多了。”

梁烟烟一脸愠怒。

她拨打了黑眼镜的电话，就听到黑暗的村子深处，传来了电话铃声，声音真的很大。

梁烟烟挂掉电话，过来拉住阿透的手，然后对大哥说道：“你跟紧一点，不要拖我后腿。”

大哥点头，竟然有点兴奋，似乎和两个姑娘进荒废的村子探险，是很刺激的事情。

阿透被她拉着往前走，两个人往黑眼镜电话铃响的方向去找。梁烟烟的手非常烫，阿透觉得前面的虫子和黑暗都被她身上的热气冲散了。

村子很大，她们绕了两圈都没有找到黑眼镜，再打电话，铃声很响，但还是摸不准确切的方位。她们看到了无数的长神仙壁画和长条人的神仙像，都已经荒废了，有些泥塑已经开裂，只剩下了半边。很多房子门外的墙壁上画满了长神仙的壁画，这种人物形象出现的密集程度有些失控和超出常理的感觉。而且这些神仙的穿着各不相同，有的穿财神的衣服，有的穿佛像的衣服，有的穿三清像的衣服。

泥胎神仙都在路边放着，几乎每一个都是往高了做，有些三米高，有些五米高，最矮的也有两米，而且都是俯视的姿态。一行三个人，都觉得他们被无数高大的东西俯视着，感觉极其压抑。

“有点像《千与千寻》里的场景。”阿透和梁烟烟说。说实话她有些害怕，但又被这繁复的景观吸引了。

梁烟烟第N次拨打了黑眼镜的电话，这一次终于靠近了些，电话铃声从他们身边两栋民宅中间的弄堂深处传来，里面一片漆黑。几个人进去，就发现这是一条很窄的弄堂，大概只有两人宽，但是很深。两边全是两层的民宅，都是砖石结构的建筑，应该是村子里比较老的部分了。窗户和门板也都破了，里面是黑的，用手电筒照不出什么东西来，但感觉随时会有手伸出来抓人。

铃声这一次没有被按掉，一直在响。他们跟着声音一路往里，路过十几户人家后，到了一个老祠堂门口。这个祠堂就在弄堂的中间位置，是一座明末清初的建筑，牌匾已经被收走了，门开着，里面是一个巨大的黑暗空间。

“长神仙就是在这里算命的。”司机大哥说道，声音有点发抖，似乎也想找个人牵手，但不好意思。

阿透朝他笑笑，心说自己也想扭头就跑，忽然出现一个老宅子，这也太吓人了。

梁烟烟道：“进去看看。”

他们踏进祠堂，空旷的空间中，手机铃声显得非常刺耳。阿透将手电筒照向脚下，就看到进去之后就是阶梯。祠堂是下沉式的，而且很深。他们顺着阶梯往下，下去了起码有一米五的坡度，才看到青砖地面。

“因为长神仙很高，所以挖深一点，好让他活动方便一点？”阿透问道。她的手电筒的光照到了祠堂里面，就看到一张巨大的竹躺椅横在祠堂的中央。

梁烟烟暂时按掉了手机，铃声停止了，她的脸色略微有点难看，但是这里的景象非常骇人，阿透应接不暇，没有去追问她。

这个躺椅很长，已经不是给一个两米多高的人坐的了，起码得是六米高的人，才能填满这张椅子。

三个人都被震惊了，走过去仔细查看躺椅。梁烟烟就问大哥：“那个长神仙，最后到底长到了多高？”

“这个只是一个象征吧？就算是巨人症，也不可能长那么高，会有综合并发症，不用药物控制，寿命会很短。”阿透说道。

梁烟烟摇摇头，用手电筒照了照椅子坐垫部分的一个洞：“这是接屎尿的洞，他就是坐在这个椅子上的，而且不能移动。他得的可能不是巨人症，而是其他疾病。”

祠堂的墙壁上，包括横梁上，挂满了锦旗，上面全部都是“有求必应”之类的标语。这是一个肉身的神龛。阿透这时候看向横梁的上面，那里放着很多卷起来的线装书。

梁烟烟喊了一声：“多大了，还捉迷藏，出来吧。”说着再次拨通了电话。

电话铃声一下从阿透的身后响起，吓了她一跳。她立即回头，发现电话铃声是从一面墙壁里传出来的。

第二十二章 雕像活了

“怎么在墙壁里？”阿透心里想，在墙壁里和在墙壁后，人的耳朵是可以分辨出来的，这手机应该就在墙的里面。

“装神弄鬼。”梁烟烟不吃这一套，她按掉了手机，又喊了一嗓子，“黑瞎子，你出来，我知道你喜欢待在黑的地方。”

还是一片安静。

阿透打开手机，她的手机信号时好时坏。她又用手电筒照了照四周，光线照出去四五米，就什么都照不出来了。

“他脾气是不是有点犟啊。”阿透心里说，都已经到这个份上，这玩笑开得有意思吗？还是说，他压根就不想和他们见面？不过梁烟烟也够倔的，如果是自己，就各查各的，干吗非要会合？

喊了几声，梁烟烟就走到手机铃声传出来的墙边，先用手电筒照了照墙壁的外表。这是一面刷了白腻子的砖墙，已经很老旧了，上面都是霉斑，但没有缝隙能把手机丢进去。梁烟烟看了看墙顶，墙顶直接连着屋顶，也没有缝隙。

顺着墙壁去找，也没有找到缝隙，这个祠堂还是比较完整的。

“他在这面墙后面。”梁烟烟敲了敲墙壁，“不太对劲，你要做好心理准备。”

"怎么了？"

"正常人不会让电话一直响的。这电话的声音特别吵，他没有一次主动按掉，而且电话的位置一直保持不变，他要么把电话给丢了，要么已经死了，尸体和电话就在这墙的另一面。"

阿透看着梁烟烟，发现她不是开玩笑的。

梁烟烟往那张巨大的躺椅后走去，躺椅后面是祠堂里放灵牌的地方，两边各有一道门通往后院。

门已经没有了，只剩一个门框，走出去，是一个二进的院子，地上铺着鹅卵石和青石板，院子里还有造景，只不过现在那里全部都是杂草。所有的墙壁上都有雨廊，也就是围着围墙造了一圈屋顶，古色古香的。

梁烟烟来到了刚才那堵墙的另一面，果然看到墙上有一个很大的裂缝。她用手电筒一照，就看到黑眼镜在那个裂缝里，直挺挺地站着。

梁烟烟回头看了看阿透，阿透冷汗都出来了，真的死了？

但仔细一看，阿透就发现不对，那是一个雕像，不知道是从哪里搬来的迷你长神仙的雕像，被塞在了缝隙里。墨镜戴在雕像的脸上，手机塞在雕像的嘴巴里。

两个人面面相觑。大哥显然也不知道发生了什么，在后面瑟瑟发抖，不停地看表。

"看来他没骗我们，这个村子确实有问题。"

"我觉得是他有问题吧。"阿透说道。

"他如果摘掉了墨镜，说明附近有巨大的危险。"梁烟烟轻声说道。

"有——多巨大？"

"他和六七条鳄鱼躺在一个水潭里，都不会摘掉墨镜。"梁烟烟说道，"没人见过他摘掉墨镜。"

这种野村里，会有比遇上六七条鳄鱼更危险的事吗？阿透心想。

梁烟烟已经拿到了黑眼镜的手机，黑眼镜的手机上有一条消息，按亮了就能看到。

黑眼镜留言：我已经深入到没有信号的区域，提醒一下，找地方躲起来，等天亮再离开，这里的情况非常复杂。外面的高大雕像中，有一个不是雕像，如果遇到，千万不要攻击——另外，手机声音太响了，如果你们在找我的过程中，拨打我的电话次数过多，注意要立即离开这个位置。

她看了一眼阿透，两个人面如土色。

“没有信号的区域，脱掉了墨镜。”梁烟烟想了想，“他应该进入了某种地下空间里才会这样。”

“这不是忽悠我们吗？”阿透问道。

梁烟烟还在沉思，表情很奇怪，她抬头看了看四周，慢慢地，目光定住了。

这时候，大哥忽然摔倒在地，他盯着一边的墙头，发出了一声惊呼。

阿透立即也看过去，就看到月光下，一个雕像的头探出墙头，在往墙里面张望。这个雕像起码有四米高。

阿透刚想尖叫，就被梁烟烟捂住嘴，扯进了黑暗中。梁烟烟死死箍住阿透，不让她乱跑。大哥在院子的中央，吓得站不起来。

这时，他们就看到，那雕像竟然变得越来越高，似乎刚才它是蹲在墙外的，现在站了起来，一下变成六米多高。它从墙头伸进来一只长长的极瘦的手臂，摸向大哥，那只手的手指甲非常长，手腕上戴满了翡翠的手镯，起码有几十个。

第二十三章 治病

那足有几米长的手臂，慢慢靠近了大哥的脸，大哥吓得丝毫不敢动弹。手电筒正照在合适的方位，阿透她们就看到，那手掌缓缓划过大哥胃部的位置。

大哥就像魔怔了一样，整个人抽搐着翻着白眼，但就是不跑，应该是完全吓傻了。

巨手摸来摸去，大哥抽搐得非常厉害。阿透觉得那手只要稍微一用力，就可以直接抓住大哥，把他捏死。

大概过了三分钟，大哥忽然倒地，开始呕吐。接着她们就看到雕像收回了手，慢慢躲入墙壁后，只剩下一个头，而后消失在了夜色里。

她们又等了很久，四周全是虫鸣，连墙壁外的虫鸣声都起来了，才确定那东西确实是走了。梁烟烟放开了阿透，阿透立即冲过去，扶起大哥。那大哥刚才吐得厉害，此时讲话非常费劲，一直说："妖怪，妖怪。"

梁烟烟翻上墙头，四处看了一番，跳了下来："走了，我们小声说话。"

"那是什么东西？"阿透问道。

"不知道，我怎么知道？"梁烟烟看了看大哥吐出来的东西。

"那东西也非常高，但不像我家里的那个人，我家里的那个人虽然高，但还是一个人可以长成的高度。这个东西，像竹节虫一样。”阿透说道。

梁烟烟看着阿透，说道：“不是你家出现的东西，你家出现的东西没有实体，更像是幻觉，但刚刚那东西是活的。”

如果不是之前被颠覆过世界观，此时阿透肯定已经崩溃了，但现在她只是疑惑，觉得脑子在剧烈地胀痛。

“这到底是怎么回事？我家里有鬼，来这里查鬼，结果发现这儿有个怪物？”

“做这种调查的时候，不要推测结论。但你放心，刚才那个东西，和你家里出现的东西，一定有很强的关联，我们得继续查。”梁烟烟看了看呕吐物，愣了一下，蹲下来用手拨了拨。阿透睁大了眼睛，简直不敢相信。

“这不是呕吐物。”梁烟烟深吸了一口气，看着阿透道，“这看起来像一种人体组织。”

“什么？”

梁烟烟拿了一点，放到光下仔细地看，露出了不可思议的表情。

“司机大哥，你最近是不是有哪里不舒服？”梁烟烟忽然问道。

司机大哥惊魂未定，梁烟烟过去拍了拍他的脸，他才缓过来，有点莫名其妙：“什么、什么不舒服？”

“你最近是不是胃不舒服？”

司机大哥这才反应过来，努力想了想：“胃不舒服，是有吐一点血，我准备过几天去医院看看的，不对，刚才那是什么？”

梁烟烟解开司机大哥的衣服，按了按他的腹部，又看了看地上的呕吐物。然后从自己兜里掏出来一个旅行用的化妆水瓶子，拧下最外面的瓶盖，刮了一点呕吐物，再用创可贴封起来，放回自己兜里。

阿透实在不明白梁烟烟到底发现了什么，她知道自己老是问问题很烦，但是还是忍不住问道：“到底怎么了，呕吐物你要这么带着吗？”

梁烟烟在大哥的衣服上擦了擦手，没有理会她，又问大哥道：“你刚才是不是说，传说里，那个长神仙能救人？”

大哥点头：“当年到这里来的人，都是来求他治病的。但是他帮别人治完病，自己就会长高，大家都说这是功德。”

“巨人症到了这种程度，不是常人能忍受的痛苦，这不是功德，这是牺牲。”梁烟烟说道，转头看着阿透，“别想了，小心一点，继续查。当年这个村子里发生的事情，肯定有巨大的隐情。”

“查什么？去哪儿查？”

梁烟烟看了看祠堂：“一寸一寸地查，先从文字资料开始，这里肯定有线索。”

“为什么？”

“那个瞎子把手机放在这里，让我们过来，肯定是这里有什么东西要给我们看。”

三个人小心翼翼地回到祠堂里。梁烟烟翻上了房梁，上面全部都是线装书，这是当地的藏书习俗。房梁不是很结实，她走得很小心，身上因为流汗沾满了灰尘，她也顾不上了，把线装书一本一本丢下去。

有一百多本，阿透翻了翻，发现都是账本。上面记录的全是人名和年龄，得了什么病、病情如何、何时治愈、付了多少善金。

密密麻麻都记满了。

“真的是什么病都能治？”阿透数了数，真的是什么病都有，都是重病，而且都是自愈。“他救了好多人啊。”

“能救人而不能自救，是世界上最悲惨的事情之一。”梁烟烟翻着另外一本，说道。

此时，大哥在边上说：“两位老板，咱们走吧。你们这钱我也不要了，你们跟我出去，我送你们回去。这地方我待不下去了。”

梁烟烟说道：“你不能走，市医院里我有朋友，你等一下要去检查身体。”

大哥又愣住了，梁烟烟就道：“你自己去医院，要挂号排队等CT，跟着我们，只要回城，连夜就可以给你都做了。我有医师执照，你老老实实在这里等我们，我们不需要多久了。”

阿透没有听到这句，她翻着账本，见每本账本上都有“圣岁贰拾壹”这样的数字。阿透皱了皱眉头，这是按照某个人的岁数整理的，应该是长神仙的岁数。

她一本一本地翻，翻到第三十岁的时候，发现这一本上只有十几个名字。而且，这些人的名字后面，都写着：死亡。

阿透想了想，到了长神仙三十岁之后，病人就没有被救活，都死了？

“我有一个推理。”阿透鼓起勇气说道。

梁烟烟却道：“别推了，这里有族谱，上面有长神仙的生平。”她举起自己手里的线装书，递给阿透。

第二十四章 族谱

长神仙的生平记录在族谱中有较多的篇幅，有三到四页纸。对于一份族谱来说，已经很多了。但因为线装书的字号很大，所以实际上内容并不太多。

而且，族谱上的生平记录，和之前一路过来获取到的很多信息都有出入，也不知道该以哪个为准。

族谱上，长神仙名黄赛顺，四岁才慢慢开始说话。虽然说话晚，但一直以来表现得很聪颖。十四岁的时候，他突然持续高烧，且无法退烧。高烧的时候他一直说“好高，好高”，说是一直梦到自己在云端眺望。

这场高烧经过三个月的多重治疗都没有效果，但是三个月后，突然自己就好了。之后他便开始长高，并且，据说能看到人体上出现黑点。

按照长神仙的说法，那种黑点是飘忽不定的，不是实际意义上的黑痣，而是一块发暗的区域。后来他逐渐知道，那都是人体的病灶。这里有相对详细的划分：灰色的部分为羸弱的器官和部位；黑色则是重病；如果是黑中带红，则表示已经坏死。

早年长神仙明白这一点的时候，就喜欢警示世人，但世人往往以恶言还之。而当年，长神仙在某一次照镜子的时候，发现自己通体发黑，便知道自己命不久矣。

果然，他越长越高，而且身上各处肿瘤频发。疾病反反复复，家里耗尽积蓄为他治病，没有结果，本就不富裕的家很快一贫如洗。家道中落，长神仙只好吃一些遏制生长激素的药物，在家中等死。

那时候他还只是长高，肿瘤也快速长大，但尚未危及生命。当他身高超过一米九之后，体态上已经不似正常人，双手的手指和手臂都非常长，人也非常瘦弱。他的肌肉无法支撑骨骼，骨骼变得很脆，容易折断，经常出现骨裂的情况。他此时忽然发现，自己身上的病灶黑点灵动起来，自己似乎可以用意念将其移除或者增大。

他尝试着将身上的肿瘤黑点全部移除，果然复查的时候，疾病全无。他心中欢喜，家人以为是奇迹。此时还没有人知道他能够治愈疾病。之后他开始祛除全身的黑点，虽然每隔一段时间会再次发病，但他的病情总算是稳定了下来。

这段时间，他的身高已经有两米出头，但停止了长高。而且他的肌肉开始生长，人也可以正常活动了。

那个时候，长神仙开始过起了正常人的生活，村子里的人还没有发现他的能力，他也没有想过做任何宣扬。

一切的转折，是他爱上了村里的一个女孩。他的病情虽然已经稳定下来，但患过巨人症的骨骼还是异于常人。而且他太高了，正常的女孩都不能接受和他恋爱，特别是在那个时代，可谓极端困难。

被一个两米多高、颧骨高耸、患有巨人症的人爱上，每天被他远远地在树后注视，而那人几乎和树一样高，也让那个女孩感觉非常害怕。

很快，那个女孩就搬走了，搬到了镇上。但黄赛顺此时已经看到，在那个女孩的胸口，出现了黑点。他希望能够和女孩说明这件事情，但是女孩和她家里人，只觉得非常恐怖，并且认为这种言论非常不吉利。

所以直到女孩发病、住院，黄赛顺都只能眼睁睁地看着。而女孩的家里人却觉得，这都是因为他这个怪物的诅咒。

而且由于黄赛顺太高了，当他在医院外面偷看女孩的时候，女孩只会看到一个可怕的头颅露出墙头，这也被认为是女孩病情恶化的主要原因。

第二十五章 顿悟

女孩病危是在一个深夜，她的母亲陪着她。此时的女孩已经陷入了深度昏迷，忽然，女孩的心跳开始不稳定，女孩的母亲急忙去找护士。护士来检查了女孩的瞳孔，准备立即上呼吸机。

她们在这一刻都跑出了病房——护士冲到护士站打电话调设备，医生在赶过来的路上，母亲焦急地在门口张望。等他们都回到病房，就看到女孩的床边站着一个巨人，犹如死神，他正用自己的手，划过女孩被癌症折磨得骨瘦如柴的身体。

不知道什么原理，从肺癌，到已经转移至全身的骨癌，无数的癌组织从毛孔被挤压出来。女孩不停地抽搐。

这个场面太可怕了，所有人都不敢靠近。女孩的母亲第一个反应过来，冲过去想要拉开长神仙，长神仙却晕倒在地，失去了知觉。

女孩在当天晚上就痊愈了。第三天早上，女孩睁开了眼睛，身体非常虚弱，但开始喊饿。之后所有的检查，都找不到任何癌细胞的影子。一个月后，女孩出院了，完全恢复了健康。

而那次摔倒，让长神仙摔断了盆骨。在治愈了女孩后的一周里，他失去了治愈自己的能力，无法用最快速度愈合自己的盆骨，导致了他日后行走困难和身体畸形。这一周里，他重新开始长高，并且速度比以前更快。根据当时治疗他的医生记载，他的骨缝快速扩张了一厘米。

女孩并不知道是谁救了她，医生也不确定到底发生了什么。几个月后，长神仙出院，在街上看到那个女孩，她已经恢复了昔日的美丽，但女孩看到他的瞬间，表情仍旧是恐惧和惊愕。他心中对于女孩的爱，似乎在那一天晚上燃烧殆尽了，他平静地离开了。

在那次事件中，有一个人注意到了长神仙。这件神奇的事情最终被按照误诊处理，莫名其妙地了结了。但女孩的主治医生知道，这并不是误诊。这个医生叫作潘播达，他对长神仙产生了浓厚的兴趣，并开始关注起这个巨人的消息。

长神仙回到村里，又开始了日复一日的生活。日渐成年的他，知道自己爱上任何一个人，对对方来说都是负担，于是他拒绝主动与人沟通。那几年时间里，潘播达并没有对长神仙的能力怀有执念，长神仙也没有开始真正救人性命。

但这件事情，还是被另外一个女孩知道了。这个女孩也在当时的那家医院里住院，并且得知自己的子宫癌已经到了晚期。她绝望地自杀了两次，当时护士为了给她求生的勇气，和她说了当年长神仙的事情。

女孩查了报纸和资料，发现这件事情竟然是真的，便去找了之前被长神仙治愈的女孩，发现对方果然已经完全康复了。

于是这个女孩从医院离开了，她没有继续做化疗，而是来到长神仙居住的村子里，找到了长神仙。

这个女孩和上一个女孩不一样，她想活下去，并且愿意为此付出任何代价。长神仙看到女孩的眼神中没有一丝对自己的恐惧，觉得十分好奇。

“我可以嫁给你，但你要治好我。”那个女孩对长神仙说。

那时候的长神仙已经一个人生活了很久很久，寂寞了很久很久，也冥想了很久很久。

长神仙默默地看着那个女孩，感情没有一丝波澜。他不爱这个女孩，只是觉得她非常可怜。

他忽然泪流满面，似乎看透了身前身后所有的事情，看透了人世间的痛苦、喜悦、欲望交织出来的，看似斑斓多彩其实贫瘠无趣的本质。

那一刻，长神仙没有占有那个女孩，也没有和女孩交流任何心声。

他没有悲悯自己，却觉得世间的一切都在悲鸣。

后来他自己把这一刻称为悟道了，或者说，如果他笃信的是佛教的话，他开悟了。

第二十六章 逆转

这种顿悟难以用语言形容，但从那一刻开始，长神仙忽然决定要行医救人了。即使他知道，他每救一次人，自己的病就会严重一些，还会长得更高，但他仍旧心无旁骛地做了下去。

后来潘播达看到新闻，来到村子里开始研究他的时候，长神仙已经变成了另外一个人。他不再是一个渔村的野夫，他已经读完了将近三千本各种书籍，人也变得沉默、安静。

潘播达问他，为何要放弃自己的人生去拯救他人？长神仙告诉他：没有意义。

他自己的人生，他已经评判过了。如同在海边看海，他一年一年往前看，已经看到了最终，他觉得毫无意义。就算能救治身边人的生命，人生也贫瘠无用。自己的能力，这种善缘，如果不能用到足够多的人身上，那有和没有，在时空中不会引起任何波澜。

虽然他不知道救治那么多人，最后会引起什么样的善果，但他知道唯有这么使用自己的能力，它才可能产生一些意义。

之前他害怕被伤害——人类总是一边享受他带来的好处，一边厌恶他的长相，甚至不敢和他对视，以至于他无法感知对方，只能通过触碰来了解对方。之后，他在救治这些病人的时候，全身心地去感受他们的人生、感情以及喜怒哀乐，去体会他们大病痊愈的狂喜、爱情希望的重燃以及亲情的如释重负。他打开自己所有的情感，去体会人生百态。整个过程中，他内心感觉到一种玄而又玄的情绪——喜乐。

他没有任何负担，从容地走向死亡。

潘播达觉得长神仙成佛了，这个词可能比任何词语都精确。这是一种大彻大悟的状态。

然而，人性的黑暗和破坏性，远比潘播达预料的要可怕很多。这个村子里，随着关于长神仙的宗教感逐渐成形，利用长神仙敛财的人越来越多。

俗话说神恩如海，神威如狱，没有威慑的慈悲，会助长人性中的恶念。即使你是一个再好的菩萨，人这种东西，总有办法塑造你的缺失。他们怜悯自己，觉得自己获得的一切，都是应得的。人总觉得有老天爷在分配资源，自己应该得到更多。从来不会觉得，人生来就应该一无所有，但凡有所得皆是身外之物，都应该心怀感激。天上掉下了珍珠，捡了一颗的人一定会责怪老天爷，为什么自己的所得不如捡了十颗的人多。

长神仙身边充斥着争夺。村长按照村民对长神仙的照顾程度，把长神仙带来的收入合理补贴给了村民，初衷是好的，但有村民做了食物就放到长神仙门口，以示已经上供了祭品，然后就在分配的时候要求最大的额度。长神仙根本吃不完，但村民还是不停地堆起来，食物大量腐烂。有人在长神仙家附近开饭店、卖护身符，让长神仙帮忙开光，每天好几千的竹签拿过去让他签名。有人给了一千，就有人给两千……村外的人被村里的人排挤，眼红不平，甚至为了平均贫富给长神仙下毒，想要毒死他。

上天的安排总是巧妙的。三十岁生日之后，再次给人看病时的长神仙，身高已经超过三米。在村里待了两年的潘播达已经明白，这不是巨人症，这是一种未知的疾病。

长神仙知道自己已经命不久矣。他十分虚弱，也十分渴望尽快迎来自己的解脱。

然而，当他再次给人看病的时候，对方的病情却加重了。几次看病之后，病人快速死亡。而长神仙的精神状况却越来越好。

他的能力逆转了，和他的外表匹配了，这让他成了一个名副其实的恶魔。死者家属对他的痛恨，引发了无数谣言，以前被治好的那些人，也开始怀疑当年的治愈是不是真的。

一个救了无数人的人，当他失败那么一次，世间所有的恶意，都会朝他扑面而来。

到这里就没继续记载长神仙之后的经历了，其实之后的族谱里，也没有记载太多关于长神仙的事情。似乎从长神仙不能救治别人的这一刻开始，就没有人将他的事情记入族谱了。

阿透合上族谱，叹了口气。

后面的内容完全没有了，也不知道刚才那个巨大的黑影是不是长神仙，如果是，他现在仍然在这个废弃的村子里吗？但她总算知道了，一切都是从这里起源的。

“你觉得事情会往什么方向发展？”梁烟烟突然问她。

阿透愣了一下：“什么？”

“长神仙的事情。”

阿透想了想，他会继续做一个好人吗？大部分人经历了这样的事情，都会变成坏人吧。

“也许是好事，我希望他能找到和自己和谐相处的办法，无论是什么方法，只要他可以，我就为他高兴。”

“为什么？虽然都是无心的，但他也许从那一刻起害死了很多人。他甚至可能变坏，成为恶魔。”梁烟烟看着阿透，眼神中似乎还有其他深意。

“这里说他最后长到了那么高，是他救了无数人的证明。刚才我们看到的巨大的东西，是不是就是他？他没有死，一直在这个村子里？”阿透没有感受到那股深意。

梁烟烟看着阿透，看了一会儿，似乎没有看到她希望看到的东西，就淡淡地说道：“现在还不知道，解老板的资料里说那个老宅子里发生了很多事情。那是长神仙的房子，现在变成了凶宅，那么我们得知道长神仙三十岁之后，发生了什么。还有，当时他身边应该有一支医疗队，那个医疗队的成员，全部死在了那个宅子里，这件事情，也必须查清楚。”

阿透忽然觉得自己在打游戏。

解锁任务：一、查清楚长神仙三十岁之后发生的事情；二、查清楚长神仙宅邸里的医疗队死亡事件。

第二十七章 半脑切除术

而此时，病房里的解雨臣依然处在左右两边完全是两个世界的状态，左边的世界里是潘播达医生和长神仙。

“所以说，放下屠刀，立地成佛。三维生物对于过去是不重视的，他们重视的是未来。未来是和自己利益最相关的，过去的，已经过去了。四维生物就不会这样选择，因为它们看到的好与坏，就像看一块已经开始变质的苹果派，哪些地方变质了，哪些地方还可以吃，一目了然。”潘播达说道。

他吃着苹果，长神仙躺在病床上。

解雨臣就躺在长神仙的边上，看着这一切，但是他看不到长神仙的脸。

长神仙用潮汕口音问潘播达：“你有什么结果吗？我到底是怎么了？为什么我能做这些事情？”

“我检查了你的血液和骨髓，和普通人没有什么区别，但是你的大脑和普通人不一样。”潘播达拿出一张X光片，递给长神仙。

“你的大脑，在前额叶下面有四个肿瘤。这四个肿瘤都已经停止生长了，但是它们压迫了大脑，将大脑中间的部分往里挤压得很厉害。其中有一个肿瘤非常大，几乎有你四分之一个大脑那么大。按照一般人来说，你早死了，但是你剩下的大脑还在工作。”潘播达说道，“在中国历史上，只有两例这样的记载，有这种大脑的人都非常长寿，但容易健忘。”

长神仙没有说话，他似乎在思考。想了很久之后，长神仙说了一个很长的单词。

“你是说，半脑切除术？”潘播达问他。

长神仙说道：“我不知道应该怎么翻译。”

“直接切除那颗最大的肿瘤和被压迫的半脑吗？”

“不，不切除肿瘤，只切除被压迫的半脑，让另一半大脑得到缓解。”长神仙说道。

潘播达不明白：“为什么？”

“我在看镜子的时候，并没有看到我的脑袋里有巨大的黑块，说明那颗最大的肿瘤不是疾病，不需要治疗。但是我能看到一些狭长的黑影，那些应该是被压迫的脑组织，那些才是应该被切除的。”

“这种诊断理由，根本不可能支撑开展这台手术，没有医生敢做这种手术。”

“潘医生。”长神仙自始至终没有抬起头来，他蜷缩着，脸就在解雨臣的边上，眼神空洞，似乎凝神着另外一个时空。“我一直有一个想法，想和你说一下，是一个系统的想法，你只需要十几秒就能明白。”

“你说。”

“我觉得我脑子里的不是肿瘤。”长神仙说道，“虽然我不知道那是什么东西，但我知道那不是肿瘤。我想看看，那到底是什么东西。这几个球，就是让我变成这样的原因，在我死之前，我想看一眼。”

“你在胡说什么呢？X光片上很明确，就是肿瘤组织。你看了那么多书，能看懂X光片的。”

长神仙眼皮都不眨一下：“增生组织在X光下都是差不多的纹理，这几个东西，在X光下不能显形，所以你只能看到上面的组织纹理。有没有这种可能性？”

“如果不能显形，那——”

“潘医生，切开我的脑子吧，你会有收获的。我知道你相信我说的话，我的脑子里，有奇怪的东西。”

潘播达沉默了，他的脸色很沉重，回头看了看身后来往的其他医护人员和医学硕士，轻声道：“没有人能开这台手术，我们拿不到批准的。”

“我已经准备了一个足够规格的手术室。我买了一栋房子，就在祠堂的后面，是一栋老房子，里面很宽敞。设备到了之后，您可以帮我做一下安防，并做杀菌处理吗？潘医生，我会写好免责的文件，虽然在本地法律条件下可能不适用，但万一出事可以帮你脱一大部分罪。当然，实际上没有人会知道发生了什么。我还存了一些血液，可以在手术的时候使用。”

“没有医院的后备，手术的时候一旦发生意外，你几乎会立即死亡。我可以开颅，但只有我一个人是不够的，我们需要足够多的熟手来做这台手术。因为这个肿瘤太大了，里面血管的情况太复杂——”

“那不是一个肿瘤，那是其他东西。”长神仙再次强调，“你不想看看吗？潘医生，你是个好人，我想把这个机会给你。”

潘播达再次沉默，长神仙轻声道：“让我的意识保持清醒，如果中途我快要死了，让我用监视器看一眼我的大脑，我想见见它。我别无他求。”

潘播达摸出烟，往外走。长神仙的眼泪流了下来，眼神仍旧空洞，他轻声道：“求你了。”

第二十八章 旧友

解雨臣阅人无数，他看着潘播达离开时候的表情，就知道他会答应的。

接着，幻影逐渐消失，他的意识回到了现实。

看到的东西如此清晰，他缓了好久，才逐渐适应，长出了一口气。

“在想什么呢？刚才为什么忽然质问我对你做了什么？”边上的医生问他，他们似乎很熟悉。

解雨臣轻声道：“以为你给我用了什么药物，让我看到了一些幻象。”

“脑震荡有可能会造成一些意识上的问题，休息一会儿就好了。”

“屠癫。”解雨臣看着他，“你是不是又升官了？”

“医院想留住我，这是成本最低的方法了。”屠癫医生十分年轻，眉宇之间和解雨臣有一些相似，但是五官比解雨臣硬朗。他个子很高，站得笔挺。

“这些都是过眼云烟，你这么聪明的人，这一关怎么就过不了呢？”

“我必须得过不了啊，要是过去了，我活着就更没意思了。”

屠癫检查了一下解雨臣的瞳孔，以及各种反射反应，又看了看X光片。

“我问你啊，半脑切除术是什么？”

“治疗癫痫啊。将致痫灶一侧的大脑半球皮质完全或次全切除，保留基底节及丘脑。”屠癫从口袋里掏出一只损坏的钱包，递给解雨臣，“你的钱包在车里找到了，这么多年了，钱包里还是没一张人的照片，只有一张风景照。你拍的这张风景照片到底是在哪里，为什么一直带着？”

“怎么就能治疗癫痫了，你能说清楚吗？我的隐私你就那么感兴趣，每次都问。”

“从小你就是我偶像嘛，你的一切我都有兴趣。”屠癫拿出一个苹果开始削起来，“切掉一点脑子，癫痫的好转率可达百分之八十甚至是百分百，且智力会提升。不过这是带有破坏性的治疗方式，都是用于没有其他办法的重症病人。很多人切完后，二十年内都非常嗜睡。这很有意思，能反向推理出很多大脑的运作规律。”

“什么规律？”

“如果你只剩下一部分大脑，你可以通过现实生活进行刺激，把剩下大脑的棘突进行各种连接，但是你还是没有办法达到完整大脑的功率。然而随着时间的推移，终有一天，你的大脑会修补完成，功能恢复正常。”

“你这是胡扯吧。”

屠癫削完苹果自己吃了，解雨臣以为他会分一点给自己，但屠癫很快就吃完了。

“如果脑内肿瘤长到了大脑体积的一半，会产生什么问题？”

“死。”

“一定会死吗？”

“如果是在颅腔内，那死亡的可能性极大。但是如果有一部分在颅腔外就还好，我记得印度有一个人，脑瘤和脑子一样大，我们叫他葫芦娃，切下来的肿瘤有四斤重，现在活得挺好。反正大脑不能被压得太厉害，压力有地方去，就会好很多。如果压力没地方去，压到重要区域就会致死。”

解雨臣心说这和自己的常识差不多，而且没有具体的X光片，也没办法说得更详细了。他继续问道：“除了肿瘤，人的脑子里还会长什么和肿瘤很像的东西？”

“还会进水。”屠癫说道。

解雨臣翻了个白眼，屠癫就想走：“你没事了，睡几天吧，你脑震荡不需要知道那么多知识吧。”

“最后一个问题。”

“你说。”

“我刚才看到一些幻象，都不是我经历过的事情，很真实，脑震荡会这样吗？”

“你能看到的东西一定是你大脑里有的，不在你的表层意识里，就在你的潜意识里。你看到的东西，可能是你潜意识里的结论。”屠癫说道，“你最近在思考什么？你觉得自己还没有想明白，但你的潜意识已经想明白了。”

放屁。

解雨臣心里想，看着屠癫离开。

第二十九章 地下室

阿透和梁烟烟已从祠堂院子翻墙出来，她们小心翼翼地用手电筒照了照后方，后面是一个山坡，上面都是杂草，刚才那个巨大的人就在这里，现在已经不在了。

阿透感觉自己的心跳已经飙到了两百多，紧张得眼睛都有点看不清楚了。

山坡上面有很多长神仙的雕像，手电筒的光划过雕像，她们发现很多雕像都穿着衣服，死活难辨。阿透不敢走进雕像中间，她们在山坡前犹豫了很久，梁烟烟终于放弃，决定顺着墙根，绕过这个山坡。

山坡后面还是村子，梁烟烟先看到了一棵很大的树，树的后面有一块面积很大、特别平坦，但长满杂草的区域。在这个区域的四个角上，还堆着一些青砖。

她们对比了一下解老板发过来的照片，确定了这棵大树，就是之前老宅前的大树。

大树还在，老宅已经没有了。

梁烟烟蹲在地上，拨开地上的草，能看到地面上有砖石，草都是从缝隙中长出来的。

“这是个大洋宅，当时下南洋的侨民回乡之后建的宅子，后来被长神仙买了下来。”司机大哥在后面跟着，走路的样子像个小媳妇。

梁烟烟就对阿透说："解老板的房子就是从这里运过去的。这种房子有专门的公司来处理，可以全部拆卸、修理，然后重新装回去。"

阿透"哦"了一声，也不知道自己应该发表什么意见。她意识到侦探工作虽然无比刺激，但自己似乎并不擅长，因为无论梁烟烟说什么，她都觉得很有道理。在梁烟烟发表想法之前，她的脑子是一片空白的。

梁烟烟走到这块地基的中心，点上了烟，她的肋骨又开始疼起来，于是又掏出来两颗药。阿透觉得这样下去不行，得阻止她，但是梁烟烟动作太快了，瞬间就吞了下去。阿透下定决心，如果她再这么吃药，自己一定要把药抢过来。

梁烟烟点上烟之后，抽了两口，就把拿烟的手伸直。她的烟很奇特，烟雾很多、很重，且迅速落下，用手电筒一照，就能看到烟正缓缓顺着地面蔓延开来。

梁烟烟难道是个外号？阿透几乎变成了问号脸，大哥就叫了起来："这烟在走！"

烟落到地面上之后，开始往砖石的缝隙里流下去。梁烟烟蹲下来，抽了很大一口烟，然后朝前吐去。地面上迅速出现了一个方形的区域，四边的线条是四条地砖的缝隙，烟往缝隙里灌去，似乎是一个暗门。

梁烟烟说道："地下室的门。"

"你怎么知道这里有地下室？"阿透问道。

"我到任何地方，都会用这种烟找有没有暗门，习惯而已。"

说着她从包里掏出来一把小伞，抽出伞柄，伞变成了一根很长的钩子。她将钩子插入砖缝中，钩了几下，一拉，一道用砖头伪装的门被拉了起来，露出一个入口。

缝隙中爬满了各种没见过的虫子，阿透下意识退后一步，梁烟烟用手电筒照了一下就跳了下去。

阿透用手电筒一照，发现下面有楼梯，是很小的铁楼梯，门内散发出非常难闻的霉味。她看了一眼大哥，大哥忙说道："你下去我就下去，你不下去我也不下去，我不能一个人。"

阿透小心翼翼地扶着扶梯往下走，此时她再次不知道自己在干什么了，只感觉无比刺激，几乎不想停下来。

下面的地下室并不大，阿透下到楼梯底层，用手电筒照了一下四周，就看到有一个手术台和无影灯。她转了一圈，发现这地下室其实是一个完整的手术室，而且墙壁上有很多大约油桶粗的洞，非常深，不知道通往哪里，用什么挖的。

“这是一个最高标准的手术室，是用来进行脑科手术的，而且是可记录手术过程的。”梁烟烟指了指手术床边上的一些支架，上面有监视器和摄像头，“你看，这是录像设备。”她用手电筒照了照另一边的一个贴墙放着的支架，上面全部都是X光片。她过去拿起一张，用手电筒照着看起来。

阿透看不懂，她的目光首先被那些巨大的洞吸引了，她在洞口踅摸了半天，那些洞非常深邃，让人很不安。

但很快她又被另一边的书架吸引了，上面全部都是录像带。她拿起一盘，上面写着：手术日期2月15日，术前准备以及患者自述。

第三十章 录像带

与此同时，大哥爬下来了，他扶着栏杆，战战兢兢地看着她们。

阿透觉得这个当地人有着可贵的品质，他虽然胆怯，想要离开这里，但只提了两次，就没有再提。他没有逃走，也没有多问，而是压抑着自己的恐惧，跟着她们。

他胆战心惊却永远都在的状态，不得不说也算是一种可爱了。

大哥对于她们在看的东西并没有兴趣，他一下来，注意力立即被墙壁上的大洞吸引了。阿透一边把录像带拿给梁烟烟看，一边注意大哥的动向。一般恐怖片里，这个“龙套”会在探查洞内深处的时候，直接被某个东西拖进去。

然而大哥看了半天，无事发生。他并没有像电影里的龙套一样把上半身伸进洞里去看，而是与洞保持着一个随时可以往后跳脱的距离。

梁烟烟看了看录像带，开始在四周摸索寻找，也不知道在找什么。阿透问她，她只道：“全部带走。”

梁烟烟找了半天没有找到她想找的东西，开始快速清点这些X光片，又去架子上清点录像带的数量。一共是十八张X光片、六盘录像带。她对大哥道：“你把这些东西都送到车上，然后就不用回来了，在车上等我们。”

大哥没有回答，而是一直看着那个洞口。梁烟烟和阿透对视了一眼，两个人走过去，就看到在其中一个洞口里面六七步远的地方，插着三支香的尾巴，香还在冒烟。

“瞎子进去了。”梁烟烟把手里的X光片塞在大哥手里，又把六盘录像带也递给他，“数量数清楚了，要是少一张我就不付钱了，快走吧。”

“你们两个女孩子行不行？”大哥问道。

“走。”梁烟烟命令道，自己已经跨进洞口，往洞里爬去。大哥一看，这是要进去的节奏，也就不再多问，赶紧往地下室上面走去。

阿透跟着梁烟烟，觉得自己已经疯了，她无法拒绝面前这个女人，现在这个女人让她做什么，她都可能去做。她跟了上去。

“你倒是完全不害怕，和你之前的样子完全不一样。”梁烟烟往洞里走了几步，洞里只能蹲着走，她跨过三根香，看着跟进来的阿透说道。

“你不是也不害怕？我想都是人，你不害怕，我也不需要害怕啊。”

“我和你不一样。”

“没什么不一样。”阿透说的倒是她的心里话，她确实觉得只要别人能做的事情，就是人能做的事情，至少不需要在做之前就胆怯吧。梁烟烟的能力肯定比她强很多，但可能是因为年轻，她觉得也没有强到无法企及的程度。

“那个男人往哪里走，你就往哪里追，你是不是和他有过节？”阿透问梁烟烟。

“他如果在我之前把事情解决了，我就拿不到钱了。”梁烟烟点上一支烟，打火机的光亮起来的时候，照出来前面有岔道。梁烟烟把烟放在岔道口，观察气流从哪儿出来，往哪儿去。

“这些洞是谁挖的？”阿透看了看洞壁，都是泥土，挖得参差不齐，不像是用工具挖的，反而像是动物挖的。

梁烟烟没有说话，而是看了她一眼，阿透瞬间明白了：“你是说，长神仙？”

“这个村子荒废了，但这里临海，肯定会有很多人到这里来。刚才那个怪物那么大，很难隐藏自己，除非它平时有非常隐蔽的栖息地。”梁烟烟说道，“地下是一个好选择。”

“那怪物真的是长神仙吗？”阿透问道，她再一次产生了怀疑，因为她的理性一次一次动摇着她的结论。

梁烟烟没有再回答，而是从包里掏出了一把螺丝刀，反手捏住。

“会有危险吗？刚才他没杀那个大哥。”

“族谱的最后，他已经变成了一个可以杀人的怪物，然后这个村子就荒废了。他做过的一切好的事情，一下就消失了。”梁烟烟说道，“人这种东西，品性很容易猜。这个长神仙不能治病之后，鬼知道会遇到什么事情，有危险的可能性非常大。”

“我觉得他不会。”阿透说道。

“为什么？”

“无论是有救人能力的他，还是有杀人能力的他，都比没有能力时的他要好很多。他在最坏的时候都没有变坏，反而顿悟了，我觉得他不是普通人。”

“天下大多数的顿悟都是假的。”梁烟烟抽了一口烟，继续往前爬去。她想起了自己背上的伤口，刚开始结痂的那段时间，她只能趴着，整整趴了三个月，伤口才可以触碰。当时她也顿悟了，她明白，从那一刻起，无论靠在任何地方，躺在床上或者沙发上，她的感觉都会和其他人不一样了。

她的顿悟是人在被夺走了什么之后，才会真正开始审视自己所拥有的一切。

长神仙一开始的时候就是一无所有，他第一次被夺走东西，是被夺走了拯救别人的能力。那个时候，他才会真正开始审视自己。恶魔在耳边的低语，也是在那个时候才会出现。

阿透没话说了，她跟着梁烟烟继续往里走。洞内四周几乎等宽，走了一会儿，小腿和腰都非常酸痛，阿透干脆开始爬起来。梁烟烟仍旧走着，她的衣服全部都湿透了，沾满了泥巴。

梁烟烟把衣服脱掉，她的衣服还是太紧绷了，在这个环境里施展不开，她把脱掉的衣服围在自己腰间。

忽然，她看了一眼手里的烟头，烟头冒出了细烟，转而开始剧烈翻腾，似乎有气流从前面冲出来。

阿透立即就明白了，有东西在活动。她也不知道自己怎么忽然就懂得了烟的用法。

梁烟烟把烟头往对面的一个岔道一弹，立即后退，拉着阿透缩进了另外一个岔道里，然后关掉了手电筒。阿透手里是自己的手机，她手忙脚乱关不掉，梁烟烟直接拿过她的手机，往她们刚才所在的通道里一丢。

四周一片漆黑，那条通道则因为手机的光亮了起来，阿透就看到一个奇长的蛇一样的东西，出现在前面的通道里，它的速度很快。手机瞬间被抓住，光快速后退，缩进了黑暗里。

啊，她买不起手机了，这手机五千块钱呢。

现在四周全部黑了，只剩下远处烟头的红点。阿透刚想说话，梁烟烟立刻捂住她的嘴，黑暗中，那个烟头也瞬间熄灭了。

她们完全安静下来，大气也不敢出。阿透只听到自己的心跳，觉得心都要跳出喉咙了。就在这个时候，她察觉出黑暗中有东西在悄悄地移动。

那动静非常轻微，一会儿出现在她们前面，一会儿出现在她们身后。四五分钟的时间，但在阿透的感觉中，却有半个小时那么长，那动静才完全安静了下来。

又等了四五分钟，还是没有动静。梁烟烟打开手电筒，两个人松了口气。梁烟烟刚想说话，阿透就听到刚才的动静忽然出现在她们身后。两人大惊，立即回头，同时梁烟烟抬起手电筒，一张特别大的人脸，从身后的黑暗中探出来。

那张脸特别长，阿透脑子“嗡”的一声，就看到梁烟烟被细长的手指直接抓住头发，瞬间被拖入了黑暗中，手电筒的光也快速消失在那条通道的尽头。

第三十一章　第二个长神仙

阿透的脑子瞬间混乱了，虽然她没有看清楚刚才发生的事情，但她能记住所有的瞬间，可以回忆起所有的细节。梁烟烟的每一帧表情，她都能回忆起来——手电筒一直被梁烟烟抓着，因为她不停地在晃动，有几个瞬间照到了她自己，也照到了抓着她的东西。

阿透惊讶地发现，那张脸不是她在解老板房间里看到的那张，也不是老照片上的那张。她对于之前那张脸的细节非常熟悉，这绝对是两个人，而不是同一个人，也不是一个人因为头骨发育造成的脸部差异。

无论从人类学还是骨骼学分析，这就是完全不同的两个人。

这是怎么回事？要杀自己的和照片上的，是一个人，但他们在这个村子里看到的长神仙，是另外一个人。

她原本以为这肯定是一个人，人世间只有一个长神仙，现在却出现了两个人。

果然不能轻易下结论，事情真的非常复杂。

等她从臆想中反应过来，她才意识到，没有手电筒，也没有了手机，自己什么都看不见，四周一片漆黑。

她摸着潮湿的洞壁，到处都是泥巴，里面有很多树根冒出来，这是在一棵树的下方。要出去吗？出去找大哥帮忙？黑暗中哪边是进来的方向，哪边是出去的方向？

梁烟烟死了吗？

阿透深吸了一口气，解雨臣派来帮助她的人，她的保镖，刚才是不是被怪物直接抓走了？

是的。

她的理智终于认清刚才发生了什么。

难道真如梁烟烟所说，长神仙已经变成了怪物？

但是刚才他没有杀那个司机，为什么会攻击梁烟烟呢，看心情吗？阿透在自己照片一样的记忆中，看到了他手臂上的翡翠镯子。一只翡翠镯子很难看出不同，但是不同圈口和切面排列组合在一起的镯子，是很容易记忆的。

阿透忽然产生了一种奇怪的幻想。

又或者——阿透看过一部电影——是不是整个村子的人，都忽然开始长高了？长神仙把自己的病传染给了村子里的所有人，这些人根本就不是搬走了，而是都变成了这么高的怪物，躲到了地下？

长神仙疯了，有时候救人，有时候害人，随机的？但不是说他没有治疗别人的能力了吗？难道有什么事情没有被记载到族谱中？

阿透心乱如麻，但当她摸到自己兜里的打火机，在点亮打火机的瞬间，她已经拿定了主意。

她要去救梁烟烟。

那东西是个实物，不是鬼，阿透刚才回忆过，非常清楚。

阿透的口袋里还有一支铅笔和一个削笔刀，她用削笔刀将铅笔削尖。

她也不知道自己为什么要这么选择。

她忽然想起小时候，她手术之后醒来，看到自己两只花臂时的场景。

她当时的第一个想法就是太丑了。之后的岁月，她几乎每天都在思考如何遮掩，如何不让别人看到自己的手臂。

然而，当她人生中第一次被同学欺负，当她们撕掉了她的衣服，想扒光她羞辱她的时候，她们看到了她的花臂。阿透还记得，那个时候她们忽然停手了，她站了起来。当时是在舞蹈教室里，她的花臂露了出来，墙上的镜子映着自己，所有人都在后退。

从那一刻起，她知道了，似乎有人在借给她力量。

她也知道了，世俗的偏见以及对于个性的恐惧，会让所有人都认为她非常坚强。也是从那一刻起，她被“坚强”两个字蛊惑了。她以为自己真的很坚强，所以在面临各种选择时，她永远会鬼使神差地选择坚强的人会选择的那个选项。

这可能是一种疾病，阿透心说，但她控制不住自己。她脱掉衣服，只穿着背心，将两条花臂露了出来。她看了看手里的削笔刀，再次问了一遍自己：要不要逃跑?

有打火机她就能看见，她记得所有的细节，她肯定能找到回去的路。

但她就是要去救梁烟烟，而且欲望非常强烈。

她用打火机照亮前方，找到了梁烟烟消失的方向后，估算了一下距离和步数，然后关掉打火机，摸黑往前爬去。

第三十二章 墓室

很快，阿透便遇到了岔路，她点亮打火机，发现岔路还不止一条。这里面的土道，就像是土拨鼠挖的地下网络一样，四通八达。

她完全不害怕迷路，对于她来说，所有的岔路口长得完全不同，而且她能完美地回忆出来。但她不知道梁烟烟被拖到哪条岔路去了。

阿透点亮打火机，靠在洞壁上，身上已经沾满了泥水。

她开始观察洞壁，刚刚被东西拖过的洞壁上，会有一些新鲜的痕迹。

这个办法奏效了，她继续跟了上去。这条岔路开始往下转，很快变成一个垂直的井。

如果是一个成熟的混子，会立即意识到，看到这口井就要放弃了。因为一旦下到井下，遇到任何危险，都不能快速地爬上来。即使她找到了梁烟烟，她也必须保证梁烟烟身体健全，没有失去意识。这样在没有追兵，不惊动任何怪物的情况下，她们才有可能从井里爬出来。

这在现有情况下，很难达到。她若贸然下去，只要惊动了怪物，她就可能无路可逃。

但阿透没有任何经验，她毫不犹豫地决定下去查探。她小心翼翼地，一点点用双脚撑住井壁，从井口往下挪去。大概十分钟后，她就挪到了井底。

井底竟然有一个狭窄的房间。阿透没有马上跳下去，即便双脚撑在井壁上已经开始发抖，她还是坚持先侧耳听了听，发现下面没有任何呼吸声，才点亮打火机往下照去。

下面是一个墓穴，一个特别小的墓室，20世纪80年代常见的那种，用水泥浇筑的现代土葬墓。

按道理阿透是认不出来的，但里面有一口棺材。跳下去之后，阿透发现这个墓穴和其他墓穴是不一样的，这个墓穴特别长，里面有一口腐朽的长棺材。

墓穴只有半人高，棺材却有六米长，像一根挖空的树干一样，已经烂得差不多了。里面是空的，没有看到任何尸骨。在这个房间的四周，水泥墓壁也被破坏了，到处是继续往下通的大洞。

因为四周都是水泥，这个空间相对比较干燥，阿透便停下来抽烟休息。她蹲下来望向墓穴的天花板，看到了很多吉利的文字，什么神仙广松、西方蓬莱……都是用模具做出来的，这确实是一个现代墓穴，修建不超过二十年。

“这应该是长神仙的墓。”她心说，“都说他后来死了，现在墓都找到了，里面却是空的。墓里有很多空洞，不知道通向何处。难道他死了之后，诈了尸，破了棺材自己爬出来，把地下挖成了这样？”

阿透在墓室里稍微探索了一番，没有更多发现，但看到了一条从一个洞口往下拖拽的痕迹。她有一些不好的预感，被拖拉的路程太长了，人可以在管腔中被拖拽那么长时间吗？脖子不会被卡断吗？

如果是梁烟烟的话，应该能活下来吧。阿透心里想着，她灭了打火机，继续摸黑往里爬去。这个洞还是继续向下的，爬了几步，阿透像是忽然从一个疯子变回了一个正常人，就好像正在打盹的人忽然清醒了一样，她愣住了，心想：我在干什么？

我为什么在这个洞里，还满身是泥？这里离地面多深了？不会坍塌吗？我的指甲都裂了。

哦，她想起来了，她要去救人。

但自己救得了吗？强大如梁烟烟都毫无反抗的能力，她可是能够平地起跳跃上二楼的人，但被拖走的时候，不到一秒钟就消失了。

而且这事一开始和她也没有关系吧，她只是去画一张速写而已。

她有义务要去救自己的保镖吗?

想完这些，阿透有回头离开的念头，但她深吸了几口气，脑子又一片空白，开始继续往前爬。

我真的是疯了。她内心似乎有这么一个理性的声音，但不知道为什么，这个声音被另一种东西淹没了。

就在这个时候，她感觉前路被堵住了，她点亮打火机，就看到前面是条死路。

再看第二眼的时候，她忽然汗毛奓起，一下往后缩了几步。她发现面前的不是泥巴，而是沾满了泥巴的一块背脊。

她立即灭了打火机，靠在洞壁上，捂住自己的嘴巴。她靠了一会儿，只有十几秒，然后忽然感觉到，她背靠的东西是有温度的。她用手摸了一下，发现她靠着的洞壁，竟然有人类皮肤的质感。

她一摸，那皮肤下的肌肉就收缩了一下，阿透立即点亮打火机，就看到自己靠着的墙壁像蛇一样动了起来。

下一秒，有人从上方敲了一下她的头，她抬头，就看到黑眼镜从上方的岔洞口伸下来一只手，一下捏灭了火焰，然后抓住她的手腕将她往上拉，直拉到了上方的岔洞里。

黑眼镜的力气极大， 他双脚跨在上方的岔路口——其实也是一个井状通道口的两边，阿透被他拽上来后，直接被他背到了背上。阿透没有说话，她出奇冷静，或者说迟钝。她发现自己甚至感觉不出当下是什么感受。

她想过黑暗中会发生无数的事情，她可能会被下面的东西摸到，或者黑眼镜会带她远离这里，但她没有想到的是，随着“咔嚓”一声，下面有东西亮了。

她低头，就看到一只手指特别长、骨节巨大的手，正拿着梁烟烟的手电筒。

第三十三章　获救

黑眼镜一动不动，但阿透感觉到黑眼镜缓缓地在她小腿上写字。

阿透不知道他的用意，她对于触碰天生很反感，浑身都起了鸡皮疙瘩，但她的理性告诉她，黑眼镜应该不至于在这个时候占她的便宜。

黑眼镜缓缓地，在她小腿上写了一个“RUN”。她花了一点时间，才理解他写的是英语。她还想反问是怎么跑，就看到下面手电筒的散射光射了上来，照亮了一部分井壁下沿，很快就要照到他们。

黑眼镜举起了三根手指，手指背光，只能看到一个剪影。他蜷曲了一根手指，变成了两根，又蜷曲了一根，变成了一根。

3，2，1！

倒计时了，黑眼镜的手指瞬间全部收了回去，接着喊了一声：“抱紧我！”阿透条件反射地箍住了黑眼镜的脖子，黑眼镜收回双脚，跳了下去，一下落到了长神仙的面前。

阿透再次看到了那张可怕的怪脸。长神仙被吓了一跳，往后缩了一下。黑眼镜开始用各种姿势在通道中狂奔，一下冲入了黑暗。

阿透眼前一片漆黑，只感觉黑眼镜丝毫没有减速，在黑暗中疯狂地往前跑。她完全不敢松手，害怕松手就直接撞墙了。

“会迷路的！”阿透之前每一次遇到岔路时都会停下来，点亮打火机，记忆岔路的情况。如果是在漆黑一片的情况下通过岔路口，只要有一个岔口她没有记下来，她就有可能迷路，再也找不到回去的路了。

“我看得见！”黑眼镜喊道。

“梁烟烟！”阿透喊道。她是下来救人的，怎么被人抓着就逃跑了，那她一路下来的艰辛岂不是白费了？

刚说完，他们身后有手电筒光一闪而过，阿透回头就看到远处的黑暗尽头，像有一辆火车在追赶他们一样。有一道手电筒光追了过来，速度非常快，竟然有逼近的趋势。

“她让我送你上去！”

“她人呢？”

“她没救了！”黑眼镜滚进了一个岔口，开始快速变换方向，在通道里玩起了捉迷藏。那光跟了两三个岔口，被甩掉了。

黑眼镜找到一个岔道口停了下来，浑身是汗。

“她怎么会没救了？”阿透着急地问道。

“这里要塌了。”

“什么？”

“长神仙正在破坏这里的地下结构，想把这里弄塌。我们发现了他，他要消灭自己存在的证据。”

“那我们更得去救！”

本来那光已经朝远处去了，她这一嗓子吼完，那光立即转了回来。黑眼镜长叹一声，背起阿透继续跑。阿透知道再叫会有麻烦，但她实在太担心梁烟烟了，就压低声音道：“我一定得救她，来都来了！”

“她把她的收入让给我了，让我救你。”

“你要多少钱的佣金，我砸锅卖铁付给你，我们两个去救她。”

“拉倒吧，我调查过你，你比我还穷。”黑眼镜托住她的屁股，问她道，“有医保吗？”

“什么？”

黑眼镜一抬她的屁股，她整个人被顶高，高速行进中的她正撞在通道上沿的一块石头上，顿时眼前一黑，昏死了过去。

在那意识模糊的时间里，发生了很多很多事情，阿透多少知道一点，只不过是在潜意识里知道，并不是现实中真正的知道。

她后来回想，中途自己醒过几次，都再次晕厥了过去。每次苏醒的瞬间，她感受到的，都是狂奔。

那一定是一次激烈的追逐。

后来据大哥说，黑眼镜背着阿透来到村口的时候，两个人浑身都是泥巴，他们往回看的时候，就发现身后整个村子的地面开始坍塌，房子也开始倒塌，似乎地底被什么东西挖空了。地下结构终于还是被破坏了。

梁烟烟没有上来，黑眼镜立即开始打电话召集挖掘机过来。

阿透再度醒过来的时候，是在医院。但是她太疲倦了，那一次的清醒没有维持太久，她就又昏迷了过去。

她特别惊讶，只想起自己说的“砸锅卖铁”，她怎么会说出这样的话来？

第三十四章 后怕

阿透完全清醒过来已经是几个小时之后的事了。

在医院里的这几十个小时，除了一开始的检查，和检查后观察的四个小时，以及在病房的卫生间里洗了个澡，其他时间她一直躺在病床上发呆。

原来在真实的世界里，冒险不一定有结果。尝试去救别人，不仅有“成功拯救了别人”，或者“失败，自己白给”两个选项，还有“中途被别人拖出来”这种结果。

想一想，似乎这才是人生的本质。太多人在追寻自己的目标时，并不是败给了困难或者对手，而是败给了拖自己后腿、中途规劝的人。

也许那个黑眼镜是对的。不过，如果不是他，此时自己已经死了。

黑眼镜一直没有出现，似乎还在现场。是那个大哥送自己来医院的，大哥刚刚回家了，估计也累得够呛。

阿透在发呆了八个小时之后开始后怕，虽然没有表露在脸上，但她抱住双臂开始发抖。从进入那个村子开始的每一件事情，她现在想来，自己都绝对没有勇气再经历一遍。

这种怕还不是简单的后怕，而是怕得要死。她想起那个祠堂、地下室、那个洞、那个长神仙，如果是现在的她，每一个都会让她立即放弃——为什么当时的自己毫无惧意？

梁烟烟就这么死了，还是黑眼镜后来把她救出来了？她都不敢求证。

巨大的压力和恐惧是可以让陌生人一下子走得很近的，说起来自己和这个女孩子认识也没有几天，但她觉得和对方认识已经很久了。

二十四个小时之后，她出院了，那个大哥来接的她。她在路上把车费付清了，大哥就把梁烟烟的包递给了她。当时梁烟烟把自己的包、那些X光片以及录像带，都让大哥带回了车上。

大哥对她说：“我去那女孩介绍的医院做了检查，他们说我得过胃癌，现在已经好了，我也搞不懂是怎么回事。”

“你相信这个诊断吗？”

“我搞不明白。”大哥说道，“难道真的是那个长神仙救了我？”

“我也搞不明白。”

“那女孩呢？不管怎么样，我想谢谢她。如果不是跟着你们，我可能就得癌症死了。”

“我不知道。”

阿透想，自己的事情解决了吗？如果梁烟烟已经死了，事情还没有解决，难道解雨臣还会派一个人来帮她吗，还是说，她得自己面对了？

她看了看身后的座位，特别害怕有东西忽然出现在后座上。

但什么都没有。

“你接下来准备做什么？”阿透问大哥。大哥也算是经历了特别离奇的事件，然后回归正常生活的人，她想问一下，做个参考。她现在完全想不出来，接下来自己应该怎么办。也许得搬回父母身边去，或者是马上找一个男朋友，自己一个人似乎是找不到章法回归正常生活了，自己会不停地琢磨这件事情，琢磨好几年吧。

找男朋友，就近找谁？自己的那些同学肯定不行，搞艺术的干不过妖怪。难道要找解雨臣？这种男人应该不缺女人吧。又或者，那个黑眼镜？

那个黑眼镜感觉离自己好远啊。黑眼镜和长神仙，她感觉他们才是一个次元的东西。和自己，根本不是同类。

“我要去庙里烧香啊。”大哥说道。

阿透恍然大悟，原来还可以这样。回归正常生活，就应该找个人感谢一下，如果事情还没有解决，也可以去祈祷。

“你要去吗？”

“我不去。”阿透说道。其实她内心特别想去，不知道为什么，说出口的却是拒绝。

回到之前住的酒店，房间已经过期了，但押金被顺延了。她办理了入住手续后进入房间，那是一个标间，有两张床，她坐到其中一张床上，发了一会儿呆，然后进浴室洗澡。

这个澡洗了足足有四十分钟。阿透一直在出神，光头就洗了四五遍，一直洗到手指皮肤发白，她才关掉淋浴头，裹上浴巾，从浴室出来。她魂不守舍地走到房间里，一下愣住了，她看到房间里的另外一张床上，躺着一个人。

是一个女人，浑身是泥，完全赤裸。

她愣了几秒钟，反应过来，这是梁烟烟，随即她便发现阳台门是开着的。

她立即走到阳台上，就看到很多泥巴的痕迹，一路从阳台延伸进来。

回到床边，梁烟烟还在呼吸，非常安静，睡得很沉。阿透意识到，可能是长神仙把她送回来的，她没有死，而且看上去十分健康。

第三十五章 真相

在电视剧中，一场冒险之后的清理工作往往是做留白处理的，往往主人公受伤之后，镜头再次亮起时，人已经在医院里了，清理、缝合都已经结束了。主人公要么闭着眼睛还未苏醒，要么已经开始兢兢业业地和配角们讨论接下去的计划安排，继续推动情节发展了。

在电视剧的信息交代中，这些伤口的处理过程都不重要，故事怎么发展下去才是最重要的。但在现实生活中，更重要的是这些被省去的部分，故事是否要往下发展，反而无关紧要。

现实其实是由电影中省略的那些细节组成的。

阿透给梁烟烟盖上被子，又打来了温水，一点一点帮她擦拭身上的淤泥。

阿透做事情非常仔细，她从手臂开始，先给梁烟烟露出被子的小部分手臂进行擦拭。擦干净之后，就用浴巾包裹住，然后再擦下一个部分。梁烟烟的身材应该是男人比较喜欢的那种，她小时候也曾幻想过自己拥有这样的身材，后来在取悦异性和取悦自己之间，她毫不犹豫地选择了取悦自己。

正面全部擦拭完之后，阿透发现梁烟烟身上一个伤口都没有，而且皮肤状态很好。她按了按梁烟烟先前肋骨断掉的地方，发现已经痊愈了，没有任何凹陷。

阿透想给梁烟烟翻身擦拭后背，无奈自己的力气太小了，搬了几次都搬不动她。而且床单上全是泥巴，如果梁烟烟翻过去，正面又会蹭上。她坐回到自己床上，想起以前自己生病的时候，护工单手就把自己的背部抬起来，直接抽掉床单，然后再换上新的。那时候的自己纤弱得像片羽毛一样。

阿透是属于偏瘦的身材，梁烟烟有一些肌肉，人又高，所以两个人的体重根本不是一个量级的。

阿透最后想到的办法是，把两张床并起来，先把梁烟烟翻到侧身位，然后给她擦拭后背，之后直接将她翻到另一张床上趴下，自己再找人来清理她现在躺的这张床。

阿透继续搬梁烟烟，想让她侧身。她搬了两下都没有成功，却看到了她背上的文身。阿透其实看不太清楚，因为梁烟烟的身体没有完全翻过来，而且背上全是泥巴，但那文身很大一片，不像是随便文上去的，应该有故事。

阿透来了兴趣，她想仔细看看，于是深吸了一口气，到另一边准备推梁烟烟。这个时候，她的手被握住了，梁烟烟睁开了眼睛，看着她。

阿透长叹了一口气，原来可以醒吗？自己是否又白费了力气？

梁烟烟轻声问道："长神仙呢？"

"我洗完澡出来就看到你躺在床上，我没看到他，应该是他把你送回来的。"

"你刚才想干什么？"

"我想帮你清理身体。"

"哦，我自己会清理，你不要碰我。"梁烟烟看着她。

阿透忽然有点伤心，但她还是点了点头。

梁烟烟放开她，然后重新闭上了眼睛。

阿透看了她一会儿，想要离开，就听梁烟烟用虚弱的声音说道："陪我睡一会儿，我不想一个人。"

阿透想了想，躺到了她的身边。

阿透没有手机，她躺在梁烟烟身边，看着她的眼睫毛，以为自己会思绪万千，结果不知不觉中也睡着了。醒过来的时候，已经是中午或者下午了，外面阳光明媚。

因为床是并着的，她看到梁烟烟也沉沉地睡在她边上。她闻着她的味道，一阵心安，继续沉沉睡去。再醒来的时候，是被电视的声音吵醒的。她成年后从未睡得那么好过，瞬间觉得一切都清明了。

她坐了起来，看到梁烟烟早就起来了。床上全是衣服，显然是去采购了。

梁烟烟正在拨弄电视机，电视机上面放着一台录像机，应该是二手市场上搞来的，边上还有很多酒精、棉签。那些从地下室带出来的录像带，已经被清洗干净了。梁烟烟正在调试录像机。

“真相就在这些录像带里。”梁烟烟对阿透道，她调出了画面，“你再睡会儿？”

阿透打着哈欠摇头，就看到电视画面里出现了一个医生，他对着镜头说道：“我是潘播达，是肿瘤方向的医生，这是手术前的记录，因为这个手术意义特殊，所以我们尽量做下详细的记录，以记录当事人的决策，以及我的决策。这些都会作为证据保存下来，如果有人质疑今天发生的事情，那么你们会看到，我们是怎么一步一步走到这里的。”

接着医生走开了，露出了身后手术床上的病人——长神仙。手术床并不能完全容下他，有一节床的延伸，似乎是后来焊接上去的支架。无法估计他的身高，但真的非常高。

镜头推进，长神仙非常认真，用硕大的手掏出一张A4纸，开始念起来。

“本人自愿且主动发起这次的手术，来研究我脑部的肿瘤和我自身特殊情况的关系，没有受人蛊惑或者胁迫。反之，参与手术的人员一直尝试劝服我放弃手术，继续存活。但对生命的认知已经让我无惧死亡，所以我决定进行开颅手术。如果在手术过程中出现任何意外，责任由我个人承担。”

念完，长神仙放下了A4纸，对着镜头说道：“我不知道何种原因使我拥有了能治愈人的疾病的能力，为了让我能够将这种能力用到世人身上，上苍给了我一颗敏感的内心，让我可以感受他们的感情和痛苦。我通过救治病人感知了人间无数种人生，在这段时间里，我似乎也融入了他们的人生里。我活了无数次，所以我不害怕死亡。”

他顿了顿，接着说道：“我希望我能在这些感受中，发掘一些很少有痛苦的人生。很多人都想让我们相信，人生是苦乐参半的。然而，事实并不是这样的，人生中真正的快乐其实很少。有很多人会反驳我，但我来告诉你我所感受的结果——你们的人生，大部分是痛苦的。我可以救治人们的身体，让人们活下去，但我知道，痛苦不会就此消失。

“体验足够多的人生，事实上就是体验各种不同的痛苦。我三十岁之后，失去了治愈别人的能力，反而让他们的病情加重。我以为上天希望我领会更多，但后来我明白了，上天并没有让我失去治愈别人的能力，它只是给了我可以治愈痛苦的最终能力——死亡。

“我感受了那么多人的人生，却找不到任何一段人生是没有谎言、没有背叛、没有自寻的烦恼、没有别人强加的恐惧的。人们争夺自己一定会失去的东西，破坏已经拥有的珍宝。我竭力拯救他们，然而他们怎么都不明白，他们从小就拥有的那些美好的东西，是我从来没有拥有过的。

“为何人总要低下头去选择痛苦？我想说，当你身为一个人，不要低头，因为我们的父母曾经将我们举过头顶。”

他再次顿了顿：“我也曾经想过，三十岁之后，我要不要仍旧用我的能力，帮他们永远地结束那些烦恼，将他们从痛苦中解放出来。但想了很久之后，我明白了。”

长神仙看着屏幕：“他们不配。

“我累了，我最后要去看一看我的内在，到底是什么让我成为现在这样的我。我太敏感了，世间的一切我都能感受到，这让我太累了。你们应该为我感到高兴，如果我在手术中离开，我将永远休息，不再疲累。”

长神仙的表情非常疲倦，阿透从未见过那么疲倦的人。他说完之后闭上了双眼。阿透看到他身边的医生都在哭，她忽然发现自己眼眶也湿了。

这是一段朴实无华的话，但在那样疲惫的状态之下，阿透忽然觉得这个长神仙真的太可怜了，他已经可怜到，连死亡对于他来说，都是恩赐。

潘播达医生此时已经和长神仙一起生活了几年时间，他把摄像机转向自己，对着镜头说道：“手术马上就要开始了，我很荣幸参与其中。这场手术的死亡率高达九成，也许，我将为此下地狱。”

“没有地狱。”长神仙在他身后说道，“如果你看到了，也是你自己想看到的。”

阿透看了看梁烟烟，梁烟烟的眼眶也湿了，她过去和梁烟烟挤在一起，两个人继续往下看。

第三十六章　透明的石头

梁烟烟能看懂手术，阿透这才知道，她真的是医生。录像带的画质并不好，这个酒店的电视机还是大脑袋电视，录像带里有很多破损，经常会卡顿或者出现白噪条。

整个录像就是长神仙手术的过程，从潘播达和助手的对话中，能够获取的信息很有限，除了一些简单的命令，就是长神仙的头骨比一般人的要薄。

手术过程中，长神仙一直是清醒的，但他没有说话，只是看着他边上的屏幕。阿透不知道看着别人打开自己的颅骨，是什么感觉。但这显然需要极强的心理素质。

整个开颅过程中，他的血压非常平稳。潘播达一层一层地剥掉大脑上的膜，他的第一个目标是一块小肿瘤，因为他开的创口较小，无法把那个最大的肿瘤取出来。他要找的是最浅的那个，只有那一个可以取出来。其他的，只能用内窥的方式看一眼。

大概一个小时之后，他们找到了那个小肿瘤，并开始梳理血管。然而，潘播达仔细观察了之后，停了下来。

“怎么了？”长神仙问他。

“我看到那个东西了，不是生物组织。”潘播达的脸色惨白。

“是什么东西？”

“我不知道，是光滑的，像是一块冰，透明的。”

“让我看看。”

潘播达移近摄像头，调整了焦距。梁烟烟和阿透也都把身体探了过去，想看看到底是什么。

那是一块冰一样的石头，就在长神仙的大脑里。

长神仙看着，说道：“取出来。”

“角度并不好。”

“潘医生，我看了无数的书，虽然我并没有离开过这个村子，但我知晓很多事情。你现在面临的事情，可能比你想的还要神奇。”

“取出来的过程，可能会压迫到很多血管，万一其中有破损，那么你的大脑就会立即受损。之前说好的，如果风险超过百分之九十，我们可以停止。”

“在X光的照射下，我们并没有在我的大脑里看到这一块冰一样的石头，我们只看到了包裹它的组织。你知道哪一种石头有这样的结晶外表，但是不会被X光照射出来吗？”

潘播达摇头，长神仙说道：“是钻石。我觉得，这是一块钻石。”

钻石本质上不是一块石头，而是一块碳，X光很难照射出来。

“你的脑子里，怎么会有一块钻石？”

长神仙笑了起来：“我也想知道，请你帮我取出来。”

潘播达和身边的人对视了一眼，他犹豫了一会儿，开始重新操作手术。在往外取石头的过程当中，长神仙的血压快速下降了两次，其中有一次他完全失去了意识，并被进行了抢救。但最终，这块石头被取了出来。

那是一块两节手指大小的石头，是小肿瘤里最大的一块，其他的都在大脑深处，很难通过传统手术拿出来。

摄像机对准了那块石头，阿透和梁烟烟几乎贴到了电视机前。阿透觉得，那是她在世界上看到的最玄妙的东西。那石头上的光，就像贝壳里的珍珠质一样，反射着一种来自生物的光芒。但它又是透明的，里面有很多更小的反光源。

但无法看清楚更多了。

“接下来，我们尝试切除你被肿瘤压迫的那一边的大脑。根据X光显示，那边的大脑已经灰化，有大量的梗阻。我不知道你是怎么活下来的。我们将连同这块石头一起，把半脑取出来。你之前和我们说过，这块石头不是病灶。”

“对，我只是想看看它，你不用取出来。我知道，如果它被包裹在脑组织里，其实你也取不出来。”

“但我需要把那几块小的都取出来，因为你只有一半大脑了，如果这些小的再长大，而大的又没有取出来，那你的大脑会被继续压迫。我有必要再次给你提示风险。”

“我知道，切除半脑有可能引发瘫痪、死亡、记忆缺失等所有大脑疾病症状。”长神仙说道，“但那和我现在，又有什么区别呢？”

潘播达不说话了，手术继续进行。

接下来的手术过程持续了两盘录像带的时间，在换带的时候，梁烟烟给阿透解释了半脑切除手术的基础逻辑，阿透听着就觉得脑子要疼死了。但在她听到即使人只有一半大脑还可以完全没有任何困难地生活的时候，依然觉得十分神奇。

手术的过程十分无聊，几乎没有对话，但阿透仍旧认真地看完了整整两盘录像带。到最后一盘录像带，阿透还是忍住了没有按快进，一直到播放了十分钟左右，画面终于有了大变化。

后面的护士忽然叫了起来，他们立即过去，就听到潘播达问：“怎么回事？”

“他在萎缩！”

“什么萎缩？”

“肌肉，所有的器官都开始衰竭了！”

摄像头被推了过来，长神仙整个人似乎要融化了一样，迅速地衰老下去。有个护士想要把石头放回去，被潘播达阻止了。

“意识呢？”

“间歇性失去意识。”

“准备内窥镜，在他的器官完全衰竭之前，我们尝试取出更多来。”

“可是，不是因为我们取出了石头，他的身体才迅速虚弱下去的吗？”

“石头放回去，他也活不下来。衰竭也许会在死亡之前停下来，但我们只能根据医学行事，不能根据玄学。”

阿透的手心开始出汗，虽然知道这是很久之前发生的事情，但她身临其境一样紧张。

潘播达极端专注，取出了所有的小块石头，并切除了坏死的脑组织。但是最大的那一块，他们只是用内窥镜看了一眼。

那是一块很大的透明石头。这一块最大的石头，和其他小的不同，它里面还有一个东西——那是一个黑色的阴影，用内窥镜完全无法窥得任何信息。

手术暂停，这个时候，长神仙的反应已经非常慢了，他呼吸非常困难，但坚持不要呼吸机。潘播达知道他已经不行了，他把屏幕推近，让长神仙看着那块最大的石头。

“它在和我说话，”长神仙说道，“它说我要死了。”

接着他开始自言自语：“你是什么？你为什么会在我的大脑里？”

这是他最后一句能被听到的话，接下来，他的嘴巴一直在动，但是声音已经听不清了。他的表情逐渐释然，似乎得到了答案。

阿透看到长神仙快速地衰老、虚弱，这是一种肉眼可见的生命流逝，她不由自主地握紧了梁烟烟的手。梁烟烟也握着她的手，点上了一支烟，自己抽了一口，递给了她。

但是这个时候，长神仙说话了。他睁开了眼睛，移开目光，看着天花板，说了最后一句话：“我想去吹吹海风。”

心跳监测器画出了直线，所有人都停了下来。

画面定格，阿透和梁烟烟看着屏幕，久久没有反应过来。

第三十七章　新长神仙

阿透觉得，自己对梁烟烟有彻底的好感就是开始于这一刻。这个女人出现的时候，完全呈现出一种让人无法理解的状态，但在两个人被长神仙的结局震惊的那一刻，阿透觉得她和自己是一样的。

她对人生并没有太多出格的评价，和那个瞎子，还有那个解老板不一样，梁烟烟和自己在同一个世界，甚至相距并不远。

平复了一会儿，梁烟烟继续看后面的录像带。后面的几盘录像带里，一盘是长神仙的葬礼。按照当时的习俗，长神仙被土葬，但并没有太多人来看他。不知道为什么，整个村子都以他为生，但最后的时刻，只有稀稀落落的几个人来为他送行。

阿透想起长神仙最后的话，觉得他在人生最后几年，失去了救治人的能力，反而拥有了可以杀死别人的能力后，一定经历了很多可怕的事情。

也许别人不认为那是发生了能力的转化，而是他故意的。这种事情，善良的人是解释不清楚的。只有恶人可以让别人立即明白，我拥有杀死你的能力之后，你应该更加敬畏我。

在看到围观的几个人时，阿透惊呼了一声，按下了暂停键。她指着其中一个人说道："这个人，是我在解老板的别墅里画下来的那个人。"

梁烟烟看着画面，那个人站在人群里，个子并不高，根本没有两米，那为何在解雨臣别墅里会那么高？

阿透也不明白。

那个人面无表情地看着摄像机的镜头，看起来有一些木讷。

接下来的一盘录像带，是潘播达研究那几块石头的镜头。其实他的研究很有意思，而且已经确定了，这并不是钻石。潘播达认为这是舍利子。

舍利和舍利子是不一样的，很多人去泰国，都以为自己买到了带有高僧舍利的物件，其实那只是高僧的指甲。人死后的全部尸体，被称为舍利，舍利子是指尸体火化之后的神奇结晶。

事实上，极难看到真正的舍利子。人们也不知道它到底是什么东西，只知道，舍利子是僧人生前因戒定慧的功德熏修而自然感得。

成佛之人，大彻大悟之人，身体内会出现舍利子。潘播达相信长神仙已经成佛了。

潘播达想把这块石头锯开，但是无论怎么做都失败了。石头非常坚硬，他很快就划伤了自己的手。阿透的画面记忆力十分强，她发现从这里之后，虽然几盘录像带相隔的时间很长，但是潘播达的手一直没有愈合。

到了最后，潘播达的伤口急剧恶化，无法查明原因，似乎被诅咒了一般。他甚至去求助了其他村的神婆，但都得不到救治。

潘播达也要死了，阿透从他的体态能判断出，潘播达的身体已经非常非常差。阿透本能地感觉到，潘播达的眼神都变了。

要出事。

果然，潘播达在下一盘录像带的自述里，说了自己的情况。他的身体受到了严重感染，手可能要被截肢，而且还未必能痊愈。他是靠手做手术的，他不能没有手。他想打开自己的大脑，将从长神仙大脑里取出来的石头，放进自己的大脑里。

如果按照长神仙说的，那他也许可以获得治愈疾病的能力，从而来治愈自己。但是他没有办法给自己动手术，也没有助手可以帮他。他只能用其他的办法。

他离开摄像机镜头的时候，阿透就看到手术台上躺着一个人，那个人已经深度昏迷。

这个人不是别人，就是那个围观的村民，也就是她在解雨臣的别墅里，看见并画出来的那个两米高的怪物。

潘播达要把石头放进这个人的大脑里，让他变成长神仙，然后来治愈自己。

第三十八章 恶魔

后来的故事，不应该被详细地记叙。

看到这里，阿透也大概猜到了后面会发生什么事情。

潘播达的手术成功了，下一盘录像带详细地记录了手术的过程。潘播达希望这个忠厚老实的人可以变成下一个长神仙，治愈自己。

一个月后，这个人就开始长高，并且在一年内长到了两米的高度。他在手术后四个月左右，开始有了治愈别人的能力。

然而这个人，是一个恶魔。他内心的欲望极其凶猛，是一个和长神仙完全不同的人。即使他平时沉默寡言，但他的内心完全被这种能力腐蚀了。

他霸占了长神仙的老宅子，并且在外面的大树上悬挂了一个麻袋，用来收取礼金。来治病的人必须在麻袋里放钱，美其名曰“长高钱”。

为了防止潘播达再给其他人做手术，他鼓动村民吊死了潘播达和他那支医疗队的大部分人，然后把剩下的石头据为己有。他一次又一次地勒索村民、敛财，威胁病人和自己发生关系，一下子从一个一无所有的渔民，变成了一切都唾手可得的神仙。

他让村民给自己竖起了雕像，毁掉了之前长神仙的一切痕迹。在录像带里，这个人一直不说话，但一直冷冷地看着镜头。阿透觉得他的内心仿佛有一只鬼，完全不可捉摸。

这个新的长神仙，毫无节制，为所欲为，终于长到了二十九岁。村民们都知道，三十岁一过，他将彻底变成一个恶魔。于是他们在他二十九岁的某天晚上，将他杀死了。后面的录像带，拍摄者不明，似乎是潘播达在村里的助手拍的，但记录的信息还算全面。

新的长神仙死后，拍摄录像带的人半夜剖开了他的大脑，取出了石头，发现石头变大了，似乎是在生长。

这个拍摄的人始终没有露脸，但非常冷静。

这颗石头，和新长神仙手里的石头，被拍摄录像的人藏了起来，就藏在长神仙买下的老宅里。为了毁尸灭迹，老宅被整体出售，然后被拆卸成建筑材料，到了解雨臣那栋别墅所在的土地上，重新被修建了起来。

阿透和梁烟烟互相对视了一眼，阿透说："如果石头藏在房子里，那么房子被拆卸的时候，石头会混杂在建筑材料里。"

"到了新的地址之后，这些石头混在其他石头里，可能会被用来铺路或者垫墙。所以，这些长神仙脑子里的石头，现在应该就在解雨臣别墅的墙壁或者地下路基的某处。"梁烟烟说道，"如果这些石头是有能量的，那么，我们也许感应到了这些石头当年经历的事情。"

"所以，攻击我的不是长神仙，而是那个后来的人。长神仙有六米多，比他要长得多，那个新长神仙只有两米多。"阿透说完，觉得自己是在讨论鲨鱼。

"应该是这样。"

"我们在地下看到的长神仙，是真的长神仙，他不是死了吗，难道他复活了，还是——"

"我想简单地下一个结论，他已经变成了另外一种生物。他把我抓过去的时候，和我说话了。"

"他能说话？"

梁烟烟点头："他希望我帮他向黑瞎子道歉。"

"为什么？"

"因为他不能治好黑瞎子的眼睛。"梁烟烟说道，"他在触摸黑瞎子的时候，感觉到了很多东西，他想治好他的眼睛，但是他不能，还有人需要黑瞎子的眼睛。黑瞎子心里也明白，在他心里有比眼睛更重要的人。那个人，其实更需要他保持现在这个样子。”

“他没有说更多吗？”

梁烟烟摇头，阿透看得出，她有所隐瞒，但阿透的优点是，绝不刨根问底。

“所以，他没有死，而且恢复了治愈人的能力。”

“毕竟他脑子里最大的那块石头没有被取出来，也许过了四十岁，又是一个轮回，他被自己的能力保护了起来。但他不想再做人了，他一直生活在地下，被我们发现之后，他得离开自己的村子，重新找地穴躲起来。”

一个神仙最后变成了这样，难道做人真的有那么不好吗？

“如果是这样的话，那我房子里要杀我的那个东西，是那个人造神仙的意志掌控的？”

“我说了，有时候，这种奇怪的力量，会形成一种它有智慧的假象。它也许只是因为某种规律而自发袭击，并不是想要攻击你，只是我们不知道你契合了哪种规律。”梁烟烟说着，录像带播放完了，她站起来一边活动关节，一边用新买的手机给解雨臣发短信。

解雨臣很快就回复了，阿透不知道他回了什么，但显然梁烟烟心里一半的石头放下了。

这个时候阿透才想起黑眼镜：“啊，他还在挖你。你有没有告诉他，你已经回来了？”

“让他再挖一会儿，我马上就要解决你的问题了，不想他来捣乱。前因后果都知道了，接下来就是解决问题。”

“你准备怎么办？先回去吗？”阿透问。

在广东虽然发生了很多事情，但总体来说，她没有再遇到那个长条怪物，所以她觉得也许在广东有长神仙在，她是比较安全的。

“你到广州之后，再也没有遇到袭击，说明我们的推测是对的，可能是那些水晶一样的石头粉末，在起作用。”梁烟烟说道，“我们要回去做一些实验。我刚刚和解雨臣交换了资料，让他先准备着，我们一点一点整理，就会知道，那些石头为什么会攻击你，在没有结论之前，你还是跟着我吧。”

“你有什么提示吗？”阿透问道。

她觉得梁烟烟有想法没有说，但梁烟烟看了看录像带，欲言又止。

第三十九章 屠癫

解雨臣站在自己的别墅前。

按道理别墅只是抵押给他，虽然他觉得对方能拿回去的概率很小，但他也没有权利对别墅做什么。

处理风险一直是他的强项，但他承担风险以及冒进斡旋的能力更强，后者才是别人害怕他的地方。他转头对身后的队伍说："拆掉之后，将所有的建材，特别是石头，包括基地石块、混凝土中的卵石，全部粉碎到铺设前的状态。"

"没有必要吧，老板，这得半年才能全部弄完。"

"干不了我可以换人。"解雨臣看着包工头，"所有的建材粉碎后，按照日期和时间打包，送到我公司的仓库，他们会一块一块地挑选。"

"您是有东西掉在里面了吗？如果是贵重东西，工人都是来来去去的，他们看到了可能会自己带走，我没法管。"

"你在事情没有发生之前就想撇清关系，这一招对我没用。你知道我是谁，我也知道这活儿不容易，你管不了可以不接，接了你就得保证你的工人手脚干净，否则——"解雨臣看着他，没有说话，眼神中满是对他推托之词的厌恶。

包工头满头冷汗，想挣扎一下，解雨臣拍了拍他："开玩笑的。"

他走到一边，包工头开始给工人们强调规矩，解雨臣的人在旁边给每个工人都拍了照片，同时配备了全套的防护用具。对人性不信任，解雨臣也十分厌恶自己这一点，但他每次做的这些出于揣测人性恶的预防措施，最后都发挥了作用。

他低头看手机，梁烟烟所有的调查结果都在里面了，有几个未接电话，他打了回去。

“没有发现？”

“地下有生活用品，但人没了。我给他留了条子，告诉他有空可以来找我，我也不是正常人。”对面说道，“他没有伤害梁烟烟，还把她送回去了，这女人害我在这里当包工头挖了一个大坑。”

解雨臣看了看自己身后，队伍已经开始砸路和推墙，心说，如果判断失误，这一单他的损失还挺大的。

“关于你的眼睛，那个长神仙说的，你认同吗？”

“长神仙神通广大，他既然没有死，也记得我，那么也许我失明之后，他会主动出现。”

“人世间有这样的好事吗？”

“神仙不就是这么来的吗？”

解雨臣笑了笑：“给你安排好了医院，你要带她们两个一起去检查，希望是其他地方出了问题，而不是你们的脑子。”

对面就笑：“下金蛋的鹅和脑子里结钻石的人，你喜欢哪个？”

“给你们做检查的医生，应该会是屠癫。”解雨臣道。

对面吹了一声口哨，对他道：“你仔细看一下那张合影，就是潘播达在村里的合影，其中有一个拿着摄像机的人。”

对面的人挂了电话，解雨臣调出了照片，放大了看，照片比较模糊，看不清楚。

黑眼镜说的那个人有一点像屠癫，但是比屠癫老很多。

解雨臣失笑，这是有多讨厌屠癫，什么嫌疑都要往他身上扣。但他再看的时候，心里也有了疑惑。

确实是有点像，但不可能，屠癫是和他一起长大的，绝对不会出现这种情况。

解雨臣一直认为，屠癫并不是一个严格意义上的坏人，他只是不可控，他是一个过于喜欢恶作剧的人。在解家，智慧的代表很早就固定了，屠癫要引起大人的注意，只能靠一个一个越来越恶劣的恶作剧。

多年前，得追溯到在他当家之前的一年。

那一年的夏天格外炎热，苍蝇非常多，屠癫在家里不停地捉苍蝇，然后把苍蝇的翅膀拔掉。解雨臣看他抓了满满一碗，黑色的苍蝇在碗里爬动，画面非常诡异，犹如某种巫术的材料。

屠癫就这么看着那些苍蝇，非常入迷。家族里人很多，他的辈分是什么，解雨臣一直弄不清楚，算是堂弟吗？

就在那一天后，屠癫把自己的解姓改成了屠姓，他自己改的，不知道用的什么手段。

解姓在古代为城垣解，代表着防御。所有的古城都有大解、小解和宫三层建筑系统，解就是城墙的一部分。屠癫很不喜欢，称其为九门的看门狗。

攻入解围之中，就可以屠城，屠癫看着解雨臣，端着苍蝇盆，和他说道："我要到城外去，你继续做你的看门狗，做一辈子吧。"

"你想做什么？"

"你要守，我就不奉陪了。"他看着解雨臣，"我总要找点乐子。"

屠癫肯定是不正常的，解雨臣在那天晚上有过一丝犹豫，是不是要处理一下这个事情？

但他最终没有处理。

他做了当家的之后，一切都变了，屠癫不再是他最大的问题。

他也没再去关注屠癫的消息。

后来听说屠癫离开了解家，做了医生。

没有人知道他是怎么做到的，他一天医学院都没有上过，但他似乎就是对疾病有某种天赋。

同时他对为达成目的伪造欺骗也有天赋，并且乐在其中。

他们之后没有过多的冲突。

但黑眼镜见过一次屠癫之后，就对他有一种强烈的"还是先弄死"的冲动。这种冲动来源于他的直觉。

他也明白屠癫仍旧不正常，但确实不知道屠癫想做什么。

屠癫一定有一个特别危险的想法在酝酿，但在他执行之前，解雨臣猜不出来，这个人的想法是不是常规的。

不能觉得不祥就把人除掉吧，他心说。

屠癫只要一有异动，解雨臣立刻就会知道。所以屠癫一直没有行动，他知道解雨臣的能力，他一直在筹谋。

就让他继续筹谋吧，短时间内，他应该激不起什么水花来。而且，在某些问题上，屠癫确实可以帮上忙，因为他在专业领域确实有天赋。

有一些私事，不找他在国内就找不到人了。

解雨臣回忆着，就想起了那晚的苍蝇，他努力压制住不好的回忆，迅速拿出手机，下达命令。这个时候，他看到一只猫从草丛里出来，坐到了他的旁边。

解雨臣看着猫，猫也看着他。这是一只非常好看的小猫，解雨臣这一次却没有表现出柔和的态度，他忽然想到了什么。

他立即拨通电话：“你把我车上那只死猫埋到哪儿了？”

第四十章 谜题

屠癫切开小猫的脑壳："我还以为你那朋友会把猫串起来下酒。"

解雨臣坐在边上，不说话。

屠癫拨开小猫的大脑，说道："你怎么想到猫的脑子里有东西的？"

"你找到了没有？"

"通过X光片已经看到外面的组织了，和你给的资料上一样，类似于一个肿瘤。"屠癫用镊子从猫的脑子里夹出来一小块晶体，"你要找的是不是这个？"

"真的有吗？"解雨臣皱起眉头，"那我的脑子呢？"

"你脑子的CT结果显示很干净，什么都没有，你放心，你是安全的。"屠癫把晶体放到托盘里，递给解雨臣，"你说你那别墅四周都是猫的尸体，我觉得你要找这种东西，就要在猫死去的地方找。"

解雨臣看着这块大概四分之一指甲大的石头："你有什么看法？"

"你知道有一种东西叫作茶钱吧，养在茶叶里，一个会变两个，倒出来就像片石头一样，圆的。"屠癫说道，"其实那东西是很多种菌类的复合体，很硬，摸起来像贝壳的触感，和这东西很像。最重要的是，在合适的情况下，它会传播、繁殖。"

"你是说，它会散发孢子？"

“不检测我也不知道，但我也没有检测设备。”屠癫把东西装进一个医疗废物垃圾袋子里，递给解雨臣，“归你了。”

解雨臣又拿了两只袋子，套了三层，说道：“这东西如果可以感染猫，那那些猫应该都会变成有某种特殊能力的猫，为什么还会死呢？”

“野猫是动物，故事可能是这样的：有一只猫感染了这种石头，它变得比其他猫更聪明或者更强壮，它就一直待在被感染的地方，有其他猫闯入，它就咬死对方，所以那地方会堆起来很多猫的尸体。”

解雨臣看着屠癫：“这不是瞎编吗？”

“现阶段简单分析得出的最佳结论。”

“其他几个人的CT报告呢？”

“我优先搞了你的，其他人的还在等报告。”

两个人来到屠癫的办公室，黑眼镜就躺在检查床上，梁烟烟和阿透坐在一边，解雨臣把石头递给她们。

“还真是在猫脑袋里找到了。所以你在车上的时候，是被猫脑子里的石头影响了？”

“但是我家里闹鬼的时候，没有这种石头啊。”阿透说道。她的脸色有些不好看，因为她现在能想到的唯一的可能性，就是她脑子里也有一块石头。但她觉得有点冤，因为她才去过一次解雨臣的别墅，怎么就被感染了？这个概率似乎有点违反规律。

如果这么容易感染，那黑眼镜脑子里有一块石头的可能性更大，他们看上去很熟。

不过黑眼镜也没长高啊。

但是解雨臣拿到这套房子应该也不久，说不定黑眼镜之前只有一米六高呢。

“可以走了吗？”黑眼镜在床上笑着说道，“我不喜欢和变态在一个屋子里。”

屠癫也笑：“我要是变态，你就是我爷爷。”

黑眼镜笑着看着屠癫：“解雨臣，我觉得我迟早会接到活，把你这个亲戚给做掉。”

屠癫不接话，看向阿透和梁烟烟。

阿透被他炽热的眼神看得有点不自在："屠医生，怎么了？为什么看着我？"

"我去过你住的那个地方，那儿有很多地下展览，我看过你的作品。"

"哦。"

"我觉得你不应该搞艺术，应该做点其他事情，否则你的天赋会被埋没的。"屠癫说道，"我知道你的家学渊源和艺术有关，但你应该跳脱出家族的束缚。"

解雨臣看了屠癫一眼，梁烟烟在旁边点上烟，屠癫看了眼边上"禁止吸烟"的标志，但梁烟烟丝毫不理。

这时候，电脑发出"叮咚"一声响。屠癫点开软件，几张CT图发了过来，他看了一遍，摇头说："各位脑子里都没有问题。"

黑眼镜站起来，披上衣服看了一眼解雨臣："走了。"

梁烟烟没有走，她看着解雨臣，解雨臣就说道："现在只剩下一个未解之谜了，为什么阿透的房子里，也会出事？"

"我会继续查下去的。"

"我会准备好支票。"

梁烟烟拉着阿透离开了，屠癫看着两个人，他的眼神让解雨臣觉得特别不安。

"我说，你为什么对阿透那么有兴趣？"

"她和梁烟烟两个人之间，有着强烈的羁绊。你不觉得，如果有外力将她们两个人挤压到一起，也许会像原子弹一样，爆发出无数的可能性吗？你难道不觉得这很有意思吗？"屠癫说道。

"聪明人以玩弄人性为乐，结局都很悲惨。"解雨臣说道，"人这种东西，不会任由你玩耍的。"

屠癫看着解雨臣，做了一个"你说什么都对"的表情。

解雨臣把那张潘播达的黑白合影摆到屠癫面前："你看这个扛着摄像机的人，是不是和你长得有点像？"

屠癫看了一眼，扬了扬眉毛。

"我查了一下，当时队伍里有一个实习生姓解，就是你的父亲。那时我们家负责调查九门里各种奇怪的事情，你父亲是去调查长神仙的，对吧？他混在队伍里，记录下了所有的过程，并且做了善后。”解雨臣说道，“这栋别墅转到我名下之前，往上两任，都是你家里持有的。梁烟烟是你介绍给我的，阿透你也早就见过。”

解雨臣看着他：“你到底想干什么？”

屠癫指了指两个人离开的方向，就笑了：“你猜这两个女孩子，她们是善终还是恶果？”

解雨臣看着屠癫。

屠癫说道：“我猜是恶果。你知道我喜欢玩游戏，我让这两个女孩子重新相遇，就是想看看结局是不是和我猜的一样。解当家，我知道我根本瞒不住你，所以也不想瞒你。我们打个赌吧，你就赌她们善终吧。你不是聪明吗？我也聪明，我自己一个人玩这个游戏没意思，所以我把你叫进来了。”

“是你找人把这房子抵押给我的，对吧？阿透家里，是不是也是你放了东西？你利用了你父亲的调查结果。”解雨臣说道，“你是因为我被选上了当家的，所以对我不满吗？”

“不敢，不敢，我是无辜的，一定有人陷害我。”屠癫就笑，“你不会是要杀了我吧？”

解雨臣看着屠癫，忽然笑了笑，说道：“你知道我暂时不能杀你，但最近我会很忙，你最好不要来烦我。”

第四十一章　蛊惑

阿透和梁烟烟离开医院，在医院门口待了一会儿。阿透有点不敢回自己的房子，也不知道梁烟烟的打算，两个人对视一眼，看到边上有一个奶茶店，心领神会，都走了过去，两个人各点了一杯奶茶。

“你们从来不逃避困难，遇到困难就迎难而上？”阿透问梁烟烟。如果梁烟烟直接冲向自己的房子去解决问题，她会觉得梁烟烟是铁做的。

“大部分时候是。但我们已经做了很多事情，有了成绩了，可以奖励一下自己。”梁烟烟看了看奶茶店对面，那里有一个美甲店。阿透看着她，她也看着阿透。

两个人喝完奶茶之后，又去了对面的店里，准备做个美甲。

因为要排队，梁烟烟先进去了。阿透在门外抽烟，正抽着，忽然就看到屠癫朝她走了过来，手里还拿着一个袋子。

阿透对他不熟悉，礼貌地点了一下头。屠癫过来，把袋子递给了她。

“这是？”

“这是梁医生的文件。”屠癫说道，“她是我们医院的医生，好几天没上班了，上头让我把一个案子的资料给她，等她休假结束，立即就可以开工。”

“哦，我等下给她。”原来梁烟烟也是这家医院的医生，阿透心说。

屠癫说完就在阿透身边抽烟，两个人互相尴尬地笑笑。

“你是解老板的朋友？我听他说了你们的事情。”屠癫说道，“我不专业啊，我也不懂你们玩的东西，但我看到你身上的一些伤口，你有养猫，对吧?”

阿透想到了丁丁，不免有一些伤感，点头，道：“已经不在了，前几天死了。”

“哦，我也养猫，猫总是免不了会抓你一下。”屠癫说道，“你看，我只是提醒一下，怕你们可能错失一个信息——那种从人脑子里长出来的奇怪的石头，你们脑子里都没有，我想问题会不会出在你的猫身上。你的猫的脑子里，会不会也有这种石头？”

“但是，我的猫一直养在家里，从来没有去过解老板的别墅。”阿透说道。

“猫是会乱跑的。”

“两个地方距离太远了，猫如果走了那么远，肯定回不来了。”阿透说，“而且，我都是关在家里养的，丁丁也不是一只很聪明的猫。”

“哦，那我想多了。”屠癫点头，起身回医院，走了几步忽然回头，“你了解解老板吗？”

“我和他不熟悉。”

“解老板这个人，在很多事情上，他的目的会和他所表现出来的完全不一样。我从小和他认识，我有一个习惯，如果我身边发生了奇怪的事情无法解释，我都会想，会不会是因为解老板？他有自己的计划，我只是他的一颗小棋子。你们脑子里都没有石头，你们身边也只有一只猫死了。但我觉得，不管怎么样，你们应该去看一看那只猫。如果猫不可能自己出门感染那种石头，你就要思考，它是不是被人为感染的？”

阿透愣了一下。她忽然想到解老板和她第一次见面的时候，问她的一些问题，显然解老板知道她很多事。她被叫去画“鬼”，也是比较奇怪且突兀的一件事。

屠癫非常明显是在暗示，这件事情，解老板对她有所隐瞒。或者说得更清晰一点，屠癫在暗示，是解老板设计了整件事情，他有其他目的。

她想了想，脑子里一片空白，连一分一毫都推理不下去。

“梁医生可能是解老板的人，我说的话，你别告诉她。”屠癫说完就走了。

阿透有些莫名其妙，又觉得有些不舒服。

等阿透做完了指甲，就和梁烟烟两个人回了她的房子。在房子外，阿透看到了之前烧猫的那个地方。

梁烟烟问她：“怎么了？”

“丁丁的尸体在哪里？”

“我已经埋了，就在树下。”

阿透走过去，看到树下有一块区域，有被翻动过的新土痕迹。她找了一根树枝，开始挖起来，很快，烧焦的尸体和塑料袋被挖了出来，塑料袋和尸体已经结成了一块。梁烟烟走过来，没有说话，以为阿透在伤心，但阿透拿起边上的砖头，就把猫的头骨砸开了。

她用树枝拨弄了一下，一块石头掉了出来。在阳光下，石头闪着光，比人手指的第一节还大。两个人顿时目瞪口呆。

第四十二章 尾声

梁烟烟再次穿上了白大褂，她的休假已经持续了四个月，她本来想继续下去，但这一次阿透的事情让她有些疲倦，她打算做一段时间的正常人。

她回到科室的时候，底下的实习生也刚刚到位。报名到她手下的实习生数量一直很多。她给他们分配了工作之后，查房时间还没有到，她坐下来，用手机查了自己的账户。

解雨臣永远准时打钱，虽然这不是她的主要目的，但这一次实在太辛苦了，她需要一点奖励。

屠癫的花早就送到了，这个人永远周到，但是也肉眼可见地虚情假意。不过一大早看到花，她心情还是很愉快的。可惜，她把花插起来的时候，屠癫出现在了办公室里。

一大早，她并不想应付难以面对的人，但是屠癫手里拿着咖啡和早饭。

“你不知道门口的早餐店关门了，肯定没买到早餐。这是兴龙包的烧麦，尝一尝，绝对不会有损失。”

“你总是有办法让人没法当面讨厌你。”梁烟烟接过来。

“人渣也要生活的嘛。”屠癫笑了笑，“听说你搞定了？”

“不算是我搞定的，还有一个问题没有搞清楚。”梁烟烟喝了一口咖啡，嗯，奶放得非常精确。她忽然感到一丝凉意，屠癫何时知道自己的口味的？

“阿透家的猫，脑子里有那种石头，但她的猫没有离开过她家，之前也没有发生过袭击事件，所以，事情背后还有很大的谜团。不过阿透的危机已经解除了，我陪她睡了两个晚上，解老板应该付钱。”

“这件事情明显是你有私心。办了自己的私事，还能赚到钱，果然是二院的吉卜赛巫医。”屠癫说道，“那石头的原理，你有推测吗？”

“这个世界上有一些东西，就是会让人发疯。我的老师也没有和我讲清楚过这些力量到底是什么，只是说有些物品就是有这种力量。”

“听不懂。”屠癫笑笑，“还是闹鬼好解释。”

梁烟烟也懒得解释了，她有些心烦意乱。

屠癫说道：“聊聊你的新朋友，记得我和你说的那些事情吧？”

“她挺普通的，我不明白你老盯着她干什么。”梁烟烟警觉起来。

屠癫说道：“我有个案子，想她、你、我三个人合作，一起把它完成。”

“她不是医生。”梁烟烟说道。

屠癫道：“我知道她不是医生，但她是一个画家，可以画出一张人脸。她记忆力那么好，可以画出所有她见过的人，供我的病人挑选。”

“你什么意思？”

“我的那个病人，头部被人打烂了，脸部完全毁了。我要给他做一张新脸，重塑整个头骨。我想让阿透画出一张脸来，要有足够的细节，你来重塑头骨，我来完成脸部皮肉的移植。文件我已经给你了，你是不是还没有看？”

“做任何脸都要有一个底子的。”这属于整容的范畴，梁烟烟非常内行，但做这种手术，野心太大了。

“我的病人已经选好了脸，阿透可以把所有的细节都还原出来。”屠癫拿出了一张照片，那是解雨臣的照片。

梁烟烟没有看到，就在她门外的轮椅上，坐着一个极其高大的人。他的四肢特别长，估计有两米多高，脸上全是绷带。

他的脊柱似乎有些畸形，双眼直勾勾地看着走廊尽头的窗户，有一只野猫在窗外的树上。